비가 오면 열리는 상점

THE RAINFALL MARKET

비가 오면 열리는 상점

유영광 장편소설

THE RAINFALL MARKET

클레이하우스

"누군가 먹구름 속에 있다면,
그 사람의 무지개가 되어주세요."

−마야 안젤루(시인)

Prologue

"지지직… 지지직…."

"이게 또 말썽이네."

세린은 요즘 같은 시대에 거의 찾아볼 수 없는 오래된 라디오를 매만지다가, 결국 참지 못하고 탁 소리가 나도록 한 차례 내려치고야 말았다.

"북태평양 고기압의 영향으로 다음 주부터 전국적으로 비 소식이…."

어떤 원리로 다시 작동된 건지는 몰라도 라디오에서 기상 캐스터의 목소리가 흘러나왔다.

세린은 안 그래도 고장 나기 직전의 라디오를 하마터면 떨어뜨릴 뻔했다.

드디어 그토록 기다리던 비가 온다.

그리고 비가 오면 '불행을 팔 수 있는 상점'이 열린다.

E RAINFALL MARKE

괴소문

레인보우 타운의 어느 오래된 폐가.

언젠가부터 이곳에 관해 전해져 오는 괴이한 소문이 있었다. 그것은 바로 자신의 사연을 이 낡고 허름한 폐가에 편지로 보내면, 어느 날 정체 모를 티켓 한 장이 집으로 도착한다는 것이었다. 뒷부분은 더 얼토당토않았다. 장마가 시작되는 날, 티켓을 가지고 폐가로 찾아가면 자신의 삶을 원하는 대로 바꿀 수 있다고 했다.

"말도 안 돼."

"요즘 누가 그런 걸 믿어?"

처음엔 단지 재미로 만들어 낸 떠도는 이야기겠거니 싶었지만, 소문은 발이라도 달린 것처럼 점점 멀리 퍼져나갔다. 그리고 갈수록 구체적이 되었다.

세부적인 건 조금씩 달랐어도 들려오는 이야기에는 모두 공통점이 있었다.

"진짜야, 내가 봤다니까?"

그곳을 다녀왔다고 주장하는 이들은 폐가에서 인간과 닮았으나 결코 인간이라고 할 수 없는, 스스로를 도깨비라 부르는 이들을 만났다는 것이었다. 게다가 미리 입을 맞춘 것처럼 그들이 모여 사는 신비한 분위기의 숨겨진 장소를 다녀왔다고 했다.

"웃기고 있네."

물론 사람들은 이런 괴상한 이야기를 쉽게 믿지 않았다. 그러나 세린처럼 크게 관심을 보이는 사람 역시 적지 않았다. 주위에서 도깨비니, 티켓이니 하는 말이 들려올 때면 대부분은 코웃음을 쳤지만, 세린은 먹던 밥숟갈도 내려놓을 만큼 소문에 푹 빠져 있었다. 그래서 지금도 어렵게 예약까지 해가며 『도깨비 상점의 비밀』이라는 책을 빌려 도서관 가장 구석 자리에 앉아 있었다.

책은 일단 표지에서부터 예사롭지 않았다. 얼핏 봐도 출판사에서 꽤나 공을 들인 티가 났는데, 불빛과 보는 각도에 따라서 색깔이 달라지는 특이한 재질로 만들어져 있었다. 세린은 한참이나 표지를 이리저리 돌려 보았다. '드디어 소문의 진실이 밝혀지다'와 같은 문구가 시선을 사로잡았고, 무엇보다 빨간색 베스트셀러 마크가 커다랗게 찍혀 있었다. 제아무리 독서와 담을 쌓은 세린 같은 사람도 눈앞에 책이 보이면 한 번쯤 집어 들 만했다.

그걸 입증이라도 하듯 나온 지 얼마 안 된 신간임에도 불구하고, 벌써 손을 탄 흔적이 뚜렷했다. 세린은 들뜬 마음을 가라앉히며 조심스럽게 표지를 넘겼다.

'으, 이게 뭐야.'

책 표지 바로 뒷면에는 부자연스럽게 웃고 있는 작가의 얼굴 사진이 있었다. 하지만 누군가 굵은 유성 매직으로 안경을 그려 넣고, 치아 몇 개를 검게 칠해놔서 본래 얼굴은 제대로 알아볼 수 없었다.

책 안쪽도 상황은 별반 다르지 않았다. 각종 낙서 자국은 물론이고, 급하게 전화번호나 계좌번호를 메모한 흔적도 보였다. 연필로 밑줄을 그은 것이 그나마 제일 나은 편이었다. 심지어 누렇고 딱딱하게 굳은 무언가도 간혹 눈에 띄었다. 세린은 필사적으로 그것을 안 보려고 노력하며 자신을 달랬다. 어차피 중요한 건 내용이니까.

다행히 책은 시작부터 흥미로웠다. 첫 부분은 저자가 어떻게 도깨비 상점에 가게 되었는지에 대한 이야기가 간략하게 나와 있었다. 그는 자신의 부끄러운 과거를 소개하며 한때는 교도소를 들락날락할 정도로 희망이 없는 삶을 살았다고 했다.

'이 사람도 나만큼 불쌍한 사람이구나.'

저자는 출소 후 새사람이 되고자 마음을 굳게 먹었지만, 아무리 일자리를 구해도 받아주는 곳이 없어 몸도 마음도 힘든 시기를 보낼 수밖에 없었다고 담담히 털어놓았다.

그러다 우연히 구인 광고를 보기 위해 주워 든 신문에서 '당신의 사연을 보내주세요'라는 이상한 광고를 보게 되었다고 했다. 얼마 뒤 신세 한탄하는 심정으로 속사정을 휘갈기듯 적어 편지로 보냈는데, 놀랍게도 티켓과 함께 이상한 상점에 초대받았다는 것이었다.

'나도 티켓을 받을 수 있을까?'

세린은 저자의 예전 상황과 지금의 자신을 비교해 보다가 곧 그만두었다. 쉽게 우열을 가리기도 어려웠고, 그걸 지금 고민한다고 알 수 있는 것도 아니었다.

책은 순식간에 중반으로 넘어갔다. 챕터가 바뀌며 저자가 만나본 도깨비들의 특징과 상점의 대략적인 규모가 나와 있었다. 지도까지 첨부해 놓은 게 꼭 관광지 안내 책자를 보는 듯했다. 만약 이곳에 간다면 꼭 필요하다고 여겨질 만큼 잘 정리되어 있었으나, 세린의 눈을 그다지 오래 붙잡아 두지 못했다. 나른한 오후라 졸음이 밀려온 탓도 있었다. 세린은 굳이 하품을 참지 않았다.

"하암."

저자는 후반부가 되어서야 자신이 선택한 행복과 그것이 실제로 어떻게 이루어졌는지를 자세히 풀어놓았다. 그가 원했던 것은 유명한 작가가 되는 것이었고, 『도깨비 상점의 비밀』이라는 책의 원고를 쓴 지 얼마 되지 않아 내로라하는 출판사와 계약할 수 있었다고 했다. 결과는 표지에서 확인한 대로였다. 그렇게 끝날 줄 알았던 책의 마지막 부분에는 특이하게도 부록이 있었다.

'이거야.'

부록에 담긴 내용이야말로 세린이 가장 관심 있는 부분이었고, 책을 빌린 이유기도 했다. 비로소 잠이 깨는 것 같았다.

부록에는 도깨비 상점에 사연을 보내는 팁에 대해 자세히 나와 있었다. 그것은 작가가 도깨비 상점을 다녀온 사람들을 만난 뒤에 자기 경험을 더해 나름대로 정리한 내용으로써, 꽤 믿을 만한 내용이라고 자신 있게 주장하고 있었다.

'펜이 어디 있더라?'

세린은 사연을 적어 보낼 때의 유의 사항과 참고하면 좋은 점을 작은 수첩에 옮겨 적었다.

그에 따르면 억지로 꾸며내서 많은 양을 쓰는 것보다, 자신의 처지를 있는 그대로 솔직하게 쓰는 것이 가장 좋은 방법이라고 했다. 믿거나 말거나 도깨비들은 인간의 속마음을 들여다볼 수 있기 때문에, 거짓말은 금방 들통날 수 있다며 겁을 주었다. 또한 글솜씨보다는 그 사람의 현재 상황이 더 중요함을 여러 근거를 들어 논리적으로 설명했다.

'이런 걸 믿어도 되려나.'

마지막으로 자신도 모든 걸 포기하고 싶던 상황에서 도깨비 상점을 통해 인생이 바뀌었으니, 혹시 이 글을 보는 이들 중 누군가 어려움을 겪고 있다면, 한 번쯤 도전해 보길 바란다는 말을 남기며 책은 마무리되었다.

교실로 돌아온 세린은 도무지 수업에 집중할 수 없었다.

사시사철 개량한복을 입으시는 선생님의 겨드랑이에 커다란 구멍이 나 있어서가 아니었다. 벗겨진 윗머리를 덮고 있던 옆머리 중 일부가 흘러내려 대롱대롱 매달려 있어서도 아니었다.

바로 점심시간에 급식도 거르고 읽고 온 책 때문이었다.

선생님이 굵은 침방울까지 튀겨가며 조만간 칠판 전체를 분필로 색칠할 듯이 무언가를 열심히 설명했지만, 세린의 신경은 온통 도깨비 상점에 쏠려 있었다.

'도깨비는 무슨.'

세린은 생각을 떨쳐내려고 머리를 흔들었다. 그러나 잡념은 사라지지 않았고, 도리어 선생님의 이목만 끌게 되었다.

"김세린, 집중 안 해?"

세린은 선생님이 자신을 쳐다보고 있다는 것을 뒤늦게 알아차리고 급히 사과했다.

"죄송합니다…."

선생님이 언짢은 표정을 지으며 그제야 흐트러진 옆머리를 정리했다. 마지막으로 금색 테두리 안경을 한번 고쳐 쓰고는 다시 수업을 이어갔다. 하지만 분필이 계속해서 부러지자, 요즘엔 뭐 하나 제대로 만드는 게 없다며 칠판에 대고 화풀이했다.

세린은 그게 마치 자기 잘못이라도 되는 양 얼굴을 붉게 물들이며 고개를 푹 숙였다.

몇몇 아이들은 그런 세린을 곁눈질로 쳐다볼 뿐, 딱히 관심을 보이지 않았다. 세린도 그걸 익숙하게 받아들였다.

집에 돌아온 세린은 작은 스탠드를 켰다. 그리고 늘 하던 대로 낡은 라디오의 주파수를 건드리며 자신이 좋아하는 음악 채널에 맞췄다.

원래는 세련된 빨간색이었을 테지만, 세월이 지나면서 주방용 고무장갑 색이 되어버린 라디오였다. 오래된 것치고는 제법 잘 작동했었는데, 수명이 다해가는지 최근에는 몇 번 손을 대줘야 다시 제 역할을 하곤 했다.

'요즘 자꾸 이러네.'

그러면서도 이 골동품 같은 라디오를 버리지 못하는 이유는 딱 하나였다.

아빠가 남긴 유일한 유품.

아빠에 대한 기억은 없었다. 아빠는 자신이 어릴 적에 갑작스러운 사고로 세상을 떠났다고 했다. 엄마는 몇 번이나 라디오를 버리려고 했지만, 세린이 자기가 쓰겠다고 고집을 피우는 바람에 하는 수 없이 그녀의 말대로 해줄 수밖에 없었다.

라디오는 세린에게 말벗이 되어주는 유일한 친구이자, 마음의 빈자리를 채워주는 또 하나의 가족이었다.

밤 10시가 되자 라디오에서 자신이 제일 좋아하는 프로그램의 오프닝 음악이 흘러나왔다.

"안녕하세요, 오늘도 여러분의 밤을 책임질…."

DJ의 목소리는 여느 때처럼 낮고 부드러웠다. 다른 때 같았으면 조금 더 귀를 기울이고 집중했을 테지만, 오늘은 그러지 못했다. 세린은 집으로 오는 길에 사 온 편지지를 책상에 펼쳐놓고, 턱을 괸 채로 생각에 잠겨 있었다. 볼펜이 손가락 위에서 원을 그리며 돌아가다가 책상에 떨어지길 반복했다.

"자, 다음은 사연 읽어주는 남자 시간입니다."

세린은 글쓰기에 좀처럼 재능이 없었다. 지금 나오는 라디오 프로에도 몇 번이고 자신의 이야기를 써서 보내봤지만, 늘 허탕이었다. '혹시나' 하는 마음이 '역시나'로 바뀌는 경험을 몇 번 하고 나서는 아예 포기가 편하다는 걸 배워버렸다.

라디오를 들으며 멍하니 시간만 보내고 있던 세린은 마침내 마음을 정했는지 자세를 고쳐 앉았다.

탁상 달력의 동그라미가 곧 있을 시험을 알려주었지만, 오늘만큼은 잠시 잊기로 했다. 대신 오로지 사연을 쓰는 데 집중하기로 했다. 세린은 낮에 적어 온 수첩을 보면서 기억을 더듬었다.

'최대한 솔직하게 쓰라고 했지?'

현재 엄마와 단둘이 지내는 이야기. 집에 한 차례 불이 나서 안 그래도 없는 형편에 햇빛도 제대로 들지 않는 반지하에서 사는 이야기. 교복 살 돈이 없어 낡은 옷을 물려 입고 다녀야 했던 이야기. 하나뿐인 동생이 있지만, 작년에 집을 나간 뒤로 소식이 끊긴 이야기.

세린은 말로 하기 부끄러운 것까지 두서없이 모두 적어 내려갔다.

"방금 전해드린 사연은 마음이 많이 아프네요. 하지만 자신을 너무 자책하지는 않으셨으면 해요. 지금까지 견딘 것만으로도 이미 충분히 잘 해내신 거예요."

라디오 소리를 배경 삼아 자신의 사연을 속 시원히 편지지에 옮기고 나니, 어느덧 새벽녘이 가까워져 있었다. 세린은 몇 번이나 고쳐 쓴 편지를 봉투에 넣고 낡은 담요가 깔린 바닥에 누웠다.

옆에는 언제 왔는지 엄마가 허리도 제대로 펴지 못하고 웅크린 채로 누워 잠들어 있었다. 밤에 식당 일을 끝내고 와서 자신이 공부하는 걸 방해할까 봐 일부러 인기척도 내지 않고 조용히 잠든 것 같았다.

세린은 귀에 이어폰을 꽂은 채로 라디오를 머리맡으로 옮겼다. 라디오에서는 자신이 제일 좋아하는 노래가 흘러나오고 있었다.

'Tomorrow better than today.'

하도 많이 따라 불러서 전주만 나와도 저절로 가사를 흥얼거리게 되는 노래였다.

세린은 속으로 노랫말을 따라 부르며 눈을 감았다.

감미로운 멜로디 때문이었는지, 아니면 단지 시간이 늦어서였는지, 세린은 베개에 머리를 댄 지 얼마 되지 않아 깊은 잠에 빠져들었다.

수상한 편지

그리 큰 기대를 한 건 아니었다.

기대가 크면 실망도 큰 법이었고, 애초에 꼭 거기에 가야 한다는 생각보다는 지금의 답답한 현실에서 벗어날 수 있는 작은 탈출구가 되지 않을까 하는 막연한 생각이기도 했다.

어쩌면 단지 소문이 진짜인지 확인해 보고 싶은 마음인지도 몰랐다.

'내가 그렇지 뭐.'

하필 중간고사 기간이라 점수가 좀 내려가긴 했지만, 지금 형편에 대학에 가는 건 사치라고 생각했기에 크게 상관치 않았다. 엄마도 내색하지는 않지만, 자신이 빨리 학교를 졸업하고 일자리를 구해 집에 보탬이 되길 바랄 것이라 여겼다.

학교가 끝나고 다른 아이들이 끼리끼리 학원가로 향할 때, 세린은 혼자서 집으로 향했다. 단순히 목적지만 다른 게 아니라, 가는 방향마저도 정반대였다.

"휴."

집으로 가던 세린의 걸음이 잠시 느려졌다. 앞에는 보기만 해도 한숨이 절로 나오는 가파른 계단이 한참이나 이어져 있었다. 비가 오거나 눈이 오면 행여 넘어지지 않을까 젊은 사람도 조심조심 걸어야 했고, 여름에는 땀을 한 바가지나 흘려야 하는 계단이었다. 세린은 재미없고 따분한 학교생활도 싫었지만, 집으로 가는 길에 있는 이 계단도 그에 못지않게 싫었다.

"헉, 헉."

웬만한 고층 아파트 높이를 오르고 나서야 겨우 숨을 돌릴만한 평지가 나왔다.

그곳은 세린이 주로 다니는 마을의 입구 중 하나였다. 높은 언덕을 깎아 만든 곳에는 한 사람이 겨우 지나다닐 만한 작은 공간을 남기고 회색빛 집들이 다닥다닥 붙어 있었다. 비가 새는 걸 막기 위해 간간이 주황색 천막이 지붕을 덮고 있었는데, 바람이나 태풍에 날아가지 않도록 폐타이어와 기왓장 조각이 어지럽게 얹혀 있었다.

"내 차례야!"

대부분이 일터에 나가 있을 오후 시간이라 그런지 오가는 사람은 거의 없었다. 그나마 눈에 띄는 건 아직 학교 갈 나이가 안 된 아이들뿐이었다. 길모퉁이에서 윗도리만 겨우 갖춰 입은 남자 꼬맹이 몇 명이 흙을 모아다가 나뭇가지를 꽂아놓고 서로 뺏어가는 장난을 치고 있었다. 잠시 뒤, 그들은 멀리서 고물이 가득 찬 리어카를 끌고 오는 할아버지를 발견하고는 콧물이 매달린 것도 모르고 서로 앞다투어 달려갔다. 기어이 한 명이 넘어졌고, 결국 울음을 터뜨렸다.

"조심해, 요 녀석들아."

반바지에 통풍용 구멍이 숭숭 뚫린 조끼를 걸친 할아버지는 눈썹을 반달 모양으로 꺾으며 허리 아래로 달려오는 꼬맹이들을 껴안았다. 할아버지는 꼬맹이들을 '똥강아지'라고 부르며 위험하니 비키라고 했고, 똥강아지들은 리어카 뒤에서 도움도 안 되는 힘을 보탰다.

세린은 리어카가 지나갈 수 있도록 길을 양보한 뒤에 골목 안으로 들어섰다.

"냐아아옹."

세린이 막 골목 안으로 발을 들여놓았을 때였다. 어디선가 애처로운 고양이 울음소리가 들려왔다.

주변을 둘러보자 아무도 살지 않는 빈 건물의 작은 틈 사이로 두 눈만 내놓고 있는 고양이가 보였다. 세린은 조심스럽게 그쪽으로 다가갔다.

"배고파?"

고양이는 대답이라도 하듯 또 한 번 길게 울었다.

용돈은 진작 다 떨어졌지만, 혹시나 하는 마음으로 주머니를 뒤져보았다. 다행히 동전 몇 개가 만져졌다.

'이걸로 살 수 있는 게 있으려나.'

세린은 동전과 고양이를 번갈아 쳐다보다가 자리에서 일어나 근처의 작은 구멍가게로 향했다.

몇 평 되지 않는 아담한 슈퍼는 동네 어르신들의 사랑방이기도 했다. 파란색 간판에는 흰색으로 '슈퍼마켓'이라고 적혀 있었지만, 자음과 모음이 몇 개씩 떨어져 나가 있다 보니 제대로 된 역할을 하지 못하고 있었다. '담배'라고 적힌 스티커도 빛이 바랜 지 오래였다.

주인 할머니는 물건 파는 일에는 관심도 없는지, 가게 앞에 마련해 둔 평상에 앉아 고스톱 치는 사람들 틈에 끼어 있었다. 하지만 직접 하지는 않고 옆에 앉은 할머니에게 다음에 낼 패를 참견한 뒤에, 참외 한 조각을 주워 먹는 일을 반복하고 있었다.

할머니는 세린이 가게에 들어서는 것을 보고 나서야 무거운 엉덩이를 털고 자리에서 일어났다.

"뭐 줄꼬?"

뒤따라온 할머니가 고무줄로 된 바지를 가슴까지 끌어 올리며
물었다.

"혹시… 고양이 먹이로 줄 만한 게 있을까요?"

"괭이?"

"네."

할머니는 그런 걸 왜 여기서 찾느냐는 뜻으로 되물은 것이었지
만, 세린의 순수한 눈빛을 보고는 마음이 흔들린 듯했다.

"집에서 키우는 거여? 아님 길괭이여?"

"길고양이요."

세린의 손에는 방금 막 집어 든 손가락 굵기만 한 소시지가 쥐
어져 있었다.

"괭이는 사람이 먹는 거 암거나 주면 못써. 쪼매 기다려 봐."

할머니는 그릇에 있던 참외 몇 조각을 가져오더니 씨를 발라낸
뒤에 검은색 비닐봉지에 담아주었다.

"그나마 이거라도 줘 봐. 다른 것보다는 나을 거여."

줄곧 우울해 보이던 세린의 얼굴이 활짝 펴졌다.

"감사합니다."

세린은 성가실 정도로 몇 번이나 인사를 한 뒤에야 가게를 빠
져나왔다. 할머니도 함박웃음으로 답해주고는 다시 고스톱에 참
견하기 위해 원래 있던 평상으로 돌아갔다.

세린은 충분히 빨리 걸으면서도 마음이 초조했다. 잠깐 자리를 비운 사이에 고양이가 없어지지 않았을까 하는 생각 때문이었다.

다행히 쓸데없는 걱정이었다.

달리듯 걸어오는 세린을 보고 고양이는 아까보다 더 큰 소리로 울었다.

세린은 먼저 비닐봉지를 보여준 뒤에 포장을 풀어 냄새를 맡게 했다. 바스락거리는 소리에 고양이 귀가 예민하게 움직였다. 마음 같아서는 가까이 다가가서 직접 먹여주고 싶었지만, 경계심 많은 길고양이가 겁을 집어먹을까 봐 일부러 몇 걸음 떨어진 곳에 쭈그리고 앉아 참외 조각을 건넸다.

이를 유심히 지켜보던 고양이는 앞발을 뺐다가 뒤로 물러가기를 반복하더니, 결국 꼬리까지 빠져나와서 참외를 물고는 얼른 다시 들어가 버렸다.

그 짧은 순간에 세린은 고양이의 배가 유난히 불룩한 것을 알아차렸다. 얼굴이나 다른 곳은 야윈 것으로 보아 살찐 건 아닌 것 같았다.

'임신했구나.'

세린은 고양이가 사라진 곳을 바라보다가 남은 참외가 담긴 비닐봉지를 건물 빈틈 안쪽에 놔두었다. 혹시라도 쓰레기통을 뒤지다가 상한 음식이라도 먹으면 큰일이었다. 집에 데려가 돌봐주고 싶은 마음도 있었지만, 엄마가 허락지 않을 것이 뻔했다. 엄마는 조금이라도 돈이 들어가는 일이면 늘 안 된다고 말했기 때문이다.

'부디 건강한 아기 낳으렴.'

세린은 아쉬움을 뒤로한 채 다시 집으로 걸음을 돌렸다.

오래된 다세대주택을 개조해 흔히 '쪽방촌'이라 불리는 곳이 현재 세린이 엄마와 지내는 곳이었다. 벽면에는 철거 예정이라는 글씨가 큼지막하게 적혀 있었고, 누가 누구와 사귄다느니, 애인을 구한다느니 등의 유치한 문구가 래커 스프레이로 지저분하게 칠해져 있었다.

세린은 익숙한 풍경을 지나쳐 집으로 들어가다가 문득 걸음을 멈추었다. 거의 오지 않는 우편함에 눈에 잘 띄는 붉은색 편지가 꽂혀 있었던 것이다.

빚 독촉 용지인가 싶어 그대로 둘까도 싶었지만, 그런 거면 누가 보기 전에 집에 들여놓는 게 좋겠거니 싶었다.

하지만 그렇게 집어 든 편지는 독촉장이 아니었다.

겉에는 생전 처음 보는 이상한 기호들이 적혀 있었다. 무엇보다 편지를 동봉한 곳에 황금색 인장이 찍혀 있었는데, 유럽의 왕실에서나 사용할 법한 고급스러운 분위기를 풍겼다.

다행히 알아볼 수 있는 언어로 발신인이 적혀 있었다.

'장마상점.'

주소는 자신의 집이 맞았고, 수취인도 자신의 이름이었다.

세린은 당황한 건지 기쁜 건지 알 수 없는 표정을 지으며 편지를 가지고 어두운 계단을 걸어 내려갔다. 갑자기 가슴이 두근거렸다. 평소보다 몇 배는 심장이 빨리 뛰는 듯했다.

세린은 집에 들어오자마자 신발도 제대로 벗지 않고 떼기 아까운 인장을 뜯어보았다.

안에는 만년필로 제법 멋지게 글씨가 적혀 있었다.

보내주신 사연은 잘 받아보았습니다.

저희 장마상점은 정직과 신용을 중시하는

유서 깊은 상점으로서,

방문해 주시는 분들께 최상의 서비스를

약속드리고 있습니다.

매년 보내주시는 성원에 감사드리며,

특별히 한 가지 제안을 드리고자 합니다.

당신의 불행을 파시겠습니까?

대신 상점에서 보관 중인 다른 행복으로
바꿔 가실 기회를 드리겠습니다.

만약 제안을 받아들이신다면
동봉된 티켓을 가지고 장마가 시작되는 날,
편지를 보내주신 주소로 찾아오시면 됩니다.

장마 기간 동안 편히 머무르실 수 있으며,
숙박이나 식사, 기타 부대비용은
이곳에서 제공되는 비용으로 충당이 가능하오니
참고 부탁드리겠습니다.

그럼 부디 조만간 뵐 수 있기를 바랍니다.

– 단, 상점에서 일어나는 일에 대해서는 책임을 지지 않습니다.

세린은 놀라서 한 손으로 입을 틀어막았다. 정말 편지에 적힌
대로 봉투 안에는 작은 티켓이 들어 있었다. 그것도 인장의 색과
똑같이 황금색으로 빛나는 티켓이었다.
'티켓이 금색이라고 했던가?'

세린은 얼마 전 보았던 책의 내용을 기억해 보려고 애썼지만, 대충 넘어간 부분이라 기억이 나지 않았다.

'아무렴, 어때.'

별로 기대를 안 했다고 해도, 막상 이렇게 티켓을 받고 보니 실감이 나질 않았다. 볼을 꼬집어 볼까도 잠깐 생각해 봤으나, 빨간 자국만 남을 게 틀림없었다.

다만 마지막에 적힌 부분이 조금 신경 쓰였다.

'상점에서 일어나는 일에 대해서는 책임을 지지 않는다고?'

언젠가 취업을 미끼로 사람들을 유인해 장기 매매를 일삼던 일당이 검거되었다는 뉴스가 떠올랐다. 또 하필 방 도배지가 벗겨진 곳에 덧발라진 신문지에는 섬에 갇혀 수년간 노예처럼 생활하다가 극적으로 구조되었다는 누군가의 이야기가 실려 있었다.

세린은 자리에서 왔다 갔다 하기도 하고 엄지손톱 끝을 깨물기도 하며, 가뜩이나 좁은 방에서 정신 사납게 굴었다. 하지만 결론은 쉽게 나지 않았다.

"책에서는 분명 진짜라고 했어!"

세린은 정신 나간 사람처럼 아무도 없는 방에서 혼잣말을 했다. 순간 티켓을 쥔 손에 힘이 들어가는 바람에 빳빳했던 티켓이 조금 구겨졌다. 세린은 화들짝 놀라 반대편에 있던 책장으로 다가갔다. 거기서 그나마 가장 두꺼운 책을 꺼내 페이지 사이에 끼워두었다. 하지만 그것만으로는 안심이 안 되었는지 그 위에 교과서를 몇 권 더 얹기까지 했다.

'어쩌면 정말 내 삶을 바꿀 수 있을지도 몰라.'

세린은 창문이라 부르기도 민망한 반쪽짜리 창문 앞으로 다가 갔다. 한 뼘도 채 보이지 않는 하늘이 그날따라 유난히 파랗게 보 였다.

'비가 언제쯤 오려나.'

아직은 구름 끼는 날도 별로 없는 완연한 봄이었고, 장마는 멀 게만 느껴졌다.

무더위

"어머, 세린이 아니니, 어디 가는 중이니?"

방금 막 파마를 말고 나왔는지, 유난히 곱슬곱슬한 머리를 만지작거리며 한 아줌마가 하굣길에서 말을 걸어왔다. 나이는 사십 대 중반쯤 되어 보였는데, 보는 사람이 더 답답한 꽉 끼는 보라색 반팔 티를 입고 있었다. 바지 위로 튀어나온 똥배는 옷 안에 풍선을 넣은 것 같았다.

"태권도 수업이요."

세린은 건성으로 인사했고, 그다지 반가운 기색도 내비치지 않았다.

아줌마는 그걸 아는지 모르는지 연신 손부채질을 하며 친근한 척 다가왔다.

"애도 참, 요즘 누가 태권도 같은 걸 배우니. 아무짝에도 쓸모없는 걸. 그건 그냥 어릴 때 잠깐 운동 삼아 배우는 거지. 남들 다 공부할 시간에 고등학생이 무슨 태권도? 그것도 여자애가."

아줌마는 대파가 길쭉하게 머리를 내밀고 있는 장바구니를 다른 손으로 옮겨 맸다.

"여자는 조신하게 공부하다가 결혼 잘하는 게 최고야. 너도 팔자 좀 펴야지."

"네, 그럼 저 수업에 늦어서요."

세린은 뚱뚱한 아줌마가 더는 말을 걸지 못하도록 빠른 걸음으로 지나쳐 갔다. 아줌마는 아직 할 말이 더 남아 보였지만, 혀를 몇 번 차는 것으로 대신했다.

세린이 학교 일과를 끝내고 유일하게 하는 거라곤 일주일에 세 번 있는 방과 후 태권도 교실에 가는 것이었다. 정부의 지원을 받아 운영하는 거다 보니 특히나 저렴했지만, 세린은 그마저도 수업료 면제를 받고 있었다.

나름 서둘러 갔음에도 벌써 수업이 시작됐는지 체육관 문밖으로 크고 작은 기합 소리가 새어 나왔다.

"김세린, 또 지각이야. 기합 좀 받아야겠는걸?"

태권도 교실의 젊은 사범님이 전혀 무섭지 않은 얼굴로 장난스럽게 혼을 냈다.

"죄송합니다."

세린은 자신이 지을 수 있는 최대한 미안한 표정을 지으며 머리를 몇 차례 긁적였다. 그러고는 뒷머리가 붕 뜬 채로 탈의실로 달려가 가지고 온 도복으로 갈아입었다.

세린은 후다닥 나가려다 말고 잠시 거울을 바라보았다. 새하얀 도복을 입은 자신의 모습이 어딘지 모르게 당당해 보였다. 체형에 맞지 않아 물려 입은 티가 나는 교복을 입었을 때와는 사뭇 다른 모습이었다.

도복 위에 띠를 매듭지어 묶고 가지런히 양옆으로 늘어뜨리자 살짝 미소가 지어졌다. 아직은 빨간 띠였지만, 곧 있을 승품 심사를 통과하면 검은 띠나 다름없는 검붉은 띠를 얻을 수 있었다.

세린은 한 번 더 옷깃을 단단히 여미고 밖으로 나왔다. 때마침 사범님이 오늘 할 훈련을 설명하고 있었다.

"지난주에 말한 것처럼 오늘은 실제로 격파 연습을 해볼 거야. 물론 연습용 송판을 쓸 거니까 너무 긴장하지 않아도 돼."

세린은 마른침을 꿀꺽 삼켰다. 오늘은 세린이 손꼽아 기다리던 날이었다.

우연히 방송에서 태권도 시범단이 공중제비를 돌며 나무판자를 차례로 깨뜨리는 걸 보았고, 그중 여자 선수도 섞여 있다는 걸 알고는 한동안 뛰는 가슴을 진정시키지 못했다.

마치 가슴 깊숙한 곳에서 큰 파도가 밀려오는 느낌이었다. 세린은 태권도에 대해 좀 더 알아보기 시작했다. 그러다 동네 근처에

무료나 다름없는 방과 후 태권도 교실이 있다는 걸 알고 난 뒤에는 망설이지 않고 등록했다. 세린에게 얼마 안 되는 행복했던 날로 기억되는 순간이었다.

사범님을 비롯한 몇몇 남학생들이 먼저 격파 시범을 보였다.

"격파할 때는 얼마나 세게 차는지보다 먼저 할 수 있다고 믿는 게 중요해."

태권도는 무술이기 이전에 마음을 수련하는 것이라는 사범님의 말은 하도 들어서 귀에 딱지가 앉을 지경이었다.

그런데 격파 시범을 보고 있던 세린의 뺨이 느닷없이 붉게 달아올랐다. 시범을 보이는 학생 중에 세린이 몇 달 전부터 마음에 두고 있던 남학생이 있었기 때문이다. 남학생은 우렁찬 기합 소리와 함께 돌려차기로 송판을 연달아 두 동강 냈고, 세린을 포함해 보고 있던 학생들은 손이 닳도록 박수갈채를 보냈다.

"짝짝짝."

시범이 끝나자 한 명씩 차례로 나와 방금 봤던 발차기를 따라 했다. 엉성하긴 해도 모두 반쯤 금이 가 있는 송판을 부러뜨리는 데는 큰 문제가 없었다.

드디어 세린의 차례가 되었다.

'준비됐어?'

시범을 보였던 잘생긴 남학생이 세린의 머리 높이에 얇은 송판을 들고 눈짓으로 신호를 보냈다. 세린은 심호흡을 크게 한 번 내

쉰 뒤에 가장 자신 있어 하던 뒤돌려차기 자세를 잡았다.

순간 모두의 시선이 세린을 향했다.

세린은 '꿀꺽' 소리가 날 만큼 침을 삼키고는 있는 힘껏 몸을 돌렸다. 하지만 긴장했던 탓인지 전혀 엉뚱한 곳에 발길질했다. 게다가 두 번째 시도에서는 송판 대신 남학생의 손을 걷어찬 것으로도 모자라 보기 흉하게 엉덩방아까지 찧었다.

주변은 순식간에 웃음바다가 되었다. 사범님은 누구나 처음부터 잘할 수는 없는 법이라며 애써 분위기를 수습하려 했지만, 웃음소리는 쉽게 잦아들지 않았다.

세린은 남은 수업 시간 내내 고개를 떨구고 있다가 마무리 인사도 하는 둥 마는 둥 하며 가방을 챙겨 도망치듯 나와버렸다.

시간은 저녁이었지만, 밖은 아직 낮처럼 환했다.

"이 멍청이."

세린은 아무 잘못도 없는 돌멩이와 민들레를 걷어찼다.

"말미잘, 해삼, 멍게…."

입에서 생전 먹어보지도 않은 해산물들이 튀어나왔다. 세린이 발길질할수록 안 그래도 더러운 신발에 흙먼지가 뽀얗게 쌓였다.

"난 왜 할 줄 아는 게 하나도 없을까."

태권도는 꿈조차 마음대로 꿀 수 없는 가난한 형편의 세린에게 그나마 한 줄기 빛과도 같았다. 친한 친구 하나 없는 학교생활을 버틸 수 있게 해줬고, 시범단이 되면 해외에서 시연도 할 수 있다는 말을 듣고는 밤잠을 설쳤던 날도 있었다.

세린은 마지막으로 빈 깡통을 힘껏 찼다. 쓸데없이 정확히 맞은 깡통은 멀리 포물선을 그리며 날아갔다. 고개를 들고 보니 어느새 집 앞 골목이었다.

골목길에는 '철거 결사반대'라고 적힌 플래카드가 몇 개 더 추가되어 있었다. 듣기로는 재개발 예정 지역이라 건물을 비워줘야 한다는데, 형편이 어려운 사람들이 마땅히 갈 곳 없어 눌러앉아 있다 보니 공사가 차일피일 미뤄지고 있다고 했다. 거기에는 세린의 집도 포함되어 있었다.

최근에는 동네 주민 몇 분이 단체로 머리를 삭발하는 바람에 지역 방송사에서 방송 장비를 잔뜩 가지고 와 촬영을 해가기도 했다. 세린은 지금 있는 곳에서조차 곧 쫓겨날지도 모른다는 생각에 집으로 돌아가는 발걸음이 더욱 무겁게 느껴졌다.

세린은 문득 시끄러운 소리에 정신을 차렸다. 집이 가까워질수록 소리도 함께 커졌다. 마트 세일 코너에서나 쓰일 법한 확성기 소리와 구호를 부르짖는 소리, 간간이 누군가 욕설을 내뱉는 소리도 섞여 있었다. 집에서 불과 얼마 떨어지지 않은 곳은 흔히 말하는 시위 현장이었다.

사람들은 양쪽으로 나누어져 있었는데, 한쪽은 '사생결단'이라고 적힌 빨간색 머리띠를 했고, 나머지 한쪽은 똑같은 로고가 박힌 검은색 옷과 모자를 쓰고 있었다. 그들은 곧 몸싸움이라도 벌일 것처럼 서로를 향해 삿대질을 하고 거친 말을 해댔다. 이미 몇 차례 봤던 풍경이었지만, 최근에는 그 강도가 점점 세지고 있었다.

잠시 후 사이렌이 울리며 경찰차 몇 대가 들어서는 게 보였다. 세린은 혹시라도 싸움에 휘말릴까 싶어 얼른 집으로 몸을 피했다.

집에는 엄마가 바느질을 하느라 평소엔 잘 쓰지 않던 돋보기안경을 끼고 있었다.

"왔니? 밥 먹어야지?"

방 한쪽 구석에는 얼마 없는 밑반찬이 차려진 작은 밥상이 있었다. 하지만 세린은 본체만체했다.

"생각 없어."

그리고 마치 무거운 돌덩어리를 내려놓듯 가방을 내려놓으며 한숨을 지었다.

"너, 또 다이어트 하는 거니?"

"다이어트는 무슨, 나 잘래."

세린은 옷도 갈아입지 않고 그대로 이불이 깔린 바닥에 힘없이 누웠다.

"왜, 무슨 일 있어?"

바로 잠든 것도 아니면서 한참이나 아무 대답이 없었다. 엄마는 별로 궁금해서 물어본 게 아니었는지 다시 묻지 않고 바느질에 열중했다. 그렇게 방금 다 꿰맨 양말 한 짝을 내려놓고 나머지 양말을 집어 들려 할 때였다.

"엄마, 왜 그 앞집에 살다가 이사 간 뚱뚱하고 못생긴 아줌마 있지? 글쎄 그 아줌마가…."

"세린아, 엄마가 말 이쁘게 하라고 했잖아."

"틀린 말도 아닌데 뭘."

세린은 그 아줌마가 들어도 상관없다는 투로 말했다.

"암튼 그 아줌마가 나보고 태권도 하지 말래. 아무짝에도 쓸모없다고. 엄마도 그렇게 생각해?"

"세상에 쓸모없는 게 어디 있니, 나중에 다 쓰일 곳이 있겠지."

"나 그냥 태권도 때려치우고 공부나 할까? 엄마는 내가 뭘 잘하는 것 같아?"

"글쎄… 우리 세린이는 뭐든 다 잘하지…."

엄마는 바늘귀에 실을 넣으려 애쓰며 말했다. 하지만 세린이 자꾸 말을 걸어서인지 계속해서 실패했다.

"치, 엄마는 나한테 관심도 없어."

세린은 몸을 돌려 아예 등을 지고 누웠다.

"구멍 난 양말은 좀 버리면 안 돼? 요즘 누가 그렇게 꿰매서 신어. 양말 정도는 새로 사면 되잖아."

"버리고 새로 산다고 다 좋은 게 아니야."

세린은 언제나 답답한 소리를 하는 엄마가 못마땅했다. 문득 엄마의 손에 들려 있던 구멍 난 양말이 자신과 닮았다고 생각했다. 낡고 해져서 누가 봐도 초라하기만 한 모습. 버릴 수만 있다면 지금 당장이라도 버리고만 싶었다. 이번에야말로 잠든 줄 알았던 세린이 벌떡 일어나더니 책꽂이에서 두툼한 책을 꺼내 들었다.

"만약에 말이야…."

뭔가 대단한 얘기라도 할 것처럼 말을 길게 끌자 엄마가 코끝에 걸쳐 둔 돋보기안경 너머로 세린을 잠깐 쳐다보았다.

"엄마는 다시 태어나면 어떻게 살고 싶어?"

"갑자기 그게 무슨 소리야?"

엄마는 뜬금없는 질문에 놀란 듯했지만, 하고 있던 바느질을 멈추지는 않았다.

"아니야, 됐어."

세린은 퉁명스럽게 대꾸하고는 엄마에게 보이지 않도록 책을 조심스럽게 펼쳐 들었다. 책장이 스르륵 넘어가다가 오늘도 같은 곳에서 멈추었다.

아무리 봐도 믿기지 않았지만, 어쩌면 자신에게 남은 마지막 희망인지도 몰랐다.

책 속에서 황금색 티켓이 여전히 새것처럼 반짝이고 있었다.

장마 전야

여름방학을 앞두고 라디오에서 반가운 비 소식이 들려왔다.

하지만 엄마에게는 사실대로 말하지 못했다. 세린은 일주일 전부터 뭐라고 해야 할지 고민만 하다가 결국 당일이 되어서야 편지 하나만을 달랑 남겨두고 집을 나와버렸다.

'친구네 집에 며칠 있다가 올게.'

평소에 친구 얘기를 꺼낸 적이 없으니 딱 봐도 티가 나는 거짓 말이었다. 하지만 아무렴 어떠냐 싶었다. 어쩌면 남들이 부러워 할 만한 멋진 삶을 얻어 다시는 이곳에 돌아올 일이 없을지도 몰랐다.

세린은 아무리 빨아도 후줄근해 보이는 운동화를 신고 시내로 향했다. 목적지는 시내 중심가에 있는 기차역이었다.

시내로 나온 건 오랜만이었고, 기차를 타는 건 더 오랜만이었다. 기억을 더듬어보니 초등학교에 들어갈 무렵 엄마 손을 붙잡고 타 본 이후로 처음인 것 같았다.

"지금 레인보우 타운 행 열차가 들어오고 있습니다. 승객 여러분께서는 한 걸음 뒤로 물러나 주시길 바랍니다."

평소 탈 일이 없어 무심코 스쳐 지나갔던 기차역은 주말을 앞둔 데다 퇴근 시간이어서 그런지 사람들로 북적거렸다. 세린은 혼잡한 승강장 게이트를 헤매다가 하마터면 눈앞에서 기차를 놓칠 뻔했다. 천만다행으로 문이 닫히기 직전, 겨우 열차에 오를 수 있었다.

부랴부랴 자리에 앉고 나니 그제야 집을 떠나온 게 실감이 났다.

'기차를 타긴 탔는데….'

세린은 무심코 옆을 돌아보았다. 자기보다 한두 살쯤 많아 보이는 남자가 귀에 이어폰을 끼고 노트북으로 영화인지 드라마인지 모를 것을 보고 있었다. 반쯤 열려 있는 가방에는 전공 책처럼 보이는 책들이 가득했다.

일부러 본 것은 아니었으나 책 옆면에는 남자가 다니는 듯한 대학교 이름이 적혀 있었다. 세린도 익히 들어 너무나 잘 알고 있는 대학이었다. 매년 졸업식이 되면 학교 정문 플래카드 가장 높은 곳에 이름이 적히고 공부 꽤 한다는 친구들은 모두가 목표로 삼는 대학이었다.

'부럽다.'

한때는 세린도 가고 싶었으나, 학년이 올라가면서 포기하게 된 학교이기도 했다.

나이 차이는 얼마 나지 않았지만, 자신과 다른 세상에 살고 있는 것 같은 남자가 신기해 세린은 기차가 움직이는 내내 힐끔힐끔 쳐다보았다. 그러다 결국 눈이 마주치는 바람에 민망한 나머지 얼굴을 붉히며 괜히 창밖으로 시선을 돌렸다.

차창 밖은 조금씩 어둑어둑해지고 있었다. 단순히 해질녘이어서가 아니라 새까만 먹구름이 잔뜩 몰려오고 있었던 것이다. 바람도 제법 거세게 부는지 철로 옆 키 큰 나무들이 춤을 추듯 잎사귀를 흔들어댔다.

세린은 주머니에 넣어둔 편지와 티켓을 꺼내 다시 한번 꼼꼼히 살펴보았다.

정확한 일자도 없이 단순히 장마가 시작되는 날, 폐가를 찾아오라고만 적혀 있는 불친절한 편지였다.

'정말 이곳에 가면 내 삶을 마음대로 바꿀 수 있을까?'

'만약 그럴 수 있다면, 난 무엇을 골라야 할까?'

쉽게 답을 내릴 수 없는 질문들이 꼬리에 꼬리를 물고 머릿속을 어지럽혔다. 세린은 눈을 감고 규칙적으로 덜컹거리는 열차에 몸을 맡겼다. 금세 머리가 무거워졌다.

깜빡 잠이 들었다가 깨어보니 날은 조금 더 어두워져 있었고, 바람은 한층 세게 불고 있었다.

잠시 뒤 기차에서 안내 방송이 흘러나왔다.

"이번 역은 우리 열차의 종착역인 레인보우 타운 역입니다. 열차에 타고 계신 승객 분들께서는 놓고 내리는 물건이 없는지 확인하신 후에 한 분도 빠짐없이 하차해 주시기 바랍니다."

세린은 주황색 우산을 손에 쥐는 것으로 내릴 채비를 마쳤다.

기차가 멈추고 문이 열리자 앉아 있던 사람들이 한꺼번에 일어나 문으로 향했다. 조용하다 못해 적막했던 기차 안이 먼저 내리려는 사람들로 인해 부산해졌다.

세린은 마지막까지 기다린 뒤에 천천히 기차에서 내렸다.

승강장에 발이 닿자 여기까지 온 세린을 반겨주기라도 하듯 시원한 바람이 얼굴을 훑고 지나갔다. 바람은 습기를 가득 머금고 있어 일기예보대로 오늘 안에 비가 오긴 올 것 같았다. 세린은 바람에 날려 흐트러진 머리를 대충 쓸어 넘기며 주위를 둘러보았다.

생각보다 그리 큰 동네는 아니었다. 기차역 주변이라 그런지 몰라도 별로 높지 않은 건물들이 여기저기 흩어져 있었다. 논밭으로 둘러싸인 시골은 아니었으나, 그렇다고 도시라고도 할 수 없는 곳이었다.

세린은 심호흡을 크게 한 뒤 직접 그린 약도를 손에 들고 역을 나섰다.

역 앞에는 택시 기사들이 삼삼오오 모여 담배를 피우고 있었다. 세린이 나오자 그들은 눈빛으로 택시를 탈 건지 물었고, 세린은 황급히 눈을 피했다. 이미 기차표 값만으로도 가진 돈을 거의 다 써버린 뒤였기 때문이다.

다행히 자신에겐 경사진 언덕을 매일같이 오르락내리락하느라 누구보다 튼튼한 두 다리가 있었다. 세린은 혹시라도 손님처럼 보이지 않기 위해 걸음을 빨리해 그곳에서 벗어났다.

잘 닦인 아스팔트 도로가 점점 비포장도로로 변해갔다. 세린은 발로 그린 것보다 조금 더 나은 수준의 약도가 점점 못 미더워지기 시작했다. 이제는 아예 길이라고도 하기 힘든 곳을 지나고 있었다.

한참을 걸어가다 보니 몇십 가구 살 것 같지 않은 작은 마을이 나타났다. 오래된 가로등 하나가 마을 입구를 비추고 있었으나, 특별히 오가는 사람은 보이지 않았다.

세린은 가로등 불빛에 의지해 약도에 적힌 주소를 확인했다. 자신이 틀리게 옮겨 적은 것이 아니라면 폐가는 이 마을 어딘가에 있을 게 분명했다. 세린은 슬슬 다리가 아파와 무릎을 주물렀다. 대충 아무 데나 앉아서 쉬고 싶은 마음이 컸지만, 날이 더 어두워지기 전에 빨리 폐가를 찾는 일이 급했다.

"여기도 아닌가…."

집집마다 돌아다니며 일일이 확인한 끝에, 드디어 마지막 집만을 남겨두고 있을 때였다.

어디선가 희미하게 인기척이 들려왔다. 틀림없이 웅성거리는 소리였으나, 뭔가 분위기가 심상치 않았다. 세린은 걸음을 재촉했다.

폐가로 보이는 건물 입구에는 웬 노인이 땅에 손을 짚고 쓰러져 있었다. 그 주위를 이십 대 중반에서 삼십 대 초반으로 보이는 남자 세 명이 빙 둘러싸고 있었다. 그들은 서 있는 폼이나 하는 행동 하나하나에서 불량한 냄새가 났다.

"그러니까 서로 좋게 말로 하자니까 그러시네. 살 만큼 사신 분이 뭔 욕심이 그리 많으실까?"

머리를 온통 노란색으로 물들이고 금목걸이를 두른 것으로도 모자라, 노란 민소매 티까지 깔 맞춤한 남자가 말했다.

"그 유명한 도깨비 티켓 좀 구경하자는데 되게 빡빡하시네. 한 번만 구경하고 바로 돌려드린다니까?"

"이 녀석들이!"

노인은 목에 핏대를 세우고 소리쳤다.

"내가 네 놈들 속셈을 모를 줄 알고? 젊은 놈이 성실하게 일하고 정직하게 살 생각을 해야지. 여기서 오가는 사람들 가로막고 이게 무슨 행패야!"

"행패라니. 거 말이 심하시네, 할아버지."

얼굴이 워낙 험상궂어 순간 도깨비로 착각할 만한 또 다른 동료가 바짝 다가와 얼굴을 들이밀었다.

"좀 전에 말했잖아. 부탁이라니까? 본다고 닳는 것도 아닌데 좀스럽게 왜 이래?"

"나보고 그 말을 믿으라고? 흥, 어림도 없지."

노인은 과장되게 콧방귀를 뀌고는 조금 전 떠밀려 넘어지느라 손에 묻은 흙을 탈탈 털었다. 노인의 체구는 작았지만 어디서 그런 용기가 나오는지 상대에 협박이 먹히지 않는 강단 있는 목소리로 대꾸했다.

"네놈들한테 줄 도깨비 티켓 같은 건 없어! 아니, 있다고 해도 못 줘!"

노인은 눈에서 레이저가 나가기라도 할 것처럼 건달들을 노려보았다. 상대는 '이것 봐라' 하는 식으로 짧게 웃음을 터뜨렸다.

"아무래도 우리 할아범이 본인 뼈가 아직도 딱딱한지 시험해보고 싶은 모양이지?"

건달 무리의 리더로 보이는, 등에 독수리 무늬가 그려진 가죽 재킷을 입은 남자가 앞으로 걸어 나왔다. 그는 어깨동무하듯이 목에 걸치고 있던 야구 배트를 위협적으로 내려놓았다.

"우린 분명히 정중하게 부탁했는데, 할아범이 자초한 거야. 그러니 너무 원망하지 마."

옆에 서 있던 노랑머리가 자기 목을 좌우로 꺾으며 '뚜두둑'하고 뼈 부딪치는 소리를 냈다. 험상궂은 얼굴의 남자도 이에 질세라 굳은살 박인 주먹을 보란 듯이 주물렀다.

그러자 노인의 태도가 돌변했다. 방금까지 당당하게 소리치던 노인은 갑자기 두 손으로 머리를 감싸고 외마디 비명을 내질렀다.

"악!"

그 모습을 본 건달 무리가 자기들끼리 낄낄거렸다.

"뭐야, 조금 전까지 자신만만하던 영감님은 어디 갔나? 이봐, 우리는 아직 시작도 안 했어. 벌써부터 이렇게 겁을 먹으면 어떻게 해?"

리더는 겁먹은 노인을 향해 비열한 미소를 흘리며 한 걸음 더 앞으로 내디뎠다. 아니, 내디디려 했다. 갑자기 그가 입고 있던 검은색 가죽 재킷이 위로 당겨지더니 서서히 몸이 들어 올려지기 시작했다.

"어? 뭐야?"

남자는 이게 무슨 일인가 싶어 주변을 살폈지만, 보이는 건 아무것도 없었다.

"누구야? 이거 안 놔?"

그는 리더라는 체면도 잊고 볼썽사납게 발버둥을 쳤으나, 달라지는 건 없었다. 결국 자신의 키가 더해진 만큼 위로 올라가더니 맞은편 숲속으로 던져지듯 날아가 버렸다.

노인은 여전히 땅에 얼굴을 파묻고 있었고, 나머지 건달 둘은 자리에 얼어붙은 채로 자신들의 리더가 날아간 쪽을 쳐다보았다. 그들이 고개를 돌려 서로 눈을 마주친 순간, 이번엔 다른 한 명의 몸이 한 뼘 정도 붕 뜨더니 교통사고라도 당한 것처럼 숲 안으로 내팽개쳐져 버렸다.

그제야 무언가 크게 잘못되었음을 알아차린 노랑머리는 자신의 리더를 챙기려는지, 아니면 단지 가장 빨리 도망치기 위해 선택한 곳이 그쪽이었는지, 있는 힘을 다해 숲속으로 도망치기 시작했다. 아마도 살아오면서 가장 빨리 달려본 경험으로 남을 것 같았다.

하지만 잠시 뒤 도망치던 건달도 무언가에 맞고 바닥을 구르는 소리가 났다. 노인은 그 소리에 고개를 슬쩍 들었다가, 또 한 번 소스라치게 놀라며 이번엔 뒤로 벌러덩 넘어졌다.

"오⋯오지 마!"

눈앞엔 보고도 믿기 힘든 존재가 자신을 내려다보고 있었다. 노인은 누군가 굳이 알려주지 않아도 알 수 있었다. 애초에 다른 단어로는 표현할 수도 없었다.

인간과 닮았지만, 결코 인간이라고 할 수 없는 모습.

노인은 헛것이 아니라는 걸 알면서도 몇 번이나 눈을 비벼댔다.

그것은 분명 도깨비였다.

"쏴아아아."

하늘에서 비가 쏟아지기 시작했다.

문지기 토리야

놀란 건 이를 몰래 지켜보던 세린도 마찬가지였다.

갑자기 장대비가 쏟아져 머리와 옷을 적셨지만, 채 우산을 쓸 생각도 하지 못했다.

사람과 생김새는 비슷하지만 팔이 길고 그에 비해 다리가 짧은, 흡사 고릴라를 보는 듯한 무언가가 폐가 입구에서 걸어 나오더니 노인을 둘러싸고 있던 건달 무리를 순식간에 숲으로 던져버린 것이다. 마지막에는 그들이 두고 간 야구방망이로 도망치던 건달까지 정확히 맞혀버렸다.

세린은 도서관에서 봤던 책의 앞부분을 겨우 기억해냈다. 그것은 오직 티켓을 받은 사람만이 도깨비를 볼 수 있으며, 그들의 안내를 받게 된다는 것이었다. 끝까지 무슨 영문인지 모르겠다는 건달들의 표정으로 미루어 보아 책의 내용은 사실임을 알 수 있었다.

도깨비는 어느새 노인에게서 시선을 거두고 건물 모서리에 숨어 얼굴 반쪽만 내밀고 있던 세린을 바라보고 있었다. 그제야 도깨비의 얼굴 윤곽이 정확히 보였다.

정수리 쪽에 작은 뿔이 나 있는 것을 제외하면 인간과 크게 다를 게 없었다. 다만 웬만한 농구선수들은 어깨 근처에도 못 올 정도로 키가 크다 보니 왠지 모르게 두려운 마음이 들었다.

도깨비는 이렇다 저렇다 말도 없이 세린과 노인을 번갈아 보더니 따라오라는 손짓을 하고는 폐가로 사라져 버렸다. 그러는 사이 빗방울이 점점 거세졌다. 세린은 우산을 펼쳐 들고 여전히 쓰러져 있는 노인에게로 다가갔다.

"괜찮으세요?"

비가 들어가는 것도 모르고 입을 벌리고 있던 노인이 또 한 번 화들짝 놀랐다.

"누구요?"

세린은 최대한 간단히 자기소개를 했다.

"제 이름은 세린이고, 저도 티켓을 받아서 장마상점을 찾아왔어요. 도와드릴까요?"

그러면서 노인의 팔을 부축하자, 노인도 거절하지 않고 그녀의 팔에 의지한 채로 다리에 힘을 주었다. 노인은 건달들에게 떠밀려 넘어진 것보다 도깨비를 보고 더 큰 충격을 받은 것 같았다. 세린은 노인의 마음을 충분히 이해할 수 있었다. 멀리서 봤는데도 다리가 후들거렸는데, 바로 코앞에서 맞닥뜨렸으니 그럴 만도 했다.

"고마우이. 그런데 정말 도깨비가 있다니, 믿기지가 않는구먼."

일어선 노인은 가지고 온 검은색 장우산을 펼쳐 들었다. 보는 눈이 없는 세린이 보기에도 꽤나 고급스러운 우산이었다. 지저분해진 옷을 털고 떨어뜨렸던 중절모까지 다시 쓰자, 조금 전과는 다른 말끔한 모습이 되었다. 눈가나 이마의 주름으로 봐선 진작 정년퇴직을 했을 나이로 보였는데, 젊은 사람 못지않게 혈색도 좋고 걸음걸이에도 힘이 넘쳤다.

"어쨌든 어서 가세나."

노인이 앞장섰고, 세린이 뒤따르며 폐가 입구의 계단을 올랐다.

활짝 열린 문 안에서는 희미한 빛이 새어 나오고 있었다.

노인은 마치 한번 와 본 사람처럼 곧바로 문으로 들어갔으나, 세린은 잠시 멈칫했다. 하지만 이내 뭔가를 결심한 듯 다시 걸음을 옮겼다.

잠시 뒤 두 사람은 거짓말처럼 사라져 버렸다.

분명히 다 쓰러져가는 건물 입구로 들어갔으나, 나온 곳에는 전혀 다른 풍경이 펼쳐져 있었다.

실내가 아닌 온통 꽃밭으로 둘러싸여 있는 실외였고, 그것도 밤이 아닌 해가 쨍쨍한 오후였다.

세린과 노인은 같은 생각을 했는지 멍하니 서로의 얼굴을 바라보았다. 하지만 곧 서둘러 자리를 떠났다. 열 걸음 정도 떨어진 곳에서 좀 전의 도깨비가 그들을 기다리고 있었기 때문이다.

도깨비의 손에는 언제 꺼냈는지 노란색 삼각형 깃발이 들려 있었다. 여행사 직원들이 여행객들을 잃어버리지 않기 위해 쓸 법한 물건이었다. 세린과 노인은 꽃밭 사이로 나 있는 오솔길을 따라 도깨비에게로 다가갔다.

어두운 밤에, 그것도 음산한 장소에서 처음 봤을 때는 한없이 무서워 보였는데, 환한 곳에서 보니 도깨비는 체구만 클 뿐, 의외로 순박한 얼굴을 하고 있었다. 세린과 노인이 뒤늦게 따라왔음에도 불만 없이 그들을 기다려 주었다.

가까이에서 본 모습은 더욱 정감이 갔다. 웃옷은 입지 않고 파란색 멜빵바지를 한쪽 어깨에만 걸치고 있는 모습이 꼭 유치원생을 보는 것 같았다. 가슴팍에는 나비 모양의 작은 명찰이 있었는데, 삐뚤빼뚤한 글씨로 '토리야'라고 적혀 있었다.

"토리야?"

세린이 혼잣말처럼 내뱉은 말에 도깨비가 고개를 끄덕였다. 자신의 이름인 모양이었다. 이번엔 도깨비가 검지로 세린을 가리켰다.

"나? 내 이름은 세린이야."

"세… 린….."

도깨비가 어눌한 발음으로 이름을 따라 읽자, 세린이 활짝 웃었다.

"맞아. 그런데 여기가 장마상점이야?"

"상… 점…..."

토리야는 손끝으로 멀리 떨어진 하얀색 건물을 가리켰다. 꽃밭 너머로 성 같기도 하고 탑 같기도 한 높은 건물이 우뚝 서 있는 게 보였다. 길쭉하고 가느다란 건물을 중심으로 동화 속에서 방금 튀어나온 것 같은 집들이 사방에 흩어져 있었다.

"우와."

세린은 저도 모르게 감탄을 내뱉었다.

"정말 저기로 가면 내 인생을 바꿀 수 있는 거야?"

하지만 토리야는 뾰족하게 솟아 있는 손톱으로 자신의 머리를 긁적이기만 했다. 아직 인간의 말은 알아듣거나 표현하는 데 익숙지 않은 것 같았다. 이것저것을 귀찮게 물어보는 세린과 달리 노인은 아직도 토리야가 겁이 나는지 두어 걸음 떨어진 곳에서 그들의 눈치만 살피고 있었다.

"괜찮아요, 해치지는 않을 것 같아요."

세린이 노인을 안심시키려 했지만, 노인은 여전히 세린의 등 뒤에 서서 경계를 풀지 않는 모습이었다. 토리야는 그러거나 말거나 몸을 돌려 상점으로 향하기 시작했다.

그는 키가 워낙 커서 한 걸음을 걸으면 세린과 노인은 두세 걸음을 걸어야 했다. 하지만 걸음걸이가 원래 느린 건지 아니면 일부러 속도를 맞춰주는 건지 애쓰지 않아도 토리야를 따라잡는 데큰 무리가 없었다.

다만 이상한 건 그의 행동이었다.

멀쩡히 길 안내를 하던 토리야가 갑자기 화들짝 놀라며 우뚝 멈춰 서더니, 쭉 뻗은 직선 길을 내버려 두고 빙 돌아가는 것이었다. 세린은 잠시 어리둥절하여 그의 뒷모습을 멀뚱히 바라보았다.

호기심이 생긴 세린은 곧장 따라가지 않고 토리야가 조금 전서 있던 곳으로 갔다. 커다란 뱀이라도 숨어 있나 싶어 자세히 살펴보았으나, 잘 다져진 길가에는 돌멩이 몇 개를 제외하고는 별달리 보이는 게 없었다. 뭔가 자신이 모르는 이유가 있겠거니 생각하며 무심코 시선을 아래로 향했을 때였다.

그녀의 발 앞에 송충이 한 마리가 꼼지락거리며 기어가고 있었다.

'설마 이것 때문이야?'

궁금한 건 못 참는 성격인지라 직접 토리야에게 물어보고 싶었지만, 왠지 실례가 되는 말일 것 같아 넣어두기로 했다. 세린은 어느새 거리가 벌어진 토리야를 다시 뒤쫓아 갔다.

하지만 얼마 안 가 토리야는 또다시 멈춰 섰다.

이번엔 길가에 쭈그리고 앉아 무언가를 한참이나 뚫어져라 쳐다보았다. 그가 보는 것은 다름 아닌 보라색으로 활짝 핀 꽃이었다. 워낙 주의 깊게 보고 있어 말을 붙이기도 어려웠다.

세린이 토리야의 얼굴을 가만 살펴보니, 왠지 꽃이 마음에 들어 가져가고 싶은 눈치였다. 그러나 차마 꽃을 꺾을 수 없어 고민하는 것 같았다.

이를 보다 못한 세린이 꽃을 대신 꺾어주자 토리야는 어린아이 같은 표정으로 좋아했다. 세린은 이러다가 장마가 끝나기 전에 도착할 수나 있을까 걱정이 되었지만, 다행히 더는 무서운 벌레도, 마음에 드는 꽃도 없었는지 토리야는 멈추지 않고 곧장 상점으로 향했다.

상점은 하얀색 가래떡을 길게 세워둔 모습을 하고 있었다. 근처 건물들에 비해 유난히 높고 웅장해서, 옥상에 올라서면 주변의 다른 집들은 성냥갑처럼 보일 것 같았다. 출입구로 보이는 곳에는 토리야가 고개를 숙이지 않아도 충분히 들어갈 만한 커다란 문이 있었다.

그들이 문 앞에 도착하자, 별다른 신호도 보내지 않았는데 저절로 문이 스르륵 움직였다.

마치 유령의 집에 온 듯한 기분이었다. 그리고 문이 채 완전히 열리기도 전에 안에서 시끄러운 음악 소리가 새어 나왔다.

어두운 상점 안은 그야말로 흥겨운 축제 분위기였다. 순간 토리야가 무도회장을 상점으로 잘못 알고 있는 게 아닌가 하는 의심이 들 정도였다. 노인도 이런 분위기가 익숙지 않은지 괜한 헛기침을 했다.

천장에는 미러볼이 쉴 새 없이 돌아갔고, 주변은 실루엣만 보이는 인파로 가득했다.

키 높이만 한 무대에서 화려한 옷을 입은 도깨비들의 공연이 펼쳐지는 가운데, 단정한 웨이터 차림의 남자 도깨비가 다가오더니 쟁반에 담긴 정체 모를 음료를 권했다. 세린은 별로 마시고 싶은 생각이 없었지만, 노인이 두 잔을 받아 한 잔을 건네는 바람에 마지못해 잔을 손에 쥐었다.

"음?"

당연히 술일 거라고 생각했던 음료는 의외로 좋은 향이 나는 과일 주스였다. 무슨 과일인 것까지는 알 수 없었으나, 하도 달콤하고 시원해서 아까 그 웨이터가 보이면 부끄러움을 감수하고서라도 한 잔만 더 달라고 부탁하고 싶을 정도였다. 노인도 옆에서 눈을 감고 음료를 음미하며 감탄사를 연발했다.

그러는 사이 축제는 어느새 막바지로 접어들었다. 노인과 세린이 마지막 손님이었는지, 그들을 끝으로 빗장이 걸리며 문이 완전히 닫혀버렸다.

"쿵!"

열릴 때와는 반대로 묵직한 소리가 주변을 울렸다.

옷이 다 젖을 정도로 혼신의 힘을 다해 노래를 부르고 춤을 추던 도깨비들이 박수를 받으며 무대에서 내려갔다. 그와 함께 요란하던 음악 소리도 멈췄다. 상점 안은 순식간에 도서관이 된 듯 고요해졌다.

그때 커튼이 내려온 텅 빈 무대를 혼자서 오르는 도깨비가 있었다.

구김 하나 없는 보라색 슈트를 입고 그와 대비되는 노란색 넥타이를 맨 도깨비였다. 인간 세상으로 쳐도 꽤나 패션 감각이 있어 보이는 그는 머리에 포마드를 잔뜩 발라 한쪽으로 빗어 넘겼고, 콧수염을 멋지게 기르고 있었다. 인상이 워낙 강렬해서 한 번 보면 결코 잊을 수 없는 모습이었다.

자신을 '듀로프'라고 소개한 도깨비는 마이크를 손에 쥐고 한껏 격양된 목소리로 외쳤다.

"어서 오십시오! 장마상점에 오신 여러분을 환영합니다."

장마상점

새로운 도깨비의 등장에 장내가 잠시 소란해졌다. 어두웠던 조명이 환해지자 그제야 주변이 서서히 드러났다. 콘서트장을 방불케 하는 넓은 공간에는 적어도 백여 명은 될 법한 사람들이 모여 있었다. 그들 중에는 잔뜩 겁을 집어먹고 있는 사람도 있었고, 느긋하게 팔짱을 끼고 여유를 보이는 사람도 있었다.

세린은 상점 내부를 둘러보랴, 낯선 사람들을 곁눈질하랴, 두 눈을 바삐 움직이느라 정신이 하나도 없었다. 하지만 무엇보다 제일 눈길이 가는 건 지금 막 마이크를 잡고 무대에 오른 도깨비였다.

"여기까지 오시느라 모두 수고 많으셨습니다."

듀로프는 진심으로 반가운 마음이었는지 발밑에 모여 있는 사람들과 눈을 맞추며 짧게 인사를 나눴다.

"다들 궁금한 것이 많으시겠지만, 우선 이곳부터 소개해 드리겠습니다."

듀로프는 넥타이를 느슨하게 하며 목을 한번 풀더니 말을 이었다.

"저희 장마상점은 유구한 역사를 자랑하는 명실상부 최고의 상점으로서, 매년 인간을 초대하여 상점을 이용하실 수 있도록 특별한 이벤트를 진행 중입니다. 이 모든 건 인간을 아끼고 사랑하는 저희 족장님의 크나큰 배려이며, 그분의 뜻에 따라 여러분이 이곳에 머무시는 동안 불편함이 없도록 최선을 다할 것을 약속드리겠습니다."

듀로프는 오른손을 왼쪽 가슴에 대고 허리를 깊이 숙여 인사했다.

"그럼 따분한 소개는 이쯤에서 끝내고…."

듀로프가 손가락을 살짝 튕기자, 무대 옆에서 대기하던 미녀 도깨비가 천으로 덮인 무언가를 들고 걸어 나왔다.

"바로 본론으로 넘어가도록 하겠습니다."

미녀 도깨비는 듀로프의 바로 옆에 서서 늘씬한 각선미와 잘록한 허리를 뽐냈다.

"여러분이 가장 기대하시는 건 아무래도 이것이겠죠?"

듀로프가 이미 다 꿰뚫어 봤다는 듯이 물었다. 하지만 사람들은 여자 도깨비에게 시선을 빼앗겨 듀로프의 이어지는 설명을 귀담아듣지 못했다.

"갖고 계신 불행을 없애고 싶으신가요? 꿈꾸던 삶을 살아보시는 건 어떤가요? 남들이 부러워할 만한 새로운 인생을 시작할 수 있다면요?"

듀로프는 극적인 효과를 주기 위해 일부러 잠시 시간을 끌었다.

"소개합니다. 저희 장마상점의 자랑, 도깨비 구슬입니다!"

곧이어 듀로프가 마술사처럼 현란한 동작으로 천을 걷었다. 익히는 데만 반나절은 꼬박 걸렸을 것 같은 멋진 포즈였다. 천은 공중에서 활짝 펼쳐지더니 나풀거리며 뒤쪽으로 떨어졌다.

사람들은 웅성거리며 눈을 크게 뜨고 시선을 집중했다. 맨 뒤에 있던 세린은 까치발을 들고 조금이라도 더 자세히 보기 위해 안간힘을 썼다. 노인도 최대한 목을 길게 뺐다.

작은 탁자 위에는 각기 다른 크기의 오색찬란한 구슬들이 조명을 받아 보석처럼 빛을 내고 있었다. 작은 것은 탁구공만 했고, 큰 것 중에는 볼링공만 한 것도 있었다.

듀로프는 그중 하나를 집어 들었다.

"어떻습니까. 정말 아름답지 않나요? 이 구슬에는 여러분이 그토록 원하시는 멋진 삶들이 가득 들어 있습니다."

"그 구슬은 얼마죠?"

누군가 용기 있게 손을 번쩍 들고 질문했다.

"저희는 인간의 돈은 필요치 않습니다. 구슬은 상점마다 하나씩 진열되어 있으며, 불행을 파시고 받은 금화로 해당 상점을 이용하신 뒤에는 얼마든지 가져가실 수 있습니다. 그것도 공짜로 말이죠."

여기저기서 환호성과 박수가 터져 나왔다. 듀로프는 그것이야말로 자신이 기대했던 반응이었는지 옆으로 길게 자란 콧수염이 머리까지 치솟을 만큼 입꼬리를 올렸다.

"상점에는 그동안 저희가 모아온 수없이 많은 구슬이 보관되어 있습니다. 여러분께서는 천천히 둘러보시고 장마가 끝나기 전까지만 원하는 구슬을 가져오시면 됩니다."

"만약에 그전까지 고르지 못하면 어떻게 되나요?"

조금 전 질문했던 남자가 다시 물었다. 네모반듯한 뿔테안경을 끼고 수첩과 볼펜을 들고 있는, 학창 시절에 선생님들이 딱 좋아할 만한 모범생 타입의 남자였다. 듀로프도 선생님 같은 억양으로 대답했다.

"좋은 질문입니다. 물론 구슬을 고르지 않으면 아무 일도 일어나지 않습니다. 하지만 한 가지 유념해 두셔야 할 것이 있습니다."

듀로프가 탁자에 놓여 있던 김이 모락모락 나는 찻잔을 들더니 뜨겁지도 않은지 한번에 후루룩 마셔버렸다.

"만약 장마가 끝나기 전까지 상점 밖으로 나가시지 않으면…."

그는 찻잔을 옆으로 돌려 깔끔하게 비어버린 바닥을 보여주었다.

"이곳에 남아 계신 분들은 영원히 사라지게 됩니다."

순간 주변이 찬물을 끼얹은 듯 조용해졌다. 듀로프는 분위기가 순식간에 얼어붙은 것을 보고 일부러 과장되게 웃음을 터뜨렸다. 잠시 그의 웃음소리가 넓은 상점 내부를 울렸다.

"하지만 너무 걱정하지 마세요. 아직 시간은 많습니다. 이제 막 장마가 시작되었고, 이번 장마는 일주일 하고도 9시간 44분 32초가 지속될 예정이니까요. 정확한 것은 도깨비 표준시계를 확인해 주세요."

듀로프가 출입구 쪽을 가리켰다. 뒤쪽 벽면에는 커다란 시계가 걸려 있었는데, 분침이나 시침은 없고 물이 가득 찬 모래시계 모형에서 물방울이 조금씩 떨어지고 있었다.

"구슬을 사용하는 방법에 대해서는 잠시 후 방문하실 불행 전당포에서 알려드릴 예정입니다. 또한 상점을 이용하시면서 참고가 될 만한 것을 미리 준비해 놓았습니다."

듀로프가 미녀 도깨비에게 눈짓을 하자 그녀는 가볍게 고개를 끄덕이고는 준비해 온 작은 책자를 나눠주기 시작했다.

순간 사람들이 서로 먼저 받겠다고 어깨를 밀치는 바람에 작은 소란이 일어났다. 일부는 책자보다 미녀 도깨비에게 더 관심을 보이느라 질서가 지켜지지 않아 시간이 조금 지체되었다. 세린과 노인은 순서를 기다려 마지막 남은 책자를 전달받았다.

책자는 밖에서 흔히 볼 수 있는 얇은 브로슈어 형태였다. 손바닥만 한 크기에 여러 면으로 접혀 있어 가볍게 들고 다니기에 좋았고, 코팅까지 입혀진 겉면에는 '장마상점 안내서'라고 큼지막하게 적혀 있었다.

세린은 궁금함을 참지 못하고 받자마자 책자를 펼쳐보았다.

장마상점 이용 시 필수 참고 사항

첫째, 불행 전당포에서 받은 금화는
상점 내에서만 사용이 가능하다.

둘째, 금화는 장마 기간에만 유효하다.

셋째, 구슬을 인간 세계로 가지고 나간 이후에는
교환 및 환불이 불가하다.

넷째, 구슬에 담긴 행복은
원하는 시점에 주문을 통해 발동된다.

다섯째, 구슬을 버리거나 포기하면

원래 주인에게로 되돌아간다.

각각의 면에는 참고 사항을 비롯해 상점을 축소해서 그려 넣은 약도와 가보면 좋을 만한 추천코스가 적혀 있었다. 그중에서도 대표 맛집으로 소개된 곳은 보르도, 보르모 형제가 운영하는 레스토랑이었는데, 사진에는 쌍둥이로 보이는 똑같은 얼굴의 도깨비들이 환하게 미소를 짓고 있었다.

심지어 마지막 장에는 카지노 이용료 할인쿠폰도 들어 있었다. 세린은 그곳에 갈 일이 없어 보였지만, 혹시 몰라 일단 챙겨두기로 했다.

"우선 오늘은 늦었으니 지하 전당포에 여러분의 불행을 맡기시고, 저희가 마련한 숙소에서 편히 쉬시기를 바랍니다. 안내는 토리야가 또 한 번 수고해 주시겠습니다."

듀로프가 출구 반대편 문을 가리키자 그곳에는 아까 봤던 덩치 큰 토리야가 여전히 어울리지 않는 노란색 깃발을 들고 사람들을 기다리고 있었다. 아무래도 이곳에서 길 안내를 도맡아 하고 있는 것 같았다.

"그럼 또 뵙겠습니다. 궁금하신 사항이나 찾고자 하는 구슬이 있으시다면, 언제든 제가 있는 안내 데스크를 찾아주세요."

듀로프는 마지막까지 예의를 잃지 않고 허리를 굽혀 깍듯하게 인사했다.

사람들은 하나둘 토리야에게로 몰려갔다. 하지만 아직 마지막 절차가 남았는지 그는 바로 이동하지 않고 티켓을 일일이 확인한 후에 도장을 찍어주었다. 그리고 도장이 찍힌 사람들에게는 손목시계를 하나씩 나눠주었다.

벽면에 걸려 있던 것과 똑같은 모양에 크기만 그대로 축소된 시계였다. 대신 손목에 묶을 수 있도록 가죽끈이 양옆으로 붙어 있었는데, 희한하게도 어느 방향으로 꺾든 한쪽으로만 물방울이 떨어져 내렸다.

하지만 그보다 더 희한한 것은 다른 사람들의 티켓 색깔이 자신과는 다른 은색이라는 점이었다. 순간 세린은 자신의 티켓이 잘못된 것인 줄 알고 조마조마했으나, 정작 토리야는 신경 쓰지 않고 도장을 선명하게 찍어주었다.

표정이 미세하게 변한 건 아직 무대에서 내려가지 않고 상황을 지켜보고 있던 듀로프였다. 그러나 세린을 비롯해 그걸 눈치챈 사람은 아무도 없었다.

세린은 안도의 한숨을 내쉬고 자신보다 먼저 티켓 검사를 끝낸 노인에게로 다가갔다.

마지막이었던 세린의 차례가 끝나자, 토리야는 사람들을 이끌고 아래로 향하는 계단으로 내려가기 시작했다. 정문 출입구와는 다르게 통로가 그리 넓지 않아 토리야가 몸을 구기듯 움츠리며 걸었고, 그 뒤로 긴 줄이 이어졌다.

그들이 모두 빠져나가는 데는 생각보다 오랜 시간이 걸리지 않았다. 웅성거리던 소리도 사라지고, 발자국 소리도 차츰 멀어져 갔다.

상점 안은 처음부터 아무 일도 없었다는 듯 다시 조용해졌다.

베르나의 불행 전당포

지하에는 희미한 백열전구가 천장에 낮게 걸려 있었다. 하지만 그마저도 갈 때가 됐는지 가끔씩 깜빡거리기까지 했다. 토리야는 좁은 통로를 지나느라 고개를 최대한 숙였음에도 머리를 몇 번이나 부딪히는 바람에 동굴 천장에서 흙이 한 움큼씩 떨어졌다. 몇몇은 통로가 무너져 내리는 줄 알고 옆 사람을 껴안았다가 뒤늦게 사과하기도 했다. 벌써부터 다투는 이도 있었다.

"거, 밀지 맙시다."

"빨리빨리 좀 가세요."

바닥을 잘 살피지 않으면 한바탕 크게 넘어질 것 같은 가파른 지하 계단이 계속되었다. 아래로 내려갈수록 눅눅한 습기는 둘째 치고, 퀴퀴한 곰팡이 냄새가 심해져서 오래 있을 만한 곳이 못 되었다.

"대체 언제까지 내려가는 거야?"

사람들의 불만이 하나둘 터져 나왔다. 토리야는 안 들리는 건지 안 들리는 척하는 건지 묵묵히 걷기만 했다.

그러다 맨 앞에 있던 한 남자가 결국 발을 헛디뎌 앞으로 넘어졌다. 구르는 소리가 나지 않아 자세히 살펴보니, 다행히도 계단 밑은 평평한 바닥이었다. 사람들은 남자가 다치지 않은 것보다 계단이 끝난 것에 안도하는 분위기였다.

계단에서 얼마 떨어지지 않은 곳에는 건물 한 채가 서 있었다. 옛날 시골의 문방구를 보는 듯한, 불량식품을 팔고 있으면 딱 어울릴 만한 작고 초라해 보이기까지 한 건물이었다. 하지만 가까이서 본 모습은 또 달랐다.

'여긴 뭐 하는 곳이지?'

뭐 그리 중요한 물건을 감춰두었는지 벽 한쪽 면을 철창살로 막아두고 두꺼운 유리벽까지 설치해둔 곳이었다. 투명한 유리벽 중앙에는 대화가 오고 갈 수 있도록 작은 구멍들이 촘촘하게 뚫려 있었는데, 머리통이 드나들 만한 커다란 구멍도 하나 뚫려 있었다.

사람들은 건물로 다가가다가 흠칫 놀라 멈춰 섰다.

유리벽 너머로 한눈에 보기에도 심술 맞아 보이는 도깨비가 기다란 곰방대를 물고 삐딱하게 앉아 있었던 것이다. 별로 넓어 보이지 않는 방에는 담배를 어찌나 많이 피워댔는지 연기가 자욱했다. 자세히 보지 않으면 불이 난 걸로 착각할 정도였다.

도깨비는 너무 사납게 생겨서 성별을 구분하는 것조차 쉽지 않았다. 다만 화장을 진하게 하고 파마머리를 위로 묶은 것으로 보아, 여자 도깨비라고 미루어 짐작할 뿐이었다.

금으로 치장된 겉모습도 그런 판단을 내리는 데 한몫했다. 귀에는 버스 손잡이로 써도 될 법한 링 귀걸이가 매달려 있었고, 손가락이란 손가락에는 모두 반지가 끼워져 있었다. 무엇보다 가장 눈에 띄는 건 목걸이였다. 목에는 쇠사슬 굵기만 한 금목걸이가 여러 겹으로 걸려 있어, 한번 고개를 숙이면 다시 들기까지 누군가의 도움이 필요해 보였다.

세린은 아까 받은 안내 책자를 재빨리 살펴보았다. 다행히 두 번째 페이지에 세상 귀찮은 얼굴로 담배를 피우고 있는 도깨비의 얼굴이 있었다.

불행 전당포의 주인 '베르나'. 그녀의 이름이었다.

도깨비는 일 열로 길게 늘어선 인간을 보더니, 줄 달린 마이크를 입에 가져다 댔다.

"자, 어서들…."

하지만 마이크가 나오지 않자 턱을 괴고 있던 손으로 마이크를 탁탁 두들겼다.

"삑-."

귀를 막고 싶을 만큼 듣기 싫은 기계음이 한차례 크게 울렸다. 그녀는 짜증 섞인 한숨을 내쉬고는 앉아 있던 의자 옆으로 마이크를 던지듯 내려놓았다. 사람들의 눈이 일제히 그녀를 향했다.

베르나는 숨을 크게 들이마신 뒤에, 줄의 가장 끝에까지 들릴 만한 커다란 목소리로 다시 입을 열었다.

"뭐, 인사말은 생략하고 바로 설명할 테니 잘 들어둬. 난 두 번 말하는 건 질색이니까. 못 알아듣고 어리바리하게 굴면 바지를 벗긴 다음 엉덩이를 걷어차서 쫓아낼 거야."

그녀의 쩌렁쩌렁한 목소리가 벽에 부딪혀 메아리치는 와중에, 누군가 큭큭거리는 소리가 들려왔다. 그게 도깨비식 유머라고 생각한 모양이었다. 한 남자가 어깨까지 들썩여가며 웃다가 분위기가 이상해진 걸 알아차리고는 얼른 손으로 입을 막았다. 잠시 어색한 침묵이 흘렀고, 사람들은 지금 당장 엉덩이를 걷어차이기라도 할 것처럼 불안한 얼굴로 베르나의 눈치를 살폈다.

다행히 도깨비는 눈을 한번 부라리는 것으로 끝내고 본론으로 넘어갔다.

"지금부터 우리 귀여운 토리야가 한 명당 하나씩 작은 구슬을 나눠줄 거야. 구슬을 두 손으로 잡고 너희 인생에서 필요 없다고 여겨지거나 사라졌으면 하는 걸 떠올리면서 주문을 외워. 주문은 '드루 엡 줄라'야. 자, 따라 해봐. 드루 엡 줄라."

사람들은 합창부 단원이라도 된 듯 동시에 그녀의 말을 따라

했다. 단어를 확실히 못 들은 사람은 차마 그녀에게 되묻지 못하고 앞사람이나 뒷사람에게 발음을 확인했다.

"좋아, 생각이 모두 담길 때까지 주문을 반복해서 외워. 다른 사람 방해되지 않게 조용히."

베르나는 뭔가 빠뜨린 게 있었는지 뒷말을 덧붙였다.

"그리고 도깨비 구슬의 생명은 뭐니 뭐니 해도 광택이야. 조금이라도 비싼 값을 받고 싶으면 되도록 겉에 먼지 안 묻게 조심해."

옆에 서 있던 토리야가 입고 있던 멜빵바지의 앞주머니에서 작은 구슬을 꺼내 나눠주기 시작했다. 주머니는 그리 크지 않아 보였으나 신기하게도 구슬이 끝없이 나왔다.

구슬은 앞서 봤던 것과는 달리 색이 전혀 들어가 있지 않은 투명한 유리구슬이었다.

토리야의 손에 있을 때는 콩알만 하게 보이던 구슬이, 막상 세린의 손에 옮겨지자 양손으로 감쌀 정도가 되었다. 수십 개, 어쩌면 백 개가 넘을지도 모르는 구슬들이 어두운 조명 아래서 희미하게 빛을 냈다.

여기저기서 조금 전 들은 주문을 외우는 소리가 들려왔다. 세린도 눈을 감고 천천히 자신의 불행을 떠올려보았다. 그것은 그녀에게 전혀 어렵지 않은 일이었다.

아빠가 돌아가시고 난 뒤로 늘 가난하기만 했던 집.

엄마는 바빠서 자신에게 관심조차 없었고, 하나뿐인 동생은 집을 나가 소식이 끊기고 해가 바뀌었다.

주변에는 친구라고 부를 만한 사람도, 자신을 믿고 응원해 주는 사람도 없었다.

세린은 그리 대단한 행복을 바란 게 아니었다.

그저 다른 사람들의 평범한 삶이 부러웠다.

입학식이나 졸업식에 찾아와 함께 있어 주는 부모님.

고민을 들어줄 친구 같은 동생.

하지만 언제나 혼자였고, 늘 외로웠다.

그동안 힘들었던 순간들이 주마등처럼 끝없이 눈앞을 스치며 지나갔다.

세린은 문득 자신이 너무 오래 눈을 감고 있는 게 아닌가 싶어 슬쩍 실눈을 떠보았다.

아직도 주문을 외우고 있는 사람들이 간혹 보였으나, 대부분은 앞쪽에 모여 있거나 옆 사람과 가벼운 잡담을 주고받고 있었다.

성격 급한 누군가는 벌써 베르나에게 구슬을 가져가 결과를 기다리기도 했다. 유리벽 너머는 담배 연기가 더 자욱해져서 주인의 얼굴만 간신히 보였다. 세린은 다시 눈을 감고 미처 담지 못한 불행을 마저 꾹꾹 눌러 담느라 줄의 끝에 가서 서게 되었다.

"흠⋯."

베르나는 수술대에 올라선 의사처럼 사뭇 진지한 얼굴로 구슬을 다루고 있었다.

그녀는 건네받은 구슬을 저울에 달기도 하고, 보석 감정용으로 보이는 확대경으로 들여다보며 이곳저곳을 살폈다. 그러고 나서야 커다란 주머니를 뒤적여 금화를 한 움큼씩 사람들에게 나눠주었다. 언뜻 보면 손에 잡히는 대로 대충 나눠주는 것 같았으나, 자세히 보면 또 그렇지도 않았다. 주었던 금화 중 한두 개를 다시 가져가기도 하고, 금화 주머니에서 몇 개를 추가하기도 했다. 정확한 건 알 수 없었지만, 나름의 기준을 가지고 가격을 매기는 것 같았다. 생긴 것과는 다르게 꼼꼼한 성격이었다.

'아, 맞다.'

그런 모습을 보고 있자니, 베르나가 말미에 말했던 구슬의 광택이 중요하다는 말이 떠올랐다.

세린은 주변을 힐끔 둘러보았다. 이미 몇몇이 자신과 같은 생각을 한 건지 구슬을 요리조리 살피고 있었다. 그들은 자기 차례가 오기 전에 서둘러 옷으로 구슬을 닦았고, 입김까지 불어가며 조금이라도 더 문지르려 노력했다.

세린도 가지고 있던 손수건을 꺼내 구슬을 닦고 또 닦았다.

촌스러운 꽃무늬가 마음에 들지 않았지만, 혹시 모르니 항상 몸에 지니고 다니라는 엄마의 극성에 못 이겨 버릇처럼 챙겨온 손수건이었다.

길었던 줄은 어느새 짧아져 있었다. 세린이 자기 차례가 온 줄도 모르고 구슬을 닦고 있자, 베르나가 못마땅한 얼굴로 손수건과 함께 통째로 구슬을 낚아채 갔다.

"어, 저기…."

세린은 깜짝 놀라 그녀를 쳐다봤지만, 베르나의 분위기가 하도 무서워서 아무 말도 할 수 없었다.

그녀는 구슬이 조금이라도 더 잘 보이도록 형광등에 비춰보고 계산기를 여러 차례 두들겨본 다음 세린의 두 손에 수북이 쌓일 만큼 금화를 건넸다. 그리고 세린의 손수건으로 구슬을 감싼 뒤에 끝부분으로 매듭을 만들고 구슬들이 모여 있는 곳에 올려놓았다.

베르나가 눈으로 끝났다는 신호를 주자 세린은 떠밀리듯 자리를 떠날 수밖에 없었다.

그녀는 담배 연기를 푹 내쉬면서 세린의 주머니에서 삐져나온 티켓을 유심히 봐두었다. 그러다 사람들이 모두 빠져나간 것을 확인하고는 무전기를 꺼냈다.

"네, 방금 골드티켓을 가진 인간을 찾았습니다."

무언가 지시를 받은 베르나는 서랍 속에서 작은 보석함을 꺼냈다. 보석함을 열자 검은 연기와 함께 그림자가 빠져나왔다.

그림자는 잠시 그녀의 주위를 뱅뱅 돌더니 책상 위에 섰다.

"방금 나간 골드티켓을 가진 인간을 따라가. 이게 바로 그 냄새야."

베르나는 그림자에게 손수건 냄새를 맡게 했다. 그림자는 기괴한 모양으로 변해서 킁킁거리며 냄새를 맡고는 다시 형체 없는 그림자가 되어 어디론가 향했다.

그리고 곧 어둠으로 스며들어 보이지 않게 되었다.

베르나는 이미 손질이 잘 되어 있는 손톱을 기다란 쇠줄로 다듬으며 말했다.

"네 뜻대로 되게 할 순 없지."

마지막 순서로 구슬을 건넨 세린은 불행 전당포를 빠져나오면서 그만 길을 잃고 말았다. 맨 끝에 붙어 따라가다가 풀려버린 운동화 끈을 묶은 게 화근이었다. 잠깐 고개를 숙인 것 같았는데, 앞서가던 사람들이 어디로 갔는지 통 보이지 않았다. 조금 빠르게 걸으면 따라잡겠거니 하는 생각에 속도를 올려보았으나, 어째 전혀 엉뚱한 곳으로 와버린 것 같았다. 원래도 어두운 통로가 더 어둡게 느껴졌다. 방향감각마저 사라져 이제는 어디로 가야 할지 감을 잡을 수도 없었다.

"거기 누구 안 계세요!"

세린은 있는 힘껏 소리쳤지만, 되돌아온 건 메아리뿐이었다. 왔던 길로 되돌아가야 하나 싶어 잠시 고민하고 있을 때였다. 한쪽 구석에 작은 횃불이 켜져 있는 게 눈에 들어왔다. 꼭 공중에 떠 있는 것처럼 눈높이에서 흔들리는 모습이 어딘가 섬뜩하게 보였다.

하지만 조금이라도 밝은 곳으로 가고 싶은 마음이 컸기에 오래 생각하지 않고 횃불이 있는 쪽으로 걸음을 옮겼다.

'여긴 대체 어디지?'

가까이 다가가서 보니 횃불은 쇠로 만들어진 고리에 끼워져 벽에 고정되어 있었다. 그리고 옆에는 정체를 알 수 없는 녹슨 철문이 있었다. 딱히 지키는 사람은 없었으나 열쇠 구멍이 있는 걸로 봐서 함부로 들어갈 수 없는 문인 것 같았다. 호기심에 슬쩍 밀어도 봤지만 역시나 꿈쩍도 하지 않았다. 뒤늦게 발견한 팻말에는 빨간색으로 'X'자 표시가 되어 있었다. 누가 보더라도 접근금지 표시로 세워둔 게 틀림없었다.

"하아…."

세린이 가볍게 한숨을 내쉬고 뒤로 돌아서려는 찰나였다.

"이곳에 계셨군요."

어디서 들어본 목소리가 세린의 머리 위에서 들려왔다. 고개를 돌려보니 아까 봤던 콧수염 도깨비가 부담스러울 정도로 등 뒤에 바짝 붙어 그녀를 내려다보고 있었다.

세린은 깜짝 놀라 뒤로 몇 걸음이나 물러섰다. 철문에 가로막히지 않았다면 얼마나 더 가서 멈췄을지 알 수 없었다.

"그곳은 지하 감옥이 있는 곳입니다."

세린이 놀란 마음을 진정시키기도 전에 듀로프가 다시 말을 건넸다.

"감옥이요?"

세린은 얼떨결에 되물었다. 분명 특이한 상점이라고는 생각했으나, 감옥까지 있으리라고는 상상도 못 해본 일이었다.

"한 번 들어가면 쉽게 빠져나올 수 없는 정말 끔찍한 곳이죠."

듀로프가 생각하기도 싫다는 듯이 몸서리를 쳤다. 세린은 침을 꿀꺽 삼키고는 듀로프가 자신에게 물어야 할 말을 도리어 그에게 물었다.

"그런데 여긴 어쩐 일이시죠?"

"아차차차, 내 정신 좀 봐. 레이디께 설명이 늦었군요."

듀로프는 자신의 헤어스타일이 망가지지 않도록 조심하며 이마를 두들겼다.

"저희 상점에는 가끔씩 레이디처럼 특별한 티켓을 가진 분들이 나타나곤 하죠. 그리고 그런 분들께는 따로 혜택을 드리고 있습니다."

"그게 저라는 건가요?"

세린이 주머니 속에 티켓이 잘 있는지 손으로 더듬거리며 물었다. 듀로프는 이런 곳에까지 찻잔을 가져와 홀짝거리며 말했다.

"네, 실례가 안 된다면 티켓을 저에게 한번 보여주시겠습니까?"

세린은 마침 손에 잡힌 티켓을 천천히 꺼내 건네주었다. 듀로프는 긴 줄이 달려 목걸이처럼 걸고 있던 안경을 쓰더니 코가 닿을 듯 티켓을 살펴보았다.

"역시 틀림없는 골드티켓입니다."

듀로프가 짧게 휘파람을 불었다. 그게 뭔지 알 리 없는 세린은 듀로프의 눈치만 살폈다.

"바쁘시지 않다면 잠시 시간을 내서 저와 함께 안내 데스크로 가주시겠습니까? 해드릴 말씀이 많군요. 그리고 틀림없이 좋아하실 겁니다."

세린은 이곳에서 벗어날 수 있다는 것만으로도 반가운 마음이 들어 제안에 흔쾌히 응했다.

"그럼, 이쪽으로."

듀로프가 길을 안내했고, 세린은 그 뒤를 바짝 쫓았다.

곧 그들의 모습은 어둠에 묻혀 사라졌다.

듀로프의 안내 데스크

듀로프를 따라 도착한 곳은 상점 입구에서 그리 멀지 않은 조용한 공간이었다. 어두컴컴한 지하와는 다르게 불이 환하게 켜져 있어 눈이 적응하느라 잠시 시간이 걸렸다. 듀로프가 잘 닦인 문고리를 돌렸다.

"안으로 들어가시죠."

제일 먼저 세린의 시야에 들어온 것은 얼굴이 비칠 만큼 반질반질한 대리석 바닥이었다. 그 위로 차마 앉기도 부담스러운 고급 소파들이 통로를 제외하고 꽉 들어차 있었다. 하지만 딱히 보이는 사람은 없었다. 아마도 아까 상점에서 마련해 두었다던 여관으로 돌아가 다들 쉬는 모양이었다.

파란색 작업복 차림의 젊은 남자 도깨비 한 명만 구석에서 소파의 각도를 맞추기 위해 애를 쓰고 있었다. 그는 숨까지 참아가며 집중하고 있다가 듀로프가 헛기침을 하자 그제야 자리에서 벌떡 일어나 경례를 했다. 그 바람에 겨우 똑바로 맞춰놓은 소파가 다시 비뚤어졌다.

"듀… 듀로프 님!"

듀로프는 손만 들어 간단히 인사를 받았다.

매일 청소를 하는 건지 아니면 오늘이 대청소 날이었던 건지 바닥은 먼지 하나 없이 깔끔했다. 게다가 하얀색 벽지에 소품들도 같은 하얀색으로 통일되어 있어 마치 병원에 들어온 것 같은 기분마저 들었다. 세린은 혹시라도 자신의 더러운 신발이 이곳에 발자국을 남기지 않을까 걱정하며 조심히 걸었지만, 아니나 다를까 조금 전 도깨비가 세상이 멸망할 듯 허둥지둥 달려오고 있었다.

도깨비는 세린의 뒤에 거의 붙다시피 따라다니며 대걸레질을 했다. 세린이 미안한 마음에 사과라도 하려고 할 때, 듀로프가 먼저 입을 열었다.

"이곳이 제가 있는 안내 데스크입니다."

세린은 뒤를 돌아보다 말고 그가 가리킨 곳을 쳐다보았다. 역시 하얀색으로 덧칠된 깨끗한 책상 위에는 듀로프의 이름이 적힌 자개 명패가 놓여 있었다. 밝은 형광등 탓인지 명패가 눈이 부시도록 번쩍거렸고, 옆에는 온갖 조각상들이 크기 순서대로 줄지어 세워져 있었다.

이름은 안내 데스크지만, 어느 회사의 사장실이라고 봐도 무방할 만큼 호화로운 공간이었다.

"여기에 앉으시죠."

듀로프는 세린에게 바퀴가 달린 접객용 의자를 권한 뒤에, 자신은 안내 데스크 안쪽으로 들어가 책상 아래로 무릎을 굽히며 물었다.

"커피 드시겠습니까?"

"아니요, 괜찮아요."

듀로프는 두 번 묻지도 않고 집어 들었던 믹스커피 두 봉지 중 하나를 내려놓았다. 그리고는 가습기라고 생각했던 펄펄 끓는 주전자를 찻잔에 따랐다. 주변에 금방 커피 향이 퍼졌다.

"특별히 이곳으로 모신 건…."

듀로프가 책상에 수북이 올려져 있는 서류들을 한쪽 귀퉁이로 옮기며 말했다. 얼핏 봐서는 사람들이 이곳에 보내온 편지를 펼쳐서 쌓아둔 것 같았다.

"레이디께서 얼마나 큰 행운을 잡았는지 자세히 설명해 드리기 위해서입니다. 실례지만 성함이?"

"아, 세린이에요, 김세린."

세린은 서류 뭉치 속에 자신의 사연이 어디쯤 있을까 훔쳐보느라 대답이 조금 늦어졌다. 그 사이 커피를 한 모금한 듀로프가 설명을 이어갔다.

"반갑습니다, 세린 양. 이미 말씀드린 것처럼 당신의 티켓은 일반적인 티켓과는 조금 다릅니다. 우리는 그것을 골드티켓이라고 부르죠."

세린은 또 한 번 자신의 티켓을 내려다보았다. 그 말을 듣고 보니 이전에 봤을 때보다 어딘지 모르게 더 고급스러워 보였다.

"골드티켓은 여러 개의 구슬을 가질 수 있을 뿐만 아니라, 구슬에 담긴 행복을 직접 들여다보고 마음에 드는 구슬을 고르실 수 있습니다. 일종의 간접 체험을 해보실 수 있다는 말씀이죠. 게다가 상점을 힘들게 찾아다닐 필요도 없이 원하시는 구슬을 말씀해주시면 저희가 제공하는 영물을 통해 어디든 편하게 이동이 가능합니다."

듀로프가 중세 시대 왕이나 썼을 법한 등받이 의자에서 일어났다. 그는 명패 옆에 늘어서 있는 조각상 중 하나를 쓰다듬었다. 가본 적은 없지만, 해외여행을 가면 기념품으로 하나쯤 사 올만한 작고 귀여운 동물 모양이었다.

"어디 보자, 어떤 게 좋을까…."

듀로프는 양 손바닥을 비비며 조각상을 차례로 훑어보았다. 마치 이제 막 동전을 넣고 인형 뽑기를 시작한 어린애처럼 잔뜩 신이 난 모습이었다.

방황하던 그의 시선이 제일 끝에 있던 고양이 조각상에서 멈췄다.

"이게 좋겠군요."

듀로프는 조각상을 집어 들고 알아들을 수 없는 주문 같은 말을 내뱉었다. 동시에 믿기 힘든 일이 일어났다.

안내 데스크의 석상이 흔들리며 금이 가더니 분명 조금 전까지 돌이었던 조각상이 살아 움직이는 고양이로 변한 것이다. 고양이는 몸을 흔들어 돌가루를 털어내고는 듀로프에게 뛰어올라 침이 범벅이 되도록 얼굴을 핥아댔다.

듀로프는 겨우 고양이를 진정시킨 뒤에 얼굴에서 떼어내고 탁자에 내려놓았다.

"이 녀석은 '잇샤'라고 하는데 오랜만에 깨어나서 기분이 좋은 모양입니다."

잇샤라는 이름의 고양이는 듀로프가 말을 하는 그 짧은 틈을 타서 탁자에 세워져 있던 다른 석상을 앞발로 톡톡 건드리며 하나씩 바닥에 떨어뜨리고 있었다.

다행히 듀로프가 재빠른 움직임으로 석상들이 바닥에 부딪히기 전에 모조리 잡아내는 데 성공했다. 듀로프는 고양이 혓바닥이 훑고 간 모양대로 바뀌어버린 헤어스타일을 다시 원래대로 되돌리려 애쓰며 말했다.

"잇샤는 골드티켓 손님에게만 제공되는 영물입니다. 보기엔 그저 평범한 고양이처럼 보일지 몰라도 독특한 능력을 가지고 있죠."

듀로프는 이제 막 의자 등받이를 물어뜯기 시작한 잇샤의 목덜미를 잡아 들어 올렸다.

"자, 지금 같을 땐 이렇게 주머니에 넣어 다닐 수도 있고…."

듀로프가 잇샤를 재킷 하단의 포켓 주머니에 넣자 얼굴만 보일 만큼 쏙 하고 들어갔다. 그리고는 주머니에서 빼더니 이번엔 공중으로 던져버렸다.

순간 멍청한 표정으로 듀로프의 설명을 듣고 있던 세린은 깜짝 놀라 고양이가 떨어지는 방향으로 손을 뻗었다. 하지만 이미 그녀의 손이 닿을 수 없는 곳에 있었다. 잇샤는 자기가 떨어지고 있는 것도 모른다는 듯이 순진무구한 얼굴을 하고 바닥으로 곤두박질 쳤다.

"안 돼!"

세린은 자기도 모르게 고개를 돌리고 눈을 질끈 감았다. 그대로 잠깐의 시간이 흘렀다. 세린은 제발 고양이가 특유의 유연함으로 바닥에 무사히 착지했거나 적어도 크게 다치지 않았길 빌며 한쪽 눈을 슬며시 떴다. 반만 떴던 세린의 눈은 곧 시체라도 본 것처럼 한껏 커졌다.

분명 꼬마 고양이가 있어야 할 곳에 냉장고만 한 크기의 살찐 고양이가 뒷발로 목덜미를 긁고 있었다. 게다가 귀엽고 앙증맞은 얼굴은 어디 가고 게슴츠레한 눈으로 그들을 귀찮다는 듯이 내려 다보고 있었다. 단순히 크기만 커진 게 아니라 성격도 완전히 달라진 것처럼 보였다.

"떨어지는 높이에 따라 원하는 대로 크기를 바꿀 수 있죠. 절대 다칠 일은 없으니 안심하시고요."

듀로프는 홈쇼핑에 나온 쇼호스트처럼 한껏 자랑을 늘어놓았다.

"먼 거리를 이동할 때는 타고 다닐 수도 있습니다."

가볍게 박수를 두 번 치자 커다란 고양이가 뭉그적거리며 일어나 터덜터덜 그들 앞으로 걸어왔다. 듀로프는 마치 편안한 거실 소파에 앉듯 다리를 꼬고 잇샤의 등에 앉았다. 그리고는 일어나서 잇샤의 꼬리를 한 번 잡아당겼다가 놓자 다시 원래대로의 크기로 되돌아왔다.

세린은 턱이 빠진 것도 아니면서 벌린 입을 다물지 못했다.

아기 고양이가 된 잇샤는 안내 데스크의 뒤로 돌아가 어디서 찾았는지 낚싯대 같은 장난감을 입에 물고 와서 듀로프의 손에 쥐어주었다.

듀로프는 한 손으로 깃털 달린 막대기를 흔들어주며 설명을 이어나갔다.

"잇샤는 후각이 아주 뛰어납니다. 가끔 먹을 것을 밝히는 것만 빼면, 길 찾기에 특히 유용하죠. 심지어 사람의 말도 아주 잘 알아듣습니다. 원하시는 구슬이나 도깨비의 이름을 알려주면 당신을 그곳으로 데려다줄 겁니다."

이번엔 잇샤의 겨드랑이에 손을 끼고 얼굴이 보이도록 들어 올려 세린에게 보여주었다. 잇샤는 초롱초롱한 눈망울로 세린과 눈맞춤을 했다. 때 묻지 않은 사랑스러운 얼굴을 보고 있자니 세린의 입가에 절로 미소가 지어졌다.

"아직 가장 중요한 게 남았습니다."

듀로프는 가지고 있던 자신의 도깨비 구슬 하나를 꺼내 잇샤의 입에 물려주었다.

순간 잇샤의 눈이 푸르스름하게 변하더니 빛이 뿜어져 나오기 시작했다. 빛은 세린을 감쌌고, 세린의 눈앞에 환영인지 뭔지 모를 것이 어른거리기 시작했다.

희미한 윤곽들이 서서히 선명하게 보일 무렵, 갑자기 빛이 사라져 버렸다. 잇샤의 입에 있던 구슬은 다시 듀로프의 손으로 옮겨져 있었다.

"지금은 단지 설명을 위해 맛보기로 보여드린 것뿐이니 놀라지 않으셔도 됩니다. 잇샤나 저희 도깨비들은 구슬 안을 들여다볼 수 있죠. 골드티켓을 갖고 계신 분께는 원하시면 언제든 구슬의 일부를 보여드릴 수 있습니다."

듀로프가 뒷주머니에서 손도끼만 한 빗을 꺼내 머리를 쓸어 넘겼다.

"물론 아주 짧은 시간이긴 합니다만, 그 정도면 구슬을 고르는 데 큰 도움이 될 겁니다."

듀로프의 손바닥 위에서 연두색 구슬이 자개 명패만큼이나 빛을 냈다. 세린은 구슬도 구슬이지만 지금 눈앞에서 자신을 뚫어져라 쳐다보고 있는 고양이에게 조금 더 관심이 갔다.

"어떻습니까. 저희가 당신에게 드리는 혜택이?"

듀로프가 자신감 넘치는 얼굴로 물었다.

"네, 좋아요. 그런데 이 고양이는 정말 저에게 주시는 건가요?"

"물론이죠. 상점에 머무시는 동안에는 당신이 잇샤의 주인입니다."

듀로프가 들고 있던 잇샤를 건넸다. 세린이 조심스럽게 잇샤를 받자 갑자기 '펑'하는 소리와 함께 연기로 변하더니 일반적인 성묘 크기의 고양이가 되어 세린의 다리 사이를 지나다니며 자기 몸을 비벼댔다.

"다행히 잇샤가 당신이 맘에 드나 보군요. 가끔 마음에 안 드는 손님을 만나면 뒤꿈치를 물어버리는 바람에 애를 먹었는데 한시름 놓겠군요."

세린은 꼬리를 바짝 세우고 있는 잇샤의 등을 쓰다듬었다.

"그런데 저는 동물을 키워본 적이 없어요. 잇샤가 좋아하는 거라던가, 주의해야 할 거라던가 뭐 그런 게 있을까요?"

"주의 사항이라…."

듀로프는 뾰족한 턱을 만지작거렸다.

"먹을 것만 제때 주면 크게 말썽을 피우거나 그러진 않을 겁니다. 다만…."

듀로프가 고민하며 말끝을 흐렸다. 세린은 보채지 않고 잠자코 그를 기다렸다.

"잇샤에게는 인간에 대한 아픔이 있습니다. 제가 바깥세상에서 우연히 잇샤를 발견했을 때, 녀석은 버려진 채로 굶주려 죽어가고 있었죠. 저는 놈이 불쌍했던 나머지 이곳으로 데려와 영물로 만들었습니다."

듀로프는 혼잣말처럼 작게 덧붙였다.

"하지만 환생할 수 있을지….."

"환생이라고요?"

세린이 들릴 듯 말 듯 한 말을 용케 주워듣고 물었다.

"뭐, 별건 아닙니다만…. 이곳에서 영물이 된 동물은 인간 세상에 다시 태어날 기회를 얻게 됩니다. 여기 있는 녀석들 모두가 어떻게 보면 환생을 기다리고 있다고 봐야겠죠."

듀로프는 커다란 책상 위에 놓인 석상들을 가리켰다.

"잇샤는 여기서 가장 오래된 영물입니다. 하지만 여태껏 환생하지 못했죠. 환생하기 위해서는 인간의 사랑이 흘러 들어가야 하는데, 과거에 버려졌던 기억 때문인지 좀처럼 흡수가 되지 않습니다."

세린은 잇샤가 듣고 있을 거로 생각해 주위를 살폈으나, 잇샤는 멀리 떨어진 소파 밑에서 앞발로 얼굴을 닦으며 그루밍을 하는 데 정신이 팔려 있었다.

"제가 괜한 말을 했군요. 그 부분은 신경 쓰지 않으셔도 됩니다. 어쨌든 중요한 건 당신이 원하는 구슬을 찾아 장마가 끝나기 전에 인간 세상으로 돌아가는 거니까요."

듀로프는 재킷 안 주머니에서 골동품처럼 생긴 황금색 열쇠를 꺼내 세린에게 내밀었다.

"자, 골드티켓의 마지막 혜택입니다. 이곳에 계시는 동안 별도로 마련된 최고급 스위트룸에서 지내실 수 있습니다. 토리야가 누워도 될 만큼 크고 푹신한 침대는 물론이고 호텔에서 제공되는 모든 서비스를 이용하실 수 있죠. 또한 방에 배치된 전화기로 언제든 저와 연락하실 수 있으니 참고하시길 바랍니다."

듀로프가 아직도 김이 나는 커피를 한 모금하며 엄지와 검지로 자신의 콧수염을 매만졌다. 잠시 펴졌던 수염은 다시 돌돌 말려 올라갔다.

"네, 감사합니다."

세린이 열쇠를 받으며 고개 숙여 인사하자, 때맞춰 잇샤가 다가왔다.

"그럼 부디 즐거운 시간 되시기를."

듀로프는 세린을 입구까지 데려다주었다.

세린은 잇샤를 따라 금방 모습을 감추었으나, 듀로프는 한참이나 그녀의 뒷모습을 지켜보았다.

엠마의 헤어 살롱

다음 날 아침, 세린은 푹신한 침대에 파묻혀 더 자고 싶었지만, 무언가 자신을 건드는 느낌이 들어 잠에서 깼다. 옆을 보니 어제 데려온 고양이 잇샤가 배에다 대고 앞발로 번갈아 가며 꾹꾹 누르고 있었다. 세린은 잇샤를 빨간색 카펫이 깔린 바닥에 내려놓고 주먹도 들어갈 만큼 크게 하품을 했다.

침대 밑에는 유명 디자인 로고가 박힌 고급 슬리퍼가 놓여 있었다. 인간의 취향을 고려해 일부러 준비해둔 것 같았으나, 세린은 왠지 신기에 부담스러워 맨발로 화장실로 향했다.

'와, 화장실이 우리 집보다 좋네.'

어릴 때 이후로 사용한 적 없는 샤워기를 틀고 머리에 물을 적시자 그제야 조금 정신이 들었다. 간밤에 날이 밝으면 원하는 구슬을 얻을 수 있다는 생각에 도통 잠을 이루지 못한 탓이었다.

어젯밤, 세린은 어떤 구슬을 가져야 행복할 수 있을지 고민하면서 이리저리 뒤척였다. 그러다 문득 머리를 스치는 장면이 있었다. 오늘 오면서 기차에서 봤던 남학생의 모습이었다. 좀 더 정확히는 그의 책에 적힌 학교의 이름이었다.

세린은 가뜩이나 안 오는 잠이 달아날 만큼 눈을 번쩍 떴다. 주황색 무드 등이 은은하게 방안을 밝히고 있었고, 누군가 침대에 깔아둔 꽃잎에서는 아직도 진한 향기가 퍼져 나오고 있었다. 세린은 옆에 놓인 은제 물병에서 물을 한 잔 따라 마시며 생각을 정리했다.

'그래, 좋은 대학교에 가서 새롭게 인생을 시작하는 거야.'

자신이 왜 진작 그 생각을 못 했는지 의아하기까지 했다. 그동안 태권도만 생각하느라 대학을 일찌감치 포기한 탓인지도 몰랐다. 같은 반 학생들이 삼삼오오 모여 앉아 어느 대학에 가고 싶은지 얘기할 때도 세린은 끼지 못하고 못 들은 척하거나, 슬쩍 자리를 피하기 일쑤였다.

세린은 그동안 생각하지 않으려 애썼던 캠퍼스 생활을 꿈꿔보았다. 드라마나 영화에서 본 게 다였지만, 그것만으로도 충분했다.

'내일이 빨리 왔으면….'

제일 먼저 떠오른 건 자유로운 분위기의 캠퍼스 교정을 거니는 자신의 모습이었다. 정해진 시간표가 아닌 마음대로 원하는 과목을 골라 듣고, 남는 시간에는 동아리 활동을 통해 마음에 맞는 친구들을 만나고 싶었다. 가끔씩 아르바이트하며 모은 돈으로 원하는 것을 사거나 교환학생으로 해외에 나가보는 것도 나쁘지 않을 것 같았다.

세린은 벌써 대학생이 되기라도 한 것처럼 한껏 마음이 부풀어올랐다. 지금 당장 떠올리기에 이것만 한 것도 없어 보였다. 그제야 잠자리가 편안해지면서 졸음이 몰려오기 시작했다.

간단히 샤워를 끝내고 나온 세린은 수건으로 머리를 말리며 잇샤를 찾았다. 잇샤는 침대 근처에서 기지개를 켜고 있다가 세린을 보자 꼬리를 흔들며 다가왔다.

아직 물기가 떨어지는 촉촉한 머리로 세린은 무릎을 굽혀 잇샤와 눈높이를 맞췄다.

"너에게 원하는 구슬을 말하면 된다고 했지?"

세린이 확인하듯 물어보자 잇샤는 꼬리를 더욱 세차게 흔들었다. 어젯밤에 알아차린 거지만 잇샤는 가지고 있는 능력 말고도 특이한 점이 있었다. 생긴 건 영락없는 고양이지만, 가끔씩 강아지처럼 행동한다는 것이었다. 지금도 혀까지 내밀고 헥헥거리며 자신을 빤히 올려다보고 있었다. 세린은 잇샤가 원래 울음소리 대신에 '멍멍'하고 짖어도 놀라지 말자고 마음을 다잡았다.

"조금만 기다려, 얼른 준비를 끝내고 말해줄게."

세린은 입고 있던 샤워 가운을 어떻게 해야 할지 잠시 고민하다가 원래 있던 자리에 걸어두었다. 화장대에는 온갖 종류의 화장품들이 세워져 있었지만, 세린은 대충 스킨과 로션으로 보이는 것만 집어 들어 얼굴에 발랐다. 그러는 동안 잇샤는 궁둥이를 바닥에 대고 얌전히 그녀를 기다렸다.

잇샤의 앞에는 자신이 직접 물고 왔는지 빈 그릇이 놓여 있었다. 어젯밤에 혹시 몰라 밥을 가득 담아둔 그릇이 지금은 텅텅 비어 있었다.

'먹는 걸 밝힌다더니, 진짜였나 보네.'

듀로프가 지나가는 말로 했던 게 기억났다. 적어도 이틀은 먹을 줄 알았는데, 누가 설거지를 한 것처럼 흔적도 남아 있지 않았다. 세린은 검은색 탁자에 올려져 있는 룸서비스 메뉴판을 집어 들었다.

평소였다면 엄두도 못 낼 일이었지만, 세린에게는 어제 전당포에 받은 금화가 수십 개나 있었다. 어차피 장마 기간에, 그것도 이곳에서만 쓸 수 있는 돈이었기에 망설일 이유가 없었다.

'어디 보자, 뭐가 좋을까?'

세린은 사진에서 제일 맛있어 보이는 아침 메뉴를 골랐다. 장식용처럼 생긴 전화기로 주문한 지 얼마 되지 않아 누군가 문을 두

들기는 소리가 들렸다. 문을 열고 고개를 빼꼼 내밀어보니 허리 높이쯤 오는 서빙용 카트가 앞에 놓여 있었다.

카트 위의 뚜껑 덮인 쟁반에서 저절로 코를 벌렁거리게 할 만큼 맛있는 냄새가 솔솔 풍겨 나왔다. 쟁반 옆에는 방 번호가 적힌 종이와 함께 계산서도 가지런히 놓여 있었다. 세린은 카트를 통째로 끌고 방 안으로 가지고 들어왔다.

"촤악."

커튼을 치자 유리창 너머로 주변의 풍경이 한눈에 들어왔다. 마치 어느 도시의 번화가를 뚝 떼어다 둔 것처럼 넓은 들판을 배경으로 각양각색의 건물들이 오밀조밀 모여 있었다. 정사각형 모양의 건물도 있었고, 세모 모양이나 원뿔 모양의 건물도 있었다. 심지어 별표나 마름모꼴 모양도 있었다. 이곳에는 비슷한 건물을 지어서는 안 된다는 규정이라도 있는 건지 크기도 모양도 제각각이었다.

세린은 빵과 우유로 간단히 요기만 하고 나머지 음식을 비롯한 디저트는 잇샤에게 주었다.

듀로프의 말대로 잇샤는 아무거나 잘 먹었다. 작은 체구로 어찌나 열심히 먹는지 누가 보면 며칠은 굶은 줄 알 것 같았다. 잇샤는 바닥까지 깨끗하게 핥고 나서야 만족한 얼굴로 가르릉거렸다.

"잇샤, 내가 원하는 게 뭐냐면…."

세린은 입가에 묻은 우유를 냅킨으로 닦으며 말을 꺼냈다.

"나는 좋은 대학교에 들어가고 싶어. 혹시 가능할까?"

세린이 다소 조심스럽게 물었으나, 잇샤는 문제없다는 듯이 크게 울었다. 어쩌면 단순히 식사를 끝내서 기분이 좋은 건지도 몰랐다.

잇샤는 따라오라는 식으로 뒤를 한 번 흘끔 돌아보고는 호텔 문밖으로 뛰어나갔다.

밖은 평생 비가 오지 않은 것처럼 맑았다. 햇살이 눈부시게 쏟아졌고, 날씨는 더할 나위 없이 화창했다. 손목에 매달린 시계가 아니었다면, 지금 바깥세상이 하루 종일 비가 쏟아지는 장마라는 것도 잊어버릴 정도였다.

시계를 보니 아직 밑으로 흘러내린 물의 양은 적었고, 위에는 꽤 많은 양이 남아 있었다. 듀로프가 빈 찻잔을 보여주며, 사람들에게 겁을 주었던 말이 떠올랐다.

'장마가 끝나기 전까지 나가시지 않으면, 영원히 사라지게 됩니다.'

세린은 시계를 절대 잃어버리지 말자고 다짐하며 잇샤를 놓치지 않기 위해 종종걸음을 쳤다.

"진짜 이쁜 건물이네?"

잇샤는 빨간색 벽돌로 만들어진 3층 높이의 건물 앞에서 멈췄다. 크기는 아담했지만, 벽면을 담쟁이넝쿨이 보기 좋게 뒤덮고 있어 예술작품을 보는 듯이 근사했다. 넝쿨은 벽돌색과 대비되어 마치 살아 움직이는 것처럼 생기 있어 보였다. 세린은 건물을 눈으로 한번 훑어보고는 천천히 입구로 다가갔다.

문을 열고 들어가자 '짤랑'하고 손님이 왔음을 알리는 종소리가 났다.

"어서 오세요!"

자신이 오기만을 기다리기라도 한 것처럼 발을 채 들여놓기도 전에 어디선가 발랄한 목소리가 들려왔다. 고개를 들어보니 누군가 계단을 거의 구르다시피 내려오고 있었다. 성격이 급하거나 손님이 찾아오는 걸 매우 좋아하는 것 같았다. 세린은 왠지 둘 다일 거라고 생각했다.

목소리의 정체는 이십 대 초반으로밖에 안 보이는 젊은 여자 도깨비였다. 그녀는 얼굴에 함박 미소를 띠고 세린을 반갑게 맞이했다. 염색약이 잔뜩 묻은 앞치마를 두르고 있었는데, 그림을 그리다 온 화가처럼 곳곳에 알록달록한 얼룩이 져 있었다. 파란색으로 물들인 머리도 인상적이었다.

"안녕하세요, 저는 구슬을 찾으러 왔는데요…."

"아, 벌써 장마 기간인가 보네요."

그녀는 좋아서 어쩔 줄 모르겠다는 얼굴로 세린의 팔목을 잡고 2층으로 연결된 계단으로 이끌었다. 계단을 오르는 그 짧은 틈을

이용해 세린에게 이름이 뭔지, 나이는 몇 살인지 물은 뒤에 자신
은 이곳 헤어 살롱의 디자이너이며 이름은 '엠마'라고 알려주었다.

1층에 쿠션이 붙은 원통형 의자 몇 개만 덩그러니 있었던 것에
반해 2층에는 제법 손님들이 있었다. 그들은 하나같이 머리에 비
닐 캡을 쓰고 손에는 저마다 잡지를 들고 있었다.

엠마는 세린을 빈 의자로 안내했다.

"여기에 앉으세요."

그녀는 뭔가 좋은 일이라도 있는지 벌써부터 콧노래를 흥얼거
리기 시작했다.

"인간의 머리카락을 자르는 건 정말 오랜만인 거 있죠?"

엠마는 마치 세린이 오랜 단골손님이라도 되는 양 친근하게 말
을 걸었다.

"저 구슬은 언제…."

"어머, 우리 상점 규칙을 벌써 잊어버린 거예요?"

엠마는 세린에게 보자기 같은 얇은 천을 목에 둘러주었다. 그녀
는 세린이 대답할 틈도 없이 말을 덧붙였다.

"상점을 이용하고 나면 구슬을 받을 수 있으니까, 너무 그렇게
조급하게 굴 거 없어요."

그렇게 말하는 엠마야말로 머리핀이며, 가위를 찾는다고 허둥
대고 있었다. 끝에 고무 집게가 달린 빨간색 머리핀은 그나마 쉽
게 찾았으나, 가위를 찾지 못해 애를 먹는 것 같았다. 결국 주변이

엉망이 될 정도로 물건을 흐트러뜨리고 나서야 엠마는 세린에게 양해를 구했다.

"이런, 미안해요. 잠시만 기다려 줄래요?"

"네, 전 괜찮아요."

세린은 목에 너무 바짝 묶어진 보자기가 답답했지만 내색하지 않았다. 엠마는 옆에 앉은 도깨비의 발바닥을 들춰본 뒤에 자리에서 일어나 보라고까지 했다. 하지만 그래도 찾는 게 보이지 않자, 옆자리로 옮겨가 똑같은 행동을 반복하기 시작했다. 세린은 이러다 헤어 살롱 전체를 뒤져야 하는 게 아닐지 괜스레 걱정이 밀려왔다.

"크흠."

그런 세린을 향해 누군가 헛기침을 했다. 세린은 반대쪽 옆을 돌아보았다. 그곳에는 평생 머리를 자르지 않다가 오늘 처음 헤어 살롱에 온 것 같은 더벅머리 도깨비가 그녀를 신기한 듯 쳐다보고 있었다. 그 옆에는 이곳에 왜 왔는지 알 수 없는 민머리 도깨비가 앉아 있었다. 그도 다른 손님들처럼 비닐 캡을 쓰고 있었는데, 그역시 이유를 알 수 없었다.

더벅머리 도깨비가 뜬금없이 물어보지도 않은 자기소개를 했다.

"안녕, 나는 중요한 순간에 침착한 마음을 가져와서 인간을 잔뜩 긴장하게 만드는 '뷰렐'이라고 해."

민머리 도깨비도 가만히 있지 않고 끼어들었다.

"난 너희의 결정하는 마음을 훔쳐오고 있지. 내가 제일 좋아하는 건 바로 음식 메뉴를 고를 때 훔쳐오는 거야. 그런 사소한 것도 못 고르고 허둥대는 걸 보는 게 이런 따분한 곳에서 살아가는 유일한 낙이라고나 할까. 반가워. 내 이름은 '밴스'야."

세린은 어떻게 대꾸해야 할지 몰라 잠시 망설였다. 간단히 자신의 이름이라도 말하려고 할 때, 민머리 도깨비의 낯빛이 바뀌며 목소리가 소름 끼치도록 날카롭게 변했다.

"그럼 소개는 이쯤 하고 배를 채워볼까?"

갑자기 도깨비들의 눈이 빨갛게 빛나더니 송곳니가 길쭉하게 튀어나왔다. 공포영화에서나 보던 전형적인 흡혈귀의 모습이었다.

"산 채로 잡아먹어 버리겠다!"

민머리 도깨비가 쓰고 있던 보자기를 망토처럼 휘날리며 순식간에 세린에게로 다가왔다. 세린은 너무 놀라서 숨만 헉 들이켜며 의자 등받이에 몸을 바짝 기댔다.

그때 어디선가 우당탕하며 뭔가 구르는 소리가 났다. 엠마가 발목에 드라이기 줄이 걸려 넘어진 소리였다. 하지만 늘 있는 일인 양 세린을 제외하고는 아무도 그쪽으로 시선을 주지 않았다. 엠마도 별거 아니라는 듯 태연하게 일어나 무릎만 가볍게 털고는 뚜벅뚜벅 걸어왔다.

그녀의 손에 이전 것보다 조금 더 지저분한 앞치마가 들려 있었다.

"미안해요. 오래 기다렸죠?"

엠마는 세린의 목을 물어뜯을 듯이 바짝 다가와 있는 밴스를 무시한 채로 말했다.

"신경 쓸 것 없어요. 일 년 만에 인간을 봐서 장난치는 거니까. 여기에 인간을 잡아먹는 도깨비는 없어요. 생긴 것만 조금 다를 뿐, 식성까지도 인간과 거의 비슷하다고 보면 돼요."

밴스가 김빠진 얼굴로 투덜거렸다.

"엠마, 내 즐거움을 뺏어가다니. 또 일 년이나 기다려야 되겠군."

밴스가 아쉬워하며 자리로 돌아가자 더벅머리 뷰렐이 힘내라는 뜻으로 어깨를 토닥여 주었다. 그러면서 귓속말로 아직 장마중이니 또 다른 인간이 올지도 모른다고 넌지시 알려주었다. 시무룩했던 밴스의 얼굴에 금방 활기가 돌아왔다.

엠마는 가지고 온 앞치마를 목에 걸고 허리 뒤로 매듭을 묶었다. 앞치마에는 거추장스러워 보이는 주머니가 달려 있었는데, 캥거루가 생각날 만큼 크고 불룩했다.

주머니의 용도는 금방 밝혀졌다. 엠마는 주머니에 손을 넣고 한참을 뒤적이더니 자신 있게 손에 잡힌 물건을 끄집어냈다.

그것은 다름 아닌 날카로운 톱날이 달린 전기톱이었다.

세린은 하마터면 비명을 지를 뻔했다. 조금 전 도깨비들한테 잡아먹힌다는 이야기를 들었을 때보다 더욱 놀란 얼굴이 되었다.

"이게 아닌데…."

엠마는 민망한 웃음을 흘리며 다시 한번 주머니를 뒤적였다.

이번에는 손가락 두 마디만 한 작은 가위가 나왔다. 너무 작아서 코털 손질용으로밖에는 사용하지 못할 것 같았다. 엠마는 그 역시 주머니에 다시 넣고 오른팔이 통째로 주머니에 들어갈 만큼 깊숙이 찔러 넣었다. 드디어 정상적인 크기의 미용 가위가 모습을 드러냈다. 세린은 평범한 가위를 왜 그리 꽁꽁 숨겨뒀는지 궁금했지만, 엠마가 펄 듯이 좋아하는 바람에 차마 물어볼 수 없었다.

엠마는 세린의 머리에 분무기로 물을 충분히 뿌린 뒤에 빗질을 시작했다. 서로 엉키고 뻗쳐있던 머리카락이 금방 차분해졌다.

"평소에 손질을 잘 안 하시나 보네요."

세린은 두루뭉술하게 대꾸했다.

"그냥, 뭐 귀찮기도 하고…."

엠마는 보일 듯 말 듯 한 미소를 보이며 손가락 사이에 머리카락을 넣고 가위질을 했다. 사각거리는 소리와 함께 세린의 머리 끝부분이 바닥으로 떨어져 내렸다. 원래도 길지 않던 머리가 귀밑까지 올 만큼 짧아졌다. 엠마는 머리카락을 잡아당겨 거울을 보며 균형을 맞추고는 뭔가를 찾기 위해 선반 위 수납장을 뒤적거렸다.

그사이 심각한 표정으로 신문을 읽고 있던 더벅머리 뷰렐이 엠마를 올려다보며 물었다.

"엠마, 그 소식 들었어?"

"어떤 거요?"

수납장에 아예 들어가기라도 할 듯이 머리를 들이밀고 있던 엠마가 끙끙대며 겨우 대꾸했다.

"최근에 상점 여러 군데서 도난신고가 있었대. 아직 범인이 잡히지 않아서 난리라는데?"

뷰렐은 머리만큼이나 풍성한 턱수염을 쓰다듬었다.

"혹시 여기는 괜찮아?"

"네, 다행히 아직은 별일 없어요."

엠마는 먼지가 잔뜩 쌓인 상자를 간신히 꺼내는 데 성공했다. 하지만 동시에 머리카락 뭉치를 밟고 미끄러져 바닥에 나동그라졌다. 철퍼덕 소리가 났지만, 얼굴에 묻은 머리카락을 떼어내며 이번에도 아무렇지도 않게 일어났다.

"아마 두 분이 여기에 매일 찾아오시니까 무서워서 함부로 못 건드나 봐요."

"역시, 그렇지?"

더벅머리 도깨비는 접대용 멘트로 건넨 말을 진심으로 알아듣고는 어깨를 으쓱했다. 그는 얇은 팔로 티도 나지 않은 알통을 만들어 보이며 엠마에게 만져보라고 했다. 하지만 엠마는 더욱 바쁜 척을 하며 눈길도 주지 않았다. 그녀는 세린에게 조금 전 꺼내온 상자를 보여주었다.

"이건 오래전 인간의 칭찬을 모아서 영양제로 만든 거예요."

투박한 상자 안에는 그보다 더 투박한 용기에 담긴 하얀색 액체가 들어 있었다. 그것은 하얀색 물감을 풀어놓은 것 같기도 하고, 생크림을 물과 섞어놓은 것 같기도 했다.

엠마는 라벨에 붙은 유통기한을 확인하고는 뚜껑을 열어 냄새를 맡았다. 세린도 덩달아 코로 숨을 깊게 들이마셨으나, 별달리 느껴지는 향은 없었다.

"가끔 진심으로 한 말이 아닌 것들을 가져와서 효과가 없기도 해요, 그래서 꼭 샘플 테스트를 해봐야 하죠."

엠마는 자신의 손등에 펴 발라보더니 잠시 솜털을 관찰했다.

"다행히 이건 효과가 좋네요."

엠마는 흡족한 미소를 지으며 용기를 비스듬히 기울여 손바닥에 고일 만큼 액체를 따랐다. 그녀는 자기 손에 바르는 게 아닐까 싶은 정도로 그것을 손바닥으로 잔뜩 비비더니 세린의 머리 구석구석에 발라주었다.

"아침저녁으로 이걸 머리에 발라주세요. 머릿결이 상한 채로 계속 내버려 두면 좋지 않아요. 당신처럼 머리가 쉽게 부스스해지는 사람에게 잘 맞을 거예요."

단지 엠마가 머리를 몇 번 쓰다듬듯 만진 것뿐인데, 항상 푸석푸석하던 세린의 머릿결이 놀랍도록 반짝이며 윤이 나기 시작했다. 그와 동시에 세린이 잊고 있던 기억 하나가 떠올랐다.

세린이 태권도 교실에 다닌 지 얼마 되지 않았을 때였다. 한창 그날 배운 뒤돌려차기 연습을 하고 있는데, 누군가 다가오는 게 느껴졌다.

고개를 돌려보니 늘 웃는 얼굴로 대해주는 사범님이었다. 세린 은 자신의 자세가 엉망인가 싶어 긴장했지만, 의외로 자신에게 소 질이 있다고 말해주었다.

사범님은 이 정도면 웬만한 남자들도 나가떨어질 거라며 그녀 를 추켜세웠다. 세린은 처음 듣는 칭찬에 몸 둘 바를 몰라 했다. 얼 굴이 새빨갛게 달아오르자 부끄러움을 감추려고 급히 고개를 숙 였다. 하지만 사범님은 엄지까지 들어 올리며 세린의 얼굴을 더욱 붉어지게 만들었다.

세린은 머리를 털어내며 잠시 딴생각을 한 정신을 되찾았다. 돌 이켜 보면 태권도 교실의 인원수를 유지하기 위해 그냥 해준 말을 자신이 너무 곧이곧대로 믿었던 게 아닌가 싶었다. 무엇보다 지금 그녀에겐 구슬을 찾는 일이 중요했다. 쓸데없는 생각은 최대한 나 중으로 미루는 편이 좋았다.

그 사이 엠마는 세린의 얼굴과 목에 묻은 머리카락을 벽돌처럼 생긴 스펀지로 정성껏 닦아주었다. 마지막으로 목을 조를 듯이 묶

어두웠던 보자기를 풀어주었다.

세린은 보자기에서 풀려난 해방감과 처음으로 마음에 드는 헤어스타일을 갖게 된 기쁨을 동시에 누리며 자리에서 일어났다.

"얼마죠?"

세린은 금화로 인해 보기 흉하게 튀어나온 주머니에 손을 집어넣었다.

"커트 비용만 받을게요. 금화 두 개면 돼요."

엠마는 영양제를 원래 담겨 있던 박스에 넣고 리본까지 묶어서 건네주었다. 물론 구슬도 잊지 않았다.

녹색으로 빛나는 구슬은 밖으로 가져가 팔기만 해도 큰돈이 될 만큼 아름다웠다. 세린은 박스와 구슬을 양손에 나눠 쥐고 엠마의 배웅을 받으며 1층으로 내려왔다.

1층에는 잇샤가 기다리다 지쳐 쿠션 달린 의자에서 잠이 들어 있었다. 엠마와 세린이 내려오는 발소리에 잠에서 깬 잇샤는 입이 찢어져라 하품을 하며 그들을 반겼다.

"저 1층에서 잠시 쉬다가 가도 될까요?"

세린이 아무도 없는 의자를 가리키며 물었다.

"물론이죠."

엠마는 흔쾌히 승낙했다.

"가게 문을 닫으려면 아직 멀었으니까 편하게 쉬다가 가세요. 아 참, 영양제는 엄청 미끌미끌하니까 사용할 때 주의하시고요."

엠마가 또 한 차례 넘어지며 2층으로 사라지자 세린은 구슬을 자세히 들여다보았다. 안에는 밤하늘의 은하수를 담아둔 것처럼 작은 빛 입자들이 느리게 소용돌이치고 있었다.

'여기에 정말 내가 원한 게 들어 있을까?'

세린은 듀로프에게 배운 대로 구슬을 잇샤의 입에 물려주었다. 혹시 턱이 아프지 않을까 걱정했지만, 잇샤는 알아서 자신의 몸 크기를 조절했다.

세린은 기대와 설렘을 가득 담아 주문을 외었다.

"드루 엡 줄라."

잇샤의 눈동자 색이 구슬 색과 같은 녹색이 되더니 빛이 사방으로 퍼져나갔다.

잠시 뒤, 마치 꿈을 꾸듯 환영이 펼쳐졌다.

✦

세린의 눈앞에는 그동안 상상만 했던 아름다운 캠퍼스가 펼쳐져 있었다.

주변은 온통 푸르디푸른 잔디밭이었고, 세월의 흔적이 묻은 고딕 양식의 건물들이 곧게 뻗은 나무와 어우러져 웅장하게 서 있었다. 분수대 한가운데 서서 앞발을 들고 있는 말 모양의 조각상은 지금 당장이라도 앞으로 달려 나갈 것만 같았다. 무릎 높이의 관

목들 사이로 얼굴을 내민 꽃들도 눈에 띄었다.

"그게 정말이에요?"

시끌시끌한 소리에 고개를 돌려보니, 얼마 떨어져 있지 않은 곳에 빙 둘러앉아 수다를 떨고 있는 젊은 남녀들이 보였다. 그들은 뭐가 그리 즐거운지 서로의 어깨까지 때려가며 입가에 웃음을 가득 머금고 있었다. 혼자 우두커니 서 있는 세린의 존재를 알아차리는 사람은 아무도 없었다.

"그렇다니까, 아침에 오는데 쟤가 여기 잔디밭에 혼자 누워 있더라니까?"

짧은 머리에 왁스를 잔뜩 바른 남자가 신입생 환영회를 끝내고 뒤풀이했던 이야기, 얼마 전 새로 온 교수님이 강의실을 제대로 찾지 못해 결국 휴강이 되었다는 이야기를 말솜씨 좋게 풀어냈다. 이들의 목소리는 세린에게 들릴 만큼 컸다.

세린이 좀 더 자세히 듣기 위해 한 걸음 가까이 다가서려는데, 그중 한 명이 아르바이트를 한다며 엉덩이를 털고 자리에서 일어났다.

"난 이제 슬슬 시간이 돼서 먼저 가볼게."

그러자 다른 이들도 조별 과제니, 데이트 약속이 있다며 내려두었던 짐을 주섬주섬 챙겨 들었다. 세린은 아쉬운 마음에 그들의 뒷모습을 멍하니 바라보았다.

"따랑, 따랑."

하나둘 자리를 떠나는 잔디밭 너머로 누군가 자전거를 타고 힘 겹게 지나가는 모습이 시야에 들어왔다. 계절상 봄인 것 같았으나, 여전히 오리털 파카를 걸치고 두꺼운 뿔테안경을 쓴 남자였다.

세린은 의도치 않았지만, 자신도 모르게 그 남자를 따라가고 있음을 느꼈다. 아래를 내려다보니 발은 어디 갔는지 보이지 않고, 미끄러지듯 스르륵 움직이고 있었다. 마치 유령이 된 기분이었다.

남자는 야트막한 언덕을 올라 기숙사로 보이는 건물로 들어섰다. 그는 자전거를 내팽개치듯 세워두고 아직 도착하려면 한참 남은 엘리베이터 버튼을 연신 눌러댔다. 계속 시계를 힐끔거리는 것으로 보아 뭔가 중요한 약속이 있거나, 잊어서는 안 되는 물건을 두고 온 것 같았다.

"후…."

엘리베이터 안에서 남자는 심호흡을 깊게 하며 불안한 마음을 달랬다. 하지만 딱히 도움이 되지 않았는지 남자의 긴장한 얼굴은 조금도 풀어지지 않았다.

엘리베이터 문이 열리기 무섭게 남자는 자신의 방으로 달려갔다. 그는 신발이 뒤집어지도록 급하게 벗어던지며, 책상에 놓여 있던 노트북을 열었다.

세린은 노트북이 켜지는 동안 기숙사 내부를 둘러보았다. 작은 침대 하나와 책상이 전부였는데, 자기소개서와 면접 요령이 적힌 책들이 전공 책 사이사이에 여러 권 꽂혀 있었다.

"제발."

길지 않은 부팅이 끝나자 남자의 마우스를 잡은 손이 바빠졌다.

하지만 이내 움직임을 멈췄고, 표정은 돌처럼 딱딱하게 굳어졌다. 시간마저 정지한 듯 방안에는 정적이 흘렀다.

잠시 뒤 남자가 거칠게 숨을 토해냈다.

그가 멍하니 바라보고 있던 모니터 화면에는 '아쉽지만, 최종 면접에 불합격되었음을 알려드립니다'라는 메일 창이 열려 있었다.

제목 아래로 '귀하와 같은 인재를 모시지 못해 아쉬운 마음이 크며, 기회가 된다면 다음에 함께할 수 있길 바란다'는 내용의 문구가 이어졌지만, 남자의 시선은 모니터 상단에 고정된 채 움직일 줄을 몰랐다.

"징-."

갑자기 남자의 핸드폰이 요란하게 진동하기 시작했다. 그는 반쯤 넋이 나간 얼굴로 핸드폰을 확인했다. 단체 모임방에서 남자를 제외한 사람들이 서로 축하 메시지를 전하고 있었다.

남자는 차마 더 들여다보지 못하고 책상에 올려둔 채로 침대에 얼굴을 묻고 누웠다.

핸드폰이 더욱 시끄럽게 울려댔지만, 남자는 이불을 뒤집어쓰고 그 속에서 나올 줄을 몰랐다.

세린은 갑자기 깨어났다. 얼마나 시간이 지났는지 알 수 없었다. 시계를 보니 물이 조금 줄어들긴 했으나, 그리 많은 시간이 지난 것 같지는 않았다.

세린은 자기 얼굴을 만져보고 갑자기 뭔가가 생각난 듯 다리를 살펴보았다. 다행히 두 다리는 멀쩡했다.

잇샤가 무릎으로 뛰어올라 걱정스럽게 올려다보았다.

"괜찮아, 잇샤."

세린은 잇샤의 머리를 부드럽게 쓰다듬어 주었다. 잇샤는 물고 있던 구슬을 세린의 손바닥에 살포시 떨어뜨렸다. 그러자 조금 전 장면들이 생생하게 떠올랐다.

분명 세린이 원했던 대학교의 모습은 맞지만, 남자와 같은 상황이 되는 것은 원치 않았다.

세린은 그제야 왜 듀로프가 골드티켓을 가진 것이 큰 행운이라고 했는지 알 것 같았다. 만약 지금처럼 구슬을 미리 들여다보지 못하고 가져갔더라면, 틀림없이 후회했을 것이라 생각했다.

세린은 크게 안도의 한숨을 내쉬었다.

생각해보니 어차피 좋은 대학을 나와도 취업이라는 문제가 남아 있었다.

'조금 더 멀리 보면 좋은 직장을 갖는 게 낫겠어. 명문대에 간다

고 무조건 취업을 잘할 수 있는 것도 아니잖아?'

세린은 혼자서 고개를 끄덕이며 다시 잇샤를 불렀다.

"잇샤, 나는 다른 구슬을 갖고 싶어. 지금 말해도 될까?"

세린의 쓰다듬는 손길에 반쯤 눈을 감고 누워 있던 잇샤가 몸을 일으켰다. 귀를 쫑긋 세운 것이 지금 말해도 좋다는 신호처럼 보였다. 세린은 잇샤가 잘 알아들을 수 있도록 입 모양을 크게 하며 최대한 또박또박 말했다.

"나중에 내가 학교를 졸업하면 유명한 회사에 들어갈 수 있게 해줘. 모든 사람이 부러워할 만한 곳 말이야."

세린의 발음이 좋았던 탓인지 잇샤가 단번에 알아듣고는 바닥으로 폴짝 뛰어내렸다. 세린은 잇샤가 유리문에 부딪히지 않도록 얼른 출입문을 열어주었다.

문에 매달린 종이 흔들리자 역시나 엠마가 넘어질 듯 계단에서 내려왔다.

"어머, 지금 가는 거예요?"

그녀는 세린에게 잘 가라며 있는 힘껏 양손을 흔들어 주었다.

"네, 너무 감사했어요."

세린도 고개를 숙여 공손하게 인사를 건넸다. 그리고 어느새 저만치 앞서간 잇샤를 좇아 서둘러 밖으로 나갔다.

문이 닫히기 직전, 헤어 살롱 안에서는 또 한 차례 '쿵'하는 소리가 들려왔다.

마타의 서점

한참을 달리던 잇샤가 갑자기 길 한복판에서 멈춰 섰다. 뒤를 바짝 쫓던 세린은 잇샤를 밟지 않기 위해 급하게 방향을 바꾸느라 하마터면 앞으로 고꾸라질 뻔했다.

"쨍그랑."

주머니에서 떨어진 금화가 사방으로 굴러갔다.

"너 갑자기 멈추면 어떻게 해?"

세린은 금화를 하나라도 잃어버릴세라 얼른 바닥을 살폈다. 그중 몇 개가 잇샤의 궁둥이 사이로 들어갔다.

"잇샤, 엉덩이 좀 들어봐."

하지만 잇샤는 바닥에 본드 칠이라도 해놨는지 좀처럼 움직일 줄을 몰랐다. 마치 최면에 걸린 듯 넋이 나간 모습이었다. 세린은 잇샤가 뚫어져라 쳐다보고 있는 곳으로 고개를 돌렸다.

앞에는 커다란 수레를 개조해서 만든 낡은 간이음식점이 서 있었다. 타이어는 바람이 다 빠져 있었고, 외부는 어찌나 녹이 슬었는지 원래 색을 알아보기 힘들 정도였다. 누군가 쓰다가 고장 나서 버리고 간 것처럼 보이기도 했다. 다만 수레 안에는 그다지 청결해 보이지 않는 각종 길거리 음식이 수북이 쌓여 있었다.

잇샤가 보고 있던 것은 다름 아닌 팔뚝만 한 새우튀김이었다.

"뭐야?"

인기척을 느꼈는지 구레나룻이 턱 끝까지 내려온 도깨비가 핫도그 사이로 모습을 드러냈다. 세린은 너무 놀라서 대꾸도 하지 못하고 입만 벙긋거렸다.

도깨비는 때가 잔뜩 낀 손톱으로 머리 위를 가리켰다.

'지붕?'

수레에 달린 지붕은 구멍이 하도 많이 뚫려 있어서 햇빛을 전혀 막지 못하고 있었다. 비라도 오면 빗물이 고스란히 쏟아질 게 뻔해 보였다. 세린의 시선이 잠시 누더기 같은 천막에 머물렀다.

"그거 말고!"

도깨비가 호통을 치며 가리킨 곳은 지붕 바로 아래였다. 그곳에는 박스를 대충 찢어서 만든 메뉴판이 옷걸이에 걸려 있었다. 그는 지금 당장 주문하지 않으면 음식 재료로 삼아버릴 만큼 무서운 눈으로 세린을 노려보았다.

세린은 눈이 마주친 것만으로 겁을 집어먹고 얼른 주머니에서 금화를 꺼냈다. 그리고 새우튀김과 그나마 파리가 덜 달라붙은 소시지를 가리켰다.

"이, 이거로 주세요…."

도깨비는 금화를 낚아채듯 가져간 뒤에 위생장갑도 끼지 않은 손으로 튀김과 소시지를 덥석 집어서 건네주었다.

세린은 최대한 도깨비와 손이 안 닿도록 조심하며 음식을 받아들었다. 소시지에 파리 날개로 보이는 것들이 몇 개 달라붙어 있었지만, 있는 힘을 다해 인상을 구기지 않으려 노력했다. 다행히 어색하게 미소를 짓는 데까지 성공했다.

도깨비가 더 필요한 게 있냐는 식으로 쳐다보자 세린은 황급히 인사를 하고 그곳을 빠져나왔다.

"넌 먹는 걸 진짜 좋아하는구나? 아침에 그렇게 먹어놓고도 또 배가 고파?"

잇샤가 새우튀김을 물고 순순히 자신을 따라오는 것으로 보아 그곳이 원래 가려던 목적지는 아닌 모양이었다. 세린은 소시지를 먹는 척하다가 도깨비가 핫도그 사이로 모습을 감추자 그것을 얼른 잇샤에게 주었다. 잇샤는 벌써 새우튀김의 꼬리만 남겨두고 있었다. 잇샤는 대형견 크기로 변하더니 소시지를 씹지도 않고 한입에 삼켜버렸다.

세린은 손에 묻은 잇샤의 침을 한 차례 털어내며 잇샤가 다시 목적지로 안내해 주기만을 기다렸다. 다행히 기다림은 길지 않았다. 잇샤는 크기가 변한 김에 속도를 높여 어디론가 쏜살같이 달려갔다.

잇샤가 도착한 곳은 조금 전 포장마차만큼이나 낡은 건물이었다. 이곳에 사는 사람이 있을까 싶을 정도로 깨진 유리창이 그대로 방치되어 있었고, 벽면 곳곳에 금이 가 있었다. 심지어 약간 기울어져 있기까지 해서 선뜻 들어갈 마음이 생기지 않았다. 하지만 잇샤가 옷을 잡아끄는 바람에 하는 수 없이 입구로 다가갔다.

"끼익-."

기름칠이 전혀 되어 있지 않은 문이 시끄러운 소리를 내며 안으로 열렸다.

복도 내부도 외부와 크게 다르지 않았다. 벽면의 칠이 다 벗겨져 있어서 조만간 철골이 드러날 것 같았고, 바닥의 타일은 대부분 깨져 있어 성한 것을 찾기가 어려웠다.

처음 도깨비 상점을 찾아올 때 보았던 폐가와 비교해도 그리 낫다고 볼 수 없었다.

다만 복도 안쪽에서 환한 불빛이 새어 나오고 있었다. 세린은 불빛을 따라 어두운 복도 끝으로 걸음을 옮겼다.

"아무도 안 계세요?"

활짝 열린 문 너머로 고개를 빼꼼 들여다보니, 그곳은 놀랍게도 사방에 온통 책이 가득한 공간이었다. 일일이 수를 헤아리기도 힘든 책들이 길게 늘어선 책장마다 꽂혀 있었는데, 바닥에 나뒹굴고 있는 책도 그에 못지않게 많았다. 도서관처럼 보이면서도 창고처럼 보이는 이상한 곳이었다.

천장에는 거미줄이 실타래처럼 늘어져 있었고, 책장과 바닥에는 먼지가 가득 쌓여 있어 제목을 알아볼 수 있는 책이 거의 없었다.

'뭐가 이렇게 지저분하지?'

그나마 청소가 된 곳이라면 한쪽 구석에 밝은 스탠드 등을 켜둔 테이블이었다. 테이블에는 테이블 높이보다 더 많은 책을 쌓아둔 채, 그 속에 머리를 파묻고 있는 도깨비가 있었다. 도깨비는 귀마개처럼 생긴 헤드폰을 끼고 노래 가사인지 뭔지 모를 것을 흥얼거리고 있었다.

세린은 바닥에 널브러진 책을 밟지 않도록 조심하며 까치발을 들고 테이블로 향했다. 잇샤도 다시 새끼 고양이가 되어 세린과 같은 곳을 밟으며 뒤를 따랐다.

"저기요?"

세린이 테이블 바로 앞까지 다가갔음에도 도깨비는 그녀가 온 것을 알아차리지 못했다. 오히려 더 신이 난 듯 목소리를 높여 노래를 크게 따라 불렀다. 그러나 음정이 하나도 맞지 않아서 고함을 지르는 쪽에 더 가까웠다. 대체 어떤 장르의 노래일지 추측해

보다가 포기하기로 했을 때, 드디어 도깨비가 고개를 들었다.

하지만 단지 어깨를 펴기 위해 잠깐 들었던 것이었는지 세린과 눈이 마주치고는 너무 놀란 나머지 의자 뒤로 넘어가 버렸다. 도깨비는 테이블에 몸을 숨기고 머리를 반만 내민 채로 소리쳤다.

"누구세요?!"

세린은 자신이 뭔가 위협적인 행동을 한 게 있는지 되짚어보며 조심스럽게 대답했다.

"저는 구슬을 사러 왔어요."

도깨비의 얼굴이 조금 더 위로 올라왔다. 이제 보니 초등학생쯤 되어 보이는 굉장히 앳된 얼굴이었다. 정수리에 티도 안 날 만큼 작은 뿔이 솟아 있었고, 아직 수염도 자라지 않은 얼굴에는 주근깨가 가득했다.

도깨비는 세린을 몇 번이나 살펴보고 나서야 천천히 몸을 일으켰다.

"밥을 사주고 싶다고요?"

세린은 그게 무슨 말인가 싶어 되물었다.

"네?"

꼬마 도깨비는 눈동자를 이리저리 굴리며 팔짱을 꼈다.

"저는 콩을 싫어해요. 그니까 콩이 들어간 거는 빼고…. 아 참, 가지나 버섯도 빼고요. 씹을 때 물컹물컹하거든요. 당근은 너무 딱딱하니까 안 되고…. 설마 돼지고기나 소고기를 먹는 야만인은 아니시겠죠?"

세린은 대체 이 도깨비가 먹을 수 있는 음식은 뭘까 궁금했지만, 일이 더 커지기 전에 서둘러 그의 말을 끊었다.

"아니, 저는 당신 밥을 사주러 온 게 아니에요."

도깨비는 걱정하지 말라는 얼굴로 세린을 안심시켰다.

"괜찮아요, 후식은 제가 살게요. 도깨비는 절대 공짜로 얻어먹는 법이 없으니까요."

그는 지금 당장 밖에 나갈 것처럼 행거에 걸어두었던 갈색 체크무늬 코트를 꺼내 한쪽 팔을 집어넣었다. 입으면 바닥에 끌릴 것 같은 길이였고, 단추를 채우자 역시나 바닥에 끌렸다. 세린은 왜 테이블 근처에만 유독 먼지가 없는지 뒤늦게 이해되었다.

세린은 당혹감과 답답함을 동시에 느끼며 잠시 어찌해야 하나 망설였다. 고민하던 그녀에게 테이블 위에 올려져 있는 작은 메모지가 눈에 들어왔다. 마침 그 옆에는 깃털 달린 펜과 까만색 잉크병도 있었다.

세린은 양해도 구하지 않고 얼른 펜에 잉크를 묻혀 메모지에 휘갈겨 썼다.

저는 여기에 있는 구슬을 받으러 왔어요.

꼬마 도깨비는 털 방울이 달린 모자를 눌러쓰고 이제 막 나가려다가 멈칫했다. 다행히 세린이 급하게 쓴 메모를 이해했는지 도로 원래 있던 자리로 돌아왔다. 그는 캐비닛을 열고 보라색으로 반짝이는 구슬을 꺼냈다.

"진작 그렇게 말씀하시지 그러셨어요."

도깨비는 모자를 다시 행거에 걸고 코트를 벗었다.

"이게 제가 가지고 있는 구슬이에요. 하지만 그전에 제 부탁을 하나만 들어주세요."

세린은 그가 오해한 부분에 대해서는 굳이 변명하지 않았다. 대신 부탁이 뭔지 묻기로 했다. 혹시 몰라 이번에도 메모지를 이용했다.

무슨 부탁이요?

도깨비는 본격적으로 말을 꺼내기 위해 자세를 고쳐 앉더니 목에 걸치고 있던 헤드폰을 벗었다. 테이블에 그것을 내려놓자 세린의 귀에도 들릴 만큼 시끄러운 음악이 흘러나왔다.

'저렇게 크게 듣고 있던 거였어?'

세린은 도깨비의 귀가 좋지 않은 이유를 어렵지 않게 짐작할 수 있었다. 그 사이 도깨비가 헛기침을 몇 번 하면서 목을 가다듬었다.

"제 이름은 '마타'예요. 그냥 마타 말이에요."

그렇게 말하는 도깨비의 표정이 어딘지 모르게 우울해 보였다.

"도깨비들은 인간의 마음을 훔쳐 와서 살아가고 있어요. 그래서 누군가에게 자신을 소개할 때, 어떤 걸 훔치는지 자랑스럽게 덧붙이곤 하죠. 하지만 저는 아직까지 제대로 된 걸 훔치지 못했어요. 알아요, 이런 제가 형편없어 보이겠죠?"

마타의 목소리가 살짝 떨렸고, 눈에는 눈물이 그렁그렁했다.

"오랫동안 고민하다가 아버지께 말씀드렸더니, 도깨비는 백 살이 넘으면 자기 일은 자기가 알아서 해야 한다고 하셨어요. 저는 이제 겨우 백두 살인데 말이죠."

마타는 티슈를 뽑더니 코를 팽하고 풀었다.

"저는 대체 어떤 걸 훔쳐야 할까요? 여기서 몇 년이나 책을 들여다보고 있어도 잘 모르겠어요. 다른 도깨비들이 훔쳐오지 않으면서 인간에게 도움이 되는 것들을 훔쳐오고 싶어요."

도깨비는 기대에 찬 눈빛으로 세린을 올려다보았다. 세린은 어떻게든 도움을 주고 싶은 마음에 펜 끝을 잉크통에 담갔다가 뺐지만, 아무것도 적을 수 없었다. 마타가 크게 한숨을 내쉬었다.

"가끔 어렵고 힘든 상황 속에서도 자기 꿈을 이뤘다고 하는 사람이 있죠? 사실 그건 저희 아버지가 그들에게서 포기하고 싶은 마음을 훔쳐 왔기 때문이에요. 저희 아버지는 그걸로 올해의 도깨비 상을 무려 일곱 번이나 탔죠. 그에 반해 저는 아직도 이 모양이에요."

마타는 의자 위로 다리를 올리더니 무릎을 끌어모았다. 가뜩이나 왜소한 체구가 더욱 작아 보였다.

"사실 시도를 안 해본 건 아니에요. 예전에 인간에게서 배려라는 걸 훔쳐봤는데, 그들은 횡단보도에서 담배를 피우거나 지하철에서 큰 소리로 떠들 뿐, 제가 원하는 만큼 달라지지 않았어요. 저도 아버지처럼 올해의 도깨비 상을 받을 만큼 멋진 걸 훔치고 싶어요."

마타가 작은 주먹을 불끈 쥐어 보였다.

"당신은 인간이니까 저보다 아는 게 많잖아요. 저를 좀 도와주세요."

세린은 애원하다시피 말하는 도깨비를 앞에 두고 차마 모른다고 매몰차게 말할 수 없었다. 더욱이 구슬을 가져가려면 별다른 선택지가 없어 보였다.

책을 같이 좀 찾아봐도 될까요?

세린은 우선 생각할 시간을 벌기 위해 그렇게 적었다. 마타는 벌써 답을 얻기라도 한 것처럼 자리에서 벌떡 일어나 깡충깡충 뛰며 기뻐했다. 세린이 책장들 사이로 사라지려 하자 마타가 그녀를 불러 세웠다.

"그런데 쟤는 뭐죠?"

마타는 손가락으로 세린의 뒤를 졸졸 따라다니는 잇샤를 가리켰다.

"당신의 친구인가요?"

마타는 아예 테이블 위로 올라와 호기심 가득한 눈으로 새끼 고양이를 내려다보았다. 잇샤는 세린의 다리에 자기 몸을 비벼대고 있었다.

"이것 보세요. 당신과 계속 같이 있으려고 하잖아요. 책에서 보니까 힘들 때나 좋을 때나 항상 같이 있어 주는 게 친구래요. 그럼 얘는 당신 친구가 아닌가요?"

세린은 어떻게 설명해야 할지 몰라 입술만 만지작거렸다. 그러다 메모지에 자기 생각을 옮겨 적었다.

잇샤는 내가 구슬을 찾을 수 있게 도와주고 있어.
만난 지 오래된 건 아니지만 점점 친해지는 중이랄까?

세린은 마타가 왠지 모르게 친근하게 느껴져 말을 편하게 했다. 다행히 마타도 그러려니 했다.

"그렇군요. 저는 사실 얼마 전까지 친구가 있었는데 지금은 없어요."

마타는 갑자기 금방이라도 울 것 같은 표정을 지었다.

"왜? 싸운 거야?"

세린은 은연중에 말을 입 밖으로 내뱉고는 아차 싶었다. 하지만 웬일로 마타는 그녀의 말을 제대로 알아듣고 대꾸했다.

"싸운 건 아니에요. 어느 날 갑자기 저한테 화를 내더니 사라져 버렸어요. '하쿠'랑은 도깨비 학교 시절부터 친구였는데 말이죠."

마타의 얼굴이 급격히 어두워졌다.

"저한테 뭔가 서운한 게 있었나 봐요. 난 쓰레기를 대신 버려준 것밖에 없는데…."

마타는 티슈를 뭉텅이로 뽑아 붉어진 눈시울에 가져다 대고 펑펑 울기 시작했다. 세린은 갑작스러운 상황에 그를 달래줘야 할지, 자리를 피해줘야 할지 알 수 없었다. 어찌나 서럽게 우는지 말을 걸기도 어려워 보였다.

'어쩌지….'

이렇게 서서 고민만 하고 있을 바에는 마음을 추스르도록 내버려 두고, 그가 찾는 책을 가져다주는 게 그나마 나은 방법인 것 같았다. 그런 생각을 하는 동안에도 마타의 울음소리는 점점 더 커져만 갔다.

세린은 조용히 책장으로 향했다. 하지만 곧 자신이 크게 착각했음을 알아차렸다. 세린이 꺼내든 책에는 그녀가 전혀 알아볼 수 없는 언어로 가득했던 것이다.

세린은 이대로 포기하고 다시 돌아갈까도 싶었지만, 혹시나 하는 마음에 조금 더 살펴보기로 했다. 먼지 묻은 책을 손에 잡히는 대로 꺼내다 보니 금세 손이 새까매졌다.

'책이 진짜 많네.'

사다리를 타야 겨우 끝에 닿을 만한 책장에는 정리되지 않은 책들이 들쑥날쑥 꽂혀 있었다. 어떤 책은 누군가 꺼내다가 만 것처럼 위태롭게 선반에 걸쳐져 있었는데, 지금 세린의 머리 위에 있는 책이 꼭 그러했다.

그 책은 다른 책들에 비해 특히나 크고 두꺼워서 혼자서는 들기도 버거워 보였다. 책장 맨 위 칸에 아슬아슬하게 꽂혀 있던 책은 결국 세린이 만들어내는 미세한 흔들림에 밑으로 떨어져 내리고 말았다.

"쿵!"

책의 모서리가 정확히 세린의 머리 위를 향했고, 세린은 곧장 중심을 잃고 바닥에 쓰러져 버렸다.

"아야!"

다행히 세린은 팔꿈치가 조금 까진 것 말고는 크게 다친 곳은 없었다. 책이 세린의 머리에 부딪히기 직전, 잇샤가 몸을 날려 세린을 밀쳐낸 덕분이었다. 멧돼지만 한 크기로 변한 잇샤가 다가와 세린의 얼굴을 핥아주었다.

세린은 조금 전까지 자신이 있던 자리에 웬 책상만 한 책이 떨어져 있는 것을 보고 놀란 마음을 쓸어내렸다. 그녀는 잇샤의 목을 꼭 감싸 안았다.

"고마워, 잇샤."

"무슨 일인가요?"

마타가 슬리퍼를 한쪽만 신고 급하게 뛰어왔다.

"미안, 내가 실수로 책을 떨어뜨렸나 봐."

"뭐라고요?!"

마타는 붉게 상기된 얼굴로 그녀에게 다가왔다.

"제가 원하는 책을 찾았다고요?"

"아니, 그게 아니라…."

세린은 변명하려고 했지만 이미 소용없음을 알았다. 마타는 책의 표지를 살피고는 책이 떨어지면서 자연스럽게 펼쳐진 부분을 살폈다.

"이건…『해양생물의 신비』라는 책이군요."

세린의 눈에는 찌그러진 도형 여러 개를 섞어놓은 것 같은 글자를 마타는 거침없이 읽어 내려갔다.

"바다에 사는 대왕조개라고 하는 생물은 자신에게 상처 입힌 작은 이물질을 오랜 시간 감싸서 아름다운 진주라는 보석을 만든다…. 무게는 200킬로그램, 길이는 대략 1미터까지 자라며…."

순간 누가 입을 틀어막기라도 한 것처럼 그의 목소리가 멎었다.

"이거예요!"

마타는 갑자기 소리를 지르더니 주위를 돌며 방방 뛰었다. 그 바람에 책이 몇 권 더 떨어져 내렸다. 마타는 나머지 슬리퍼 한 짝이 벗겨진 것도 모르고 신이 나서 만세를 불렀고, 세린은 먼지가 풀풀 날리는 바람에 손을 휘저으며 마른기침을 해댔다. 마타의 그러한 행동은 책장 모퉁이에 쌓여 있던 책 무더기를 밟고 미끄러져, 머리부터 거꾸로 파묻힐 때까지 계속되었다.

마타는 머리가 까치집이 되고 한쪽 코에서 코피를 흘리면서도 뭐가 그리 좋은지 실실 웃고 있었다.

"저는 인간이 원치 않는 아픔을 겪게 되었을 때, 그들에게서 원망하는 마음을 훔쳐 와야겠어요. 그래서 힘든 시간을 통해 오히려 자기만의 아름다운 보석을 만들 수 있도록 도와주고 싶어요."

마타는 세린에게로 다가와 그녀의 손을 맞잡고 몇 번이나 고맙다고 말했다. 세린은 왜 그가 고마워하는지 알 수 없어 멋쩍은 웃음만 흘렸다.

"자, 이제 구슬을 드릴게요."

마타는 자기 몸보다도 큰 책을 머리에 이더니 자리에서 일어났다. 인제 보니 마타의 키는 땅딸막했지만, 팔과 다리는 몸에 비해 꽤 두꺼웠다.

"여기 있는 책들은 조심해야 해요. 예전에 책장에서 떨어진 책을 맞은 적이 있는데, 이틀이나 기절해 있었지 뭐예요."

마타가 뒤늦게 경고를 해주며 원래 있던 테이블로 향했다. 하지만 얼마 안 가 멈춰 서더니 고개를 갸우뚱했다.

"어, 이상하다?"

세린은 무슨 일인가 싶어 그의 머리 위로 고개를 바짝 들이밀었다. 마타는 어지럽게 책이 뒤섞인 바닥을 내려다보면서 무언가를 찾고 있었다. 마타는 한 손의 힘만으로 머리에 얹은 책을 지탱하며 다른 팔로 턱을 긁적였다. 마타가 자못 심각한 표정을 짓고 있자 세린이 궁금함을 참지 못하고 메모지를 꺼냈다.

무슨 일이야?

마타는 메모지를 슬쩍 곁눈질하더니 여전히 굳은 얼굴로 입을 열었다.

"이곳은 아무렇게나 책이 있는 것 같아도 저는 책 위치를 모두 외우고 있어요."

마타는 좀 더 가까이서 보라며 손가락으로 자신의 발아래를 가리켰다. 그의 손이 향한 곳에는 다른 곳보다 먼지가 훨씬 덜 쌓인 직사각형 모양의 자국이 있었다. 정확히 책 한 권이 들어갈 만한 크기였다.

"제 기억이 맞다면 이곳은 틀림없이 『무지개 구슬의 노래』라는 책이 있던 자리예요."

세린이 또다시 메모지에 뭔가를 적으려 하자 마타가 그녀의 마음을 읽었다는 듯이 친절하게 설명을 이어나갔다.

"무지개 구슬은 전설로만 내려져 오는 구슬이에요. 그 구슬을 가진 자는 무엇이든 원하는 것을 이룰 수 있다고 전해지죠. 상점 어딘가에 있다고는 하는데, 무지개 구슬을 본 사람은 극히 드물 어요. 아마 족장님이나 나이가 아주 많은 도깨비들 정도만 무지개 구슬을 직접 봤을 거예요. 책에는 바로 그 무지개 구슬을 찬양하 는 노래와 악보가 적혀 있죠. 근데 엉터리로 만들어진 게 분명해 요. 제가 한번 불러봤는데 모두 귀를 막고 도망가 버렸거든요."

세린은 그게 꼭 악보 탓은 아닐 거라고 생각했지만, 굳이 생각 을 밖으로 꺼내지 않았다. 마타는 세린이 잠시 딴생각을 하는 동 안에도 무지개 구슬이 얼마나 대단한지 계속 설명을 늘어놓았다.

"인간만 쓸 수 있는 도깨비 구슬과 달리 무지개 구슬은 누구나 쓸 수 있어요. 게다가 엄청 아름답기도 하고요. 가사만 봐도 얼마 나 멋진 물건인지 알 수 있죠. 어떻게 부르는 거냐면…."

세린은 마타가 노래를 시작하기 전에 얼른 메모지 위에 펜을 놀렸다.

"도둑이 든 게 아니냐고요?"

마타의 표정이 이상한 모양으로 일그러졌다.

"저도 최근에 도난사고가 많이 일어나고 있다는 건 들어서 알 고 있어요. 하지만 도깨비들은 좀처럼 책을 읽지 않아요. 사실은 이곳에서 책을 사 간 도깨비를 지금껏 한 명도 보지 못했어요. 정 말로 도둑이 든 거라면 왜 하필 책을 훔쳐 갔을까요? 이것보다 비 싸고 좋은 것들이 훨씬 더 많을 텐데 말이죠."

세린도 같은 생각이었다. 자신이 도둑이라면 금은방이나 은행을 노렸을 것 같았다. 아무리 이곳의 경비가 허술하다 해도 먼지 쌓인 책을 가져가고 싶지는 않았다. 세린이 잠시 복면을 두르고 물건을 훔치는 자신의 모습을 상상해보고 있을 때, 마타의 맨발바닥과 책 사이에서 빛나는 무언가를 발견했다.

'이게 뭐지?'

그녀가 집어 든 것은 얼핏 보면 금화 같았으나, 자세히 들여다보니 정교한 무늬가 들어간 장신구였다. 용도는 알 수 없었지만, 도서관에 있을 법한 물건은 아니었다. 세린은 그것을 마타에게 메모지와 함께 보여주었다.

"이게 제 옆에 있었다고요?"

마타는 조금 더 조명이 밝은 곳으로 가서 그것을 자세히 들여다보았다.

"꽤 비싸 보이는 물건이군요. 이런 쪽으로는 잘 모르지만, 여자들이 몸치장할 때 주로 쓸 것 같아요. 목걸이라던가, 브로치라던가 뭐 그런 것들 말이에요."

마타의 시선이 책이 있던 직사각형 자국에 잠시 머물렀다.

"당신께 아니라면 이곳을 다녀간 누군가의 것이겠네요. 어쩌면 이 책을 가져간 사람이 떨어뜨리고 간 물건일지도 몰라요."

바둑알 크기만 한 장신구는 스스로 빛을 내는 것처럼 유난히 반짝거렸다. 세린은 문득 지하 전당포에서 보았던 여주인을 떠올렸다. 그녀의 몸을 휘감고 있던 보석들을 생각하자, 이런 데서 한 두 개쯤 떨어뜨렸다고 해도 전혀 티가 나지 않을 것 같았다.

"이건 제가 가지고 있을게요. 혹시라도 누군가 찾으러 오거나, 어쩌면 도난 사고의 증거품 중 하나가 될지도 모르니까요."

마타는 입으로 바람을 불어 먼지를 털어내고는 안주머니에 깊숙이 찔러 넣었다.

"그럼, 이제 진짜 구슬을 드릴게요."

마타가 한 손으로 그녀의 손을 잡고 달리듯이 테이블로 향했다. 그는 테이블에 도착하자마자 숨 고를 틈도 없이 미리 꺼내 둔 구슬을 세린에게 건넸다.

"그냥 드리고 싶지만, 규칙상 이곳의 책을 구입하셔야 해요."

그러면서 머리에 얹어 온 커다란 책을 건넸다. 세린은 그의 성의를 무시할 생각이 전혀 없었지만, 그것은 그녀가 가지고 갈 만한 크기가 아니었다. 세린은 망설이며 책을 선뜻 받지 못했다.

"혹시 책이 너무 커서 그런가요?"

세린이 난처한 얼굴로 고개를 끄덕이자, 마타는 자신의 머리를 '탁'하고 쳤다.

"제가 미처 인간의 입장에서 생각하지 못했네요."

마타는 스스로 벌을 내리는 양 머리를 몇 대 더 쥐어박고는 테이블에 달린 서랍에서 무언가를 꺼냈다.

"책을 가져가는 건 걱정하지 마세요. 도깨비 자루에 담아가면 되니까요."

마타의 손에 딸려 나온 것은 비닐봉지보다도 작은 손바닥만 한 가죽 자루였다. 마타는 다른 쪽 손에 책을 들고 천천히 시범을 보였다.

"자, 이렇게 도깨비 자루를 열고 뭐든 가까이 가져가면….."

분명 책 모서리만 넣기에도 버거워 보이는 자루였으나, 마타가 책을 갖다 대자 마치 진공청소기에 빨려들 듯이 자루 안에 쏙 하고 들어갔다.

"가격은 금화 세 개면 돼요. 원래 자루까지 하면 일곱 개는 받아야 하지만, 저를 도와주셨으니 특별히 저렴하게 드릴게요. 구슬이 부디 마음에 드셨으면 좋겠네요."

마타는 도깨비 자루를 하나 더 꺼내서 책과 구슬을 각각 따로 담아 주었다. 덕분에 나중에 찾느라 헷갈릴 일은 없어 보였다. 세린은 한 것도 없이 이렇게 좋은 선물을 받아도 되나 싶었다.

마타는 아까 입었던 코트를 다시 입고 털모자를 쓴 뒤에 세린을 건물 밖까지 바래다주었다. 그는 아예 장마상점 밖까지 자신이 데려다주겠다고 했으나, 세린은 골드티켓을 꺼내 보이며 그를 만류했다.

세린은 손짓과 발짓을 동원해 마음에 드는 구슬을 찾을 때까지 이곳에 머물 거라는 뜻을 전했다. 마타는 조금 아쉬워했지만, 어쩌면 무지개 구슬을 찾을 수 있을지도 모른다며 응원해 주었다.

마타가 몇 번이나 뒤를 돌아본 뒤에 서점 안으로 들어가자, 세린도 근처에서 구슬을 들여다볼 만한 곳을 찾아 나섰다.

당장 무너질 듯 위태로운 건물 너머로 세린과 잇샤의 모습이 점점 멀어져 갔다.

세린은 이때까지만 해도 이곳에서 일어난 도난 사건이 설마 자신과 관련 있으리라고는 조금도 생각지 못했다.

그리고 서점에 있는 내내, 천장의 그늘진 곳에서 커다란 거미 한 마리가 자신을 몰래 내려다보고 있었던 것도 전혀 눈치채지 못했다.

니콜의 향수 공방

빨간색 세단 한 대가 부드럽게 코너를 돌더니 주차장으로 들어섰다. 이른 아침 시간임에도 불구하고 주변에는 꽤 많은 차들이 있었다.

"또각또각."

방금 차 문을 열고 내린 삼십대 초반의 여성은 어딜 봐도 멋진 커리어우먼의 모습이었다. 잘 다려진 블라우스를 입고 회사 출입증을 목에 건 그녀의 걸음걸이는 누구보다 당당했다.

그녀는 한쪽 어깨에 악어가죽으로 만든 듯한 핸드백을 메고 주차장에서 벗어나 근처 건물로 향했다. 주차장과 연결된 건물은 도심 한복판에서도 가장 높은 건물이었고, 사방이 거울 같은 유리창으로 이루어져 있어 햇빛을 받아 다이아몬드처럼 반짝거렸다. 거대한 바람개비 같은 회전문을 지나자 확 트인 로비가 나타났다.

"삑-."

곧장 지하철 개찰구처럼 생긴 곳으로 다가가 익숙한 동작으로 사원증을 가져다 대자 유리문이 짧은 기계음과 함께 열렸다. 세린은 그녀의 뒤를 따랐다.

엘리베이터를 타고 올라간 곳에는 '전략개발실'이라는 문패가 붙은 커다란 사무실이 있었다.

"좋은 아침."

"과장님, 어제 잘 들어가셨어요?"

피곤한 기색이 역력한 남자가 한 손에 커피를 들고 쓴웃음을 지었다.

"맨날 밤에 들어가니까, 이제 애도 내 얼굴을 못 알아봐."

그들은 농담 섞인 간단한 인사를 주고받은 뒤, 각자 자리에 앉아 서둘러 업무 준비를 했다. 그사이 비슷한 복장을 한 남녀들이 하나둘 나타나 넓은 사무실의 빈자리를 모두 채웠다. 곧 주변은 사람들의 말소리와 발소리로 분주해졌다.

"이게 아닌데…."

그녀는 누구보다 일찍 출근해서 회의 준비를 했지만, 결과가 만족스럽지 않은지 작성해 놓은 문서를 모두 지우고 오전 내내 새로 만들기에 바빴다. 중간중간 직장 상사처럼 보이는 딱딱한 표정의 남자에게 불려가 핀잔 섞인 잔소리를 듣기도 했다. 출근 전에 드라이한 머리는 벌써 반쯤 풀려 있었다.

세린은 다른 사람들은 뭐하나 싶어 주위를 둘러보았다. 하지만 다들 뭐가 그리 바쁜지 여기저기 통화를 하거나 심각한 표정으로 파일 철된 서류나 모니터 화면을 뚫어져라 쳐다보고 있을 뿐이었다. 한가한 사람은 오직 자신뿐인 듯했다.

"이제 모르겠다. 밥이나 먹자."

점심시간이 되자 그녀는 친한 여자 후배 한 명과 함께 근처 음식점으로 향했다. 꽤 고급 음식점처럼 보였으나, 단골손님이었는지 메뉴판도 보지 않고 주문을 마쳤다.

음식이 나오는 동안 그들은 직장 상사를 흉보기도 하고, 얼마 전 소개팅했던 남자에 관한 시시콜콜한 이야기를 나누었다. 하지만 가장 열을 올리고 있는 건 같은 팀에 있다가 작년에 퇴사한 전 동료에 관한 이야기였다.

"너 혹시 민경 씨 얘기 들었어?"

"무슨 얘기요?"

"작년에 퇴사하면서 음식점 할 거라고 했잖아? 요새 그게 대박 나서 막 연예인도 왔다 가고 그런다더라."

그녀는 몇 개 남지 않은 초밥을 젓가락으로 집어 입으로 가져갔다.

"나도 회사 때려치우고 음식점이나 할까?"

"언니는 요리도 못하잖아요?"

"요리 좀 못하면 어때. 어차피 내가 만들 것도 아닌데 뭐. 내가 볼 땐 자리를 어디에 잡느냐가 제일 중요해. 그리고 대충 잘생기고 예쁜 알바생들 몇 명 뽑아 놓으면 사장님 소리 들어가면서 편하게 사는 거지."

그녀는 생각만으로도 기분이 좋은지 황홀한 표정을 지었다. 하지만 이내 돌멩이를 씹은 것 같은 얼굴로 변했다.

"나도 돈 좀 모아둘 걸, 그놈의 주식만 안 했어도…. 너는 그래도 제법 모으지 않았어?"

후배는 밥알이 목구멍에 걸렸는지 캑캑거리며 기침을 해댔다.

"저도 할부금 내고 대출금 갚고 나면 없어요."

후배는 지금 당장 통장 잔고라도 보여줄 것처럼 정색했다.

"누군 좋겠네. 우리 연봉 합친 게 거기 한 달 치 매출이라던데. 난 언제 여기서 벗어나려나?"

그녀는 콤팩트 거울을 들여다보며 화장을 고쳤다.

"이 피부 망가진 것 좀 봐. 이놈의 회사는 맨날 야근 아니면 회식이라니까. 여기서 번 돈으로 다 병원 다니는 데 쓰게 생겼어."

마지막으로 둘은 사이좋게 녹말 이쑤시개를 입에 물었다.

"난 오늘 또 야근할 것 같아."

"저도요."

그들은 땅이 꺼질 듯 한숨을 길게 쉬고, 각자 먹은 것을 계산한 뒤에 가게를 나섰다.

◆

하늘은 여전히 파랗다 못해 투명할 정도로 맑았다. 햇볕이 쨍쨍
했으나, 특별히 날씨가 더운 건 아니었다. 간간이 불어오는 바람
은 보기만 해도 시원할 정도로 나무며 풀들을 훑고 지나갔다. 동
시에 손바닥만 한 잎사귀들이 서로 부대끼며 듣기 좋은 소리를 냈
다. 눈을 감고 있으면 그대로 잠이 올 만큼 평화롭기 그지없는 풍
경이었다.

"냐아아아옹."

그늘이 드리워진 나무 밑 벤치에는 조금 전까지 구슬을 물고
있던 고양이 한 마리가 자기 일을 마치고 낮잠 잘 준비를 하고 있
었다. 그 옆에서 세린도 편한 자세로 앉아 보라색 구슬을 내려다
보고 있었다.

하지만 구슬을 들고 있는 세린의 표정은 그다지 밝아 보이지
않았다.

"…."

바람이 불어와 세린의 짧은 머리를 흐트러뜨렸지만, 세린은 좀
처럼 움직일 줄을 몰랐다. 잠시 뒤 세린은 무언가를 결심한 얼굴
로 고개를 들었다. 잇샤도 어느샌가 그녀를 쳐다보고 있었기에 서
로 눈이 마주쳤다.

"잇샤, 아무래도 새로운 구슬을 가져야겠어."

보라색 구슬은 그늘에 있어서 그런지 몰라도 이전처럼 빛을 내는 것 같지 않았다.

"난 이렇게 바쁘게 살 자신이 없어. 아마 얼마 못 가서 그만두고 말 거야."

세린이 머리에 묻은 나뭇잎을 떼어내며 우울하게 말했다. 잇샤가 방금 세린이 떼어낸 나뭇잎을 입에 넣었다가 세린이 갑자기 소리치자 깜짝 놀라 도로 뱉어냈다.

"그래! 맞아, 나도 내 이름으로 된 가게를 가지면 되잖아."

세린은 빛이 드는 창가에 서서 우아하게 커피를 내리는 자신의 모습을 상상했다. 비로소 어두웠던 얼굴이 옅게나마 환해지는 듯했다.

"잇샤, 방금 말한 게 내가 원하는 거야."

잇샤가 앞발을 몸 안에 집어넣고 식빵 같은 자세를 취하고 있다가 풀밭에 사뿐하게 내려앉았다. 잇샤는 코를 땅에다 대고 냄새를 맡는가 하면, 안테나라도 되는 것처럼 꼬리를 곧게 세우고 주변을 이리저리 살폈다. 그러다 마침내 방향을 잡았는지 세린을 향해 크게 한 번 울음소리를 낸 뒤에 길을 따라 거침없이 달려갔다. 세린도 얼른 구슬을 자루에 집어넣고 뒤를 따랐다.

"잇샤, 어디까지 가는 거야?"

잇샤에게 초콜릿이 잔뜩 묻은 도넛을 세 개나 사주고 나서야 도착한 곳은 고개를 갸우뚱할 만큼 이상한 건물이었다. 숲을 등지고 서 있는 건물은 특이하게도 굴뚝이 옆면에 달려 있었고, 창문은 규칙도 없이 제멋대로 달려 있었다. 심지어 지붕 끝이나 벽 모서리에 붙어 있기도 했다.

지붕은 삐딱하게 잘려 나가 비스듬했는데, 미끄럼틀을 만들려다가 중간에 집을 짓기로 마음을 바꾸면 딱 저런 모양이 될 것 같았다. 건물 외벽은 누군가 장난삼아 페인트 총으로 쏜 것처럼 형형색색으로 지저분하게 칠해져 있었다.

이 집을 만든 사람은 특이한 걸 좋아하거나, 적어도 미적 감각이 없는 게 분명했다.

"여기가 문인 것 같은데…."

건물로 들어가는 입구를 찾는 것은 그리 어렵지 않았다. 하지만 문 위에서부터 아래까지 온갖 잠금장치가 채워져 있었다. 어림잡아도 스무 개는 되어 보였고, 열쇠가 있다고 한들 안으로 들어가려면 여간 번거로워 보이는 게 아니었다.

세린은 한동안 건물을 구경하다가 두꺼운 철문으로 다가갔다.

"쾅!"

막 문을 두들기려는 찰나, 갑자기 집 안에서 커다란 폭발음이 들려왔다. 세린은 꺅 소리를 지르며 뒤로 넘어질 듯 물러났고, 잇샤도 놀란 나머지 털을 바짝 곤두세웠다.

창문과 문틈 사이로 검은 연기가 새어 나왔다. 세린이 영문을 몰라 멍하니 건물을 바라보는 동안, 절대로 열리지 않을 것 같던 문이 철컥철컥 소리를 내기 시작했다. 자물쇠가 풀리는 소리였다.

"콜록, 콜록."

대문이 활짝 열리자 짙은 연기가 쏟아져 나왔다. 동시에 얼굴에 검댕을 잔뜩 묻힌 도깨비가 기침을 해대며 문밖으로 얼굴을 내놓았다. 얼추 세린과 비슷한 또래로 보였는데, 부스스한 머리에 그을음이 가득한 고글을 끼고 있었다.

그녀는 문 앞에서 엉거주춤한 자세로 서 있는 세린을 발견하고는 곱지 않은 시선을 던졌다.

"넌 뭐야?"

마치 조금 전 폭발을 일으킨 게 세린이라도 되는 것처럼 경계심이 가득한 목소리였다.

세린은 최대한 호의적으로 보이길 바라며 억지로 미소를 지어 보였다.

"저는 이곳에서 파는 구슬을 사러 왔는데요."

"구슬?"

그녀는 세린과 눈싸움이라도 할 기세로 눈에 힘을 주고 노려보았다. 세린은 저도 모르게 어깨를 움츠리며 고개를 끄덕였다.

"증거는?"

"네?"

세린의 눈이 당장 튀어나올 듯이 동그래졌다.

"네가 여기에 물건을 훔치러 온 게 아니라, 구슬을 사러 온 거라는 증거가 있냐고."

그녀는 세린의 얼굴을 요목조목 뜯어보더니 혹시라도 근처에 다른 동료가 있는지 샅샅이 살폈다. 하지만 보이는 거라곤 입 주변에 초코 시럽을 잔뜩 묻힌 고양이뿐이었다.

"난 지금 아주 바빠. 도둑맞은 약품을 다시 만들려면 밤을 새워도 모자랄 판이야. 너처럼 의심스러운 애를 여기에 들여놓을 수는 없어."

그녀는 딱 잘라 말하고 문을 닫으려 했다.

"잠시만요!"

세린이 다급하게 외치더니 골드티켓과 도깨비 자루에서 구슬 하나를 꺼내 들었다.

"이거면 그 증거가 될까요? 저는 단지 이곳의 구슬이 필요할 뿐이에요."

도깨비는 쓰고 있던 고글을 벗어서 이마에 올리고는 구슬과 티켓을 좀 더 자세히 내려다보았다. 진지한 얼굴이었지만, 고글을 썼던 자리만 하얀 것이 꼭 눈 주위만 빼고 선탠을 한 사람처럼 우스꽝스러웠다. 그녀는 윙크하듯 한쪽 눈을 찡그리고 구슬을 햇빛에 비춰보았다.

"따라와."

다행히 의심이 풀렸는지 그녀는 구슬을 던지듯 내어주며 집 안으로 들어갔다. 세린은 구슬을 받느라 잠시 허둥대긴 했으나, 문이 닫히기 전에 가까스로 집 안에 발을 들여놓을 수 있었다.

집 내부는 조금 전 폭발이 있었던 곳임을 확실하게 보여주고 있었다. 벽면을 따라 유리병이 빼곡하게 진열된 곳곳에 깨지고 부서진 흔적으로 가득했는데, 매캐한 냄새가 아직 채 빠지지 않고 그대로 배어 있었다.

세린은 어쩌면 또다시 폭발이 있을지도 모른다는 불안감에 입구에서 벗어나지 못하고 서성거렸다. 이를 본 도깨비가 날카롭게 소리쳤다.

"뭐 하고 있어? 구슬이 필요하다며? 빨리 원하는 것을 골라서 구슬을 가지고 나가!"

도깨비는 절반쯤 부서진 진열대를 손으로 가리켰다. 그녀는 세린을 잡상인 취급하며 어서 나가주었으면 하는 뜻을 노골적으로 내비쳤다.

세린은 그녀의 불친절한 태도를 애써 무시하며 천천히 주변을 둘러보았다. 도무지 읽기 힘든 글씨로 적힌 라벨이 유리병마다 붙어 있었다. 매니큐어만 한 것에서부터 샴푸 통만 한 것까지 크기는 제각각이었지만, 하나같이 고급스러워 보였다. 비교적 멀쩡한 진열대 바닥에는 양초와 플라스틱 병들이 뒤죽박죽 쌓여 있었다.

세린은 허리를 굽혀 가장 가까이에 있는 양초를 집어 들었다.

일반 양초보다 크고 두꺼워서 하루 종일도 켜놓을 수 있을 것 같았다. 양초는 촛농이 흐르지 않도록 위쪽에 완만한 홈이 파여 있었고, 심지가 길게 삐져나와 있었다.

"그래도 완전히 멍청이는 아닌가 보네."

칸막이를 사이에 두고 열 걸음쯤 떨어져 있던 도깨비가 심드렁하게 말했다.

"그 향초는 인간에게서 용기를 주는 말들을 훔쳐 와서 만든 거야."

세린이 고개를 돌려 쳐다보았으나, 도깨비는 혼잣말을 했다는 듯이 세린에게 눈길도 주지 않았다. 그녀는 책상 위에 비커며 삼각 플라스크 같은 것들을 잔뜩 올려두고 뭔지 모를 실험을 하고 있었다. 불붙은 알코올램프에서 약하게 기름 냄새가 났다.

세린도 굳이 대꾸하지 않고 옆으로 걸음을 옮겨 길쭉한 플라스틱 통을 꺼내 들었다. 역시나 도깨비의 비아냥거리는 목소리가 들려왔다.

"악취 스프레이라…. 너에게 잘 어울리는 걸 찾았네? 그건 인간이 남을 무시하는 말을 할 때 몰래 기다렸다가 모아온 거야. 너처럼 남을 귀찮게 하는 녀석들을 쫓아버릴 때 유용하게 쓸 수 있지."

이번에도 세린을 보지 않고 실험에 열중한 채로 구시렁거렸다. 세린은 굳이 인간의 말을 가져오지 않아도 그녀의 말을 모으면 충분히 악취 스프레이를 만들고도 남을 거라 자신했다. 도깨비는 안 보는 척하면서도 세린이 물건에 손을 댈 때마다 설명을 늘어 놓았다.

세린은 입을 삐죽 내밀고 맨 처음 골랐던 양초만 남기고 모두 손에서 내려놓았다. 괜히 화려한 장식이 들어간 유리병을 멋모르 고 골랐다가 가지고 있는 금화를 모두 내놓아야 할지도 몰랐기 때 문이다. 무엇보다 악취 스프레이를 더 들고 있다가는 계산도 하기 전에 도깨비의 얼굴에 뿌릴 것만 같았다.

'그래, 이걸로 하자.'

세린은 얇은 라텍스 장갑을 낀 손으로 삼각 플라스크 눈금을 들여다보고 있는 도깨비에게 다가갔다. 조금이라도 빨리 구슬을 가지고 나가고 싶었지만, 그녀가 너무도 집중을 하고 있던 터라 말을 쉽게 건네지 못하고 잠시 기다리기로 했다.

도깨비는 갓 태어난 아기를 다루듯 책상 끄트머리에 있던 검은 항아리를 자신 앞으로 조심스럽게 가지고 왔다. 그녀가 스포이트 로 투명한 용액을 몇 방울 떨어뜨리자 항아리 속에 있던 액체가 부글부글 끓더니 연기가 치솟기 시작했다. 도깨비는 물론 옆에 있 던 세린마저 침을 꼴깍 삼키고 긴장한 얼굴로 항아리를 주시했다.

"치익."

잠시 뒤 주전자 끓는 소리와 함께 이곳에 들어서기 전에 들었 던 폭발음이 또다시 들려왔다. 동시에 항아리에서 불기둥이 솟구 쳐 올랐다. 불길은 항아리를 들여다보고 있던 도깨비의 얼굴을 정통으로 휩쓸고 지나갔다.

무슨 실험을 하는 건지는 몰라도 실험에 성공한 모습으로는 절대 보이지 않았다.

불꽃이 가라앉자, 도깨비의 연탄처럼 새까매진 얼굴이 드러났다. 그녀가 딸꾹질할 때마다 입에서 뭉게구름 같은 연기가 피어올랐다. 얼굴은 밤에 다니면 분간할 수 없을 만큼 검게 변했지만, 희한하게도 머리카락만큼은 그대로였다.

"아, 또 실패라니!"

그녀는 짜증 섞인 말을 몇 마디 더 덧붙이고는 벽에 있는 작은 문으로 향했다. 물소리가 나는 것으로 보아 화장실에서 세수를 하는 것 같았다.

세린은 웃음이 터져 나왔으나, 혹시라도 들릴까 싶어 입을 틀어막고 속으로만 웃었다. 벽 너머에서 간간이 욕설을 내뱉는 소리가 들렸다.

도깨비가 자리를 비운 책상에는 과학 시간에나 봤을 법한 도구들이 어지럽게 널려 있었다. 그중 가장 눈에 띄는 건 역시나 방금 불을 뿜었던 검은 항아리였다. 항아리는 마법의 힘이 깃든 것처럼 왠지 모를 신비한 분위기를 풍겼다.

'대체 이게 뭐지?'

세린은 호기심을 이기지 못하고 항아리 안을 들여다보았다. 하지만 보이는 거라곤 방금 도깨비 얼굴만큼이나 새까만 어둠뿐이었다. 세린이 숙였던 고개를 다시 들었을 때, 신비한 항아리 따위는 바로 잊어버릴 정도로 눈에 띄는 물건을 발견했다.

그것은 바로 무지갯빛을 띠는 구슬이었다.

무지갯빛 구슬은 책상 너머 작은 박스에 잡동사니로 보이는 것들과 함께 담겨 있었다.

세린은 뭔가에 홀린 듯 박스로 다가갔다. 거기서 다 쓴 악취 스프레이 통과 고장 난 자물쇠, 그리고 기름때가 잔뜩 묻은 헝겊을 헤치고 구슬을 집어 들었다.

'이건….'

틀림없는 무지개 색이었다. 찬란한 빛깔이 보는 각도에 따라 다르게 뿜어져 나왔다.

하지만 세린이 그것을 집어 든 지 얼마 되지 않아, 도깨비가 문을 열고 나오는 소리가 들렸다. 당황한 세린은 뒷걸음질 치다가 책상 모서리에 엉덩이를 부딪쳤고, 아픔을 느낄 새도 없이 검은 항아리 안에 구슬을 집어넣어 버렸다.

도깨비는 수건을 목에 두르고 나오다가 화장실이 몹시 급하다 싶은 자세로 서 있는 세린을 발견했다. 뭔가 이상한 낌새를 눈치챈 도깨비가 눈을 가늘게 뜨고 물었다.

"너, 뭐 하고 있었어?"

"네? 저는 그냥 잠시 구경을…."

세린은 아무렇지도 않은 척 대꾸했지만, 이마에서 식은땀이 한 방울 흘러내렸다. 도깨비가 수상하다는 듯이 그녀에게서 눈을 떼지 않고 수건으로 얼굴을 닦으며 천천히 다가왔다.

세린은 자신의 심장 소리가 조금 전 폭발음만큼이나 크게 들리는 것 같았다. 도깨비는 그녀를 지나쳐 너저분한 책상을 둘러보았다. 역시나 그녀의 시선이 검은 항아리에서 멈췄다. 세린은 항아리를 몸으로 가린다고 가렸지만, 구슬의 빛이 그 안에서 새어 나오는 건 막을 수 없었다.

도깨비는 항아리를 내려다보더니 세린이 처음 무지개 구슬을 발견했을 때처럼 입을 떡 벌렸다.

"아니, 이게 뭐야? 이게 왜 여기에 들어가 있지?"

세린은 눈을 질끈 감았다. 그녀는 이곳에서 구슬도 못 받고 쫓겨나거나, 어쩌면 도둑으로 몰려 지하 감옥에 갇힐지도 모른다고 생각했다.

"흠…."

도깨비가 짧은 신음을 내뱉었다. 하지만 그 외에 별다른 말이 없자 세린은 용기를 내서 실눈을 떠보았다.

놀랍게도 도깨비가 검은 항아리에서 꺼내 든 것은 무지개 구슬이 아니었다. 그녀가 손에 들고 있는 것은 자세히 봐야 겨우 보이는 가느다란 실이었다.

세린이 엉덩이에 멍까지 들어가며 감춰둔 구슬을 정작 도깨비는 신경도 쓰지 않는 것 같았다. 아니, 오히려 거치적거린다는 듯이 바닥에 내려놓고 책상 끝으로 굴러가도록 내버려 두었다. 바닥에 떨어지거나 설령 깨져도 상관없다는 식의 무심한 태도였다. 결국 구슬이 떨어져 내렸다.

'안 돼!'

세린은 순전히 태권도를 배우며 생긴 운동신경 덕분에 구슬을 잡아낼 수 있었다. 그녀는 바닥에 엎드려 야구 선수와 비교해도 전혀 손색이 없는 자세로 크게 안도의 한숨을 내쉬었다. 도깨비는 그러거나 말거나 여전히 실을 내려다보고 있었다.

"이건 도깨비 털인데?"

그녀는 세린이 아예 이곳에 없다는 듯이 혼잣말을 중얼거렸다.

"그래, 이것 때문이었어. 역시 내 실험이 실패할 리가 없지."

도깨비는 선글라스처럼 변해버린 고글을 끼더니 비커를 모조리 모아 항아리에 쏟아부었다. 마지막으로 스포이트가 빨아들인 수상한 액체를 떨어뜨리자 아까처럼 보글보글 기포가 생기면서 연기가 피어올랐다.

또 한 번 폭발이 일어날 거라 생각한 세린은 책상 옆에 바짝 엎드려 귀를 막았다.

하지만 다행히 폭발은 일어나지 않았다. 대신 밤하늘의 별빛처럼 반짝거리는 액체가 검은 항아리에 가득했다.

세린은 조심스럽게 책상 위로 머리를 들어 올렸다. 만족스러운 미소를 짓고 있던 도깨비가 오늘 처음 그녀를 본 것처럼 놀란 얼굴로 물었다.

"네가 여기에 구슬을 집어넣은 거야?"

세린은 욕먹을 각오를 하고 고개를 끄덕였다.

"고마워."

순간 세린은 자신의 귀를 의심했다. 도깨비가 처음 봤을 때보다 훨씬 밝아진 표정으로 말했다.

"구슬이 아니었으면 여기에 이게 들어 있는지도 몰랐을 거야."

도깨비는 자신의 손에 들린 실 같은 머리카락을 흔들었다. 어두운 항아리에 빛을 내는 구슬이 들어가는 바람에 그동안 보지 못했던 것을 발견한 모양이었다.

"이름이?"

세린은 얼른 대답했다.

"김세린."

"반가워. 난 니콜이야. 사람들의 말을 훔쳐 와서 향수로 만들고 있지."

니콜은 머리카락을 쥐지 않은 다른 손을 내밀어 악수를 청했다.

"네 덕분에 한시름 놓았어. 아마 나 혼자였다면, 내일쯤에는 집이 날아가 버렸을 거야."

세린은 그 말에 전적으로 동의했다. 구슬이 사라지기 전에 이곳에 도착한 게 천만다행이었다. 세린도 구슬이 없는 손을 내밀었다.

"근데 그건 왜 그렇게 꽉 잡고 있는 거야?"

어미 새가 알을 품고 있는 것처럼 구슬을 가슴에 대고 있는 세린을 향해 니콜이 물었다. 세린은 서둘러 구슬을 책상 위에 내려놓았다.

"미안, 훔쳐 갈 생각은 아니었어. 난 그냥 무지개 구슬이 보이길래 잠깐 구경만 하려고 했어. 진짜야."

세린은 당황해서 반말을 했지만, 니콜은 그녀의 말투 따위는 전혀 신경 쓰지 않았다. 니콜이 고개를 갸우뚱한 건 다른 것 때문이었다. 그녀는 방금 악수를 했던 손으로 귀를 후비적거렸다.

"무지개 구슬?"

"이거 말이야."

세린은 자신이 방금 내려둔 구슬을 가리켰다. 구슬은 어딘지 모르게 조금 달라진 것 같았으나, 여전히 무지갯빛을 띠고 있었다. 구슬을 살펴보던 니콜이 깔깔대며 웃음을 터뜨렸다.

"나도 무지개 구슬을 본 적은 없지만, 적어도 이건 아니야. 이건 그냥 내가 가진 도깨비 구슬이거든."

니콜은 목에 걸고 있던 수건으로 구슬을 닦았다. 구슬은 거짓말처럼 노란색으로 변했다.

"아무래도 내가 처박아둔 곳에서 기름이 묻었나 봐."

그녀의 말처럼 구슬은 더 이상 무지개 색으로 빛나지 않았다. 세린은 믿기지 않아 구슬을 이리저리 돌려보았으나, 지금껏 보았던 구슬들처럼 평범해 보일 뿐이었다.

세린은 잠시나마 부풀었던 마음이 사그라들자 실망감을 감추지 못했다.

"무지개 구슬은 도깨비들도 보기 힘든 물건이야. 그런 걸 내가 갖고 있을 리 없지. 나이가 아주 많은 도깨비라면 모를까…."

니콜은 비커를 한쪽으로 치우고 검은 항아리에 담긴 액체를 유리병에 조심스럽게 옮겨 담기 시작했다.

"사실 그 구슬도 오늘 아침에 받은 거니 새것이나 다름없어. 무지개 구슬은 아니지만 인간한테는 꽤 좋은 거라고 들었는데, 아니야?"

니콜의 말이 맞았다. 꼭 무지개 구슬이 아니더라도 이 구슬 안에는 그녀가 원하는 아름다운 카페가 들어 있을 것이기 때문이었다. 세린은 구슬을 다시 주워 들었다.

"그럼 이 구슬을 가져가도 돼?"

"물론이지. 그런데 오늘은 너무 늦었으니 자고 가. 밖에 날씨도 엉망이거든."

세린은 날이 너무 늦었다는 말에 놀랐고, 날씨가 엉망이라는 말에 다시 한번 놀랐다. 분명 자신이 이곳에 올 때까지만 해도 밖은 구름 한 점 없는 쾌청한 오후였기 때문이다. 세린은 얼른 타원형으로 찌그러진 창문으로 다가갔다.

니콜의 말처럼 밖에는 깜깜한 어둠이 내려앉아 있었다. 게다가 앞을 분간할 수 없을 정도로 눈보라가 심하게 몰아치고 있었다. 지금 밖으로 나가려면 적어도 마타의 롱코트와 털모자가 필요해 보였다.

창문과 이마를 맞대고 있는 세린을 보며 니콜이 말했다.

"너무 놀랄 필요 없어. 이곳의 날씨는 언제 어떻게 변할지 모르거든."

니콜은 하품을 하면서 세탁기에 넣으면 곧바로 구정물이 나올 것 같은 실험용 가운을 벗어들었다.

"침실은 이쪽이야. 자고 갈 거면 빨리 와."

그녀는 한쪽 눈알이 떨어져 나간 토끼 모양 슬리퍼로 갈아 신고 건물 안쪽에 있는 계단으로 향했다. 세린은 한 번 더 창문을 돌아본 뒤에 잇샤와 함께 계단으로 올라갔다.

니콜의 방은 그리 넓지 않았으나, 세린이 하룻밤 묵어가는 데는 별문제가 없어 보였다. 니콜은 2층 침대에 잔뜩 쌓아두었던 물건을 바닥에 아무렇게나 내려놓았다. 그곳을 세린의 잠자리로 정해준 뒤 옷장에서 당근 무늬가 수놓인 얇은 이불을 건네주었다.

세린이 침대 사다리를 오르자 오랫동안 사용한 사람이 없었는지 삐거덕거리는 소리가 심하게 났다. 세린은 니콜이 미처 치우지 못한 토끼 인형을 머리맡으로 옮기고 침대에 누우며 물었다.

"혹시 아까 무슨 실험을 하고 있던 건지 물어봐도 돼?"

이곳에 들어오면서부터 궁금했지만, 미처 묻지 못했던 질문이었다.

"아, 반짝이 시럽을 만들고 있었어."

니콜이 이불과 똑같은 당근 무늬 원피스로 갈아입으며 대꾸
했다.

"반짝이 시럽?"

"너도 아까 봤잖아. 검은 항아리에 담겨 있던 게 반짝이 시럽이
야."

세린은 백사장의 모래처럼 반짝이던 항아리 속 액체를 떠올렸
다. 자신이 이름을 지어야 했더라도 똑같이 지었을 것 같았다.

"내가 만드는 반짝이 시럽은 향수뿐만 아니라, 너희가 갖고 싶
어 하는 도깨비 구슬을 만드는 데도 들어가. 색을 입힐 때 꼭 필요
하거든. 그래서 항상 넉넉히 만들어 놨었는데, 얼마 전에 어떤 도
둑놈이 그걸 몽땅 훔쳐 가버린 거 있지?"

니콜은 생각만 해도 화가 난다는 듯이 콧김을 푹 내쉬었다.

"그래서 부랴부랴 다시 만들고 있었는데, 며칠 동안 계속 실패
했어. 거기에 도깨비 털이 들어가 있을 줄은 생각도 못 했지 뭐야.
아마 그 도둑놈 머리카락일 거야. 아니, 길고 꼬불거리는 게 여자
것이겠네."

니콜은 아직도 버리지 않고 있던 머리카락을 다시 꺼내 들었다.
길이가 두 뼘은 더 되어 보였고, 동그랗게 말려 있는 게 꼭 파마를
한 것처럼 보였다.

니콜은 정체 모를 도둑에게 온갖 저주와 악담을 퍼부었다. 그중 하나만 이루어져도 머리카락의 주인은 평생을 끔찍한 모습으로 살아야 할 것 같았다.

세린은 그것 말고도 무지개 구슬에 관해 묻고 싶은 게 많았지만, 니콜은 어느새 코를 드르렁드르렁 골며 깊은 잠에 빠져들어 있었다.

포포의 화원

세린은 거의 뜬눈으로 밤을 지새우다시피 했다.

우선 니콜이 뭔가를 다시 실험하다가 폭발한 게 아닌가 싶을 정도로 코 고는 소리가 컸기 때문이었고, 두 번째는 아까 받은 노란색 구슬이 너무나 궁금했기 때문이었다.

결국 세린은 새벽이 밝아오는 걸 기다리지 못하고 잇샤를 조심스럽게 깨웠다. 잇샤도 니콜이 코 고는 소리에 잠을 설쳤는지 눈이 퀭했지만, 전혀 귀찮은 티를 내지 않았다.

잇샤는 기지개를 쭉 켜고 하품을 크게 한 뒤에 구슬을 물었다. 그러자 주변이 금방 노란빛으로 물들었다.

누워 있던 침대와 니콜의 향수 공방이 사라지고 나타난 건, 지은 지 얼마 안 된 듯한 현대식 건물이었다. 그리고 건물을 중심으로 특색 있는 간판을 내건 가게들이 줄지어 늘어서더니, 순식간에 복잡한 골목으로 변해버렸다.

"빵빵."

배달용 오토바이 한 대가 아슬아슬하게 사람들 사이를 지나가며 경적을 울렸다. 가게 입구에서 사진을 찍고 있던 커플은 잠시 뒤로 비켜난 뒤에 다시 포즈를 바꿔가며 사진을 찍느라 여념이 없었다. 사람들로 붐비는 거리는 젊음의 활기로 가득했다.

세린의 눈앞에는 잘 닦인 유리창이 있었지만, 마치 그곳에 존재하지 않는 사람처럼 자신의 모습이 비쳐 보이지 않았다. 대신 잘 꾸며진 인테리어가 눈에 들어왔다.

이번에도 세린의 의지와 상관없이 몸이 저절로 건물 안으로 들어갔다. 그곳은 세린이 원하던 근사한 커피 전문점은 아니었지만, 충분히 멋진 카페였다.

분위기 있는 잔잔한 팝송이 흘러나왔고, 메뉴판에는 보기만 해도 군침이 도는 과일빙수와 디저트 음식 사진들이 가득했다. 누군가 사인을 한 종이도 코팅된 채로 가장 잘 보이는 곳에 걸려 있었다.

하지만 한창 손님들로 가득해야 할 오후 시간에 이상하게도 손님은 전혀 보이지 않았다.

텅 빈 실내에는 주인으로 보이는 젊은 여성만이 카운터 옆 의자에 앉아 멍하니 창밖을 내다보고 있었다.

"띠리리링-."

때마침 전화가 걸려 왔다. 조금도 망설이지 않고 바로 전화를 받는 걸 보니 잘 아는 사이인 모양이었다. 그녀는 안부 인사로 시작해 근황을 주고받다가 신세 한탄을 늘어놓기 시작했다.

"죽을 맛이지, 뭐."

처음 이곳에 자리 잡았을 때는 남부러울 게 없을 만큼 장사가 잘되었지만, 어느샌가 우후죽순 생겨버린 경쟁 카페들 때문에 지금은 파리만 날린다고 했다.

"나도 너처럼 공무원 준비나 했어야 하는 건데…."

그러면서 매출이나 월세에 신경 쓰지 않고 제때 월급 나오는 곳이 최고라며, 혹시라도 지금 다니는 곳을 그만둘 생각은 꿈도 꾸지 말라고 했다.

"어머, 얘가 지금 배부른 소리 하고 있네. 거기처럼 칼퇴근에 짤릴 염려도 없고, 연금까지 보장되는 곳이 어디 흔한 줄 아니? 요즘 같은 시대에는 '워라밸'이 최고야. 난 너처럼 살 수 있으면 소원이 없겠다. 요새 또 물가는 얼마나 비싼…."

한참을 부러워하던 그녀의 표정이 변했다. 한 커플이 가게 입구에 멈춰 서서 입구에 세워진 메뉴판을 살피고 있었던 것이다.

"어, 우리 다음에 통화하자."

그녀는 재빨리 전화를 끊었다. 하지만 커플은 메뉴판을 보고 가게 내부를 힐끔 둘러보더니 결국 길 건너 맞은편 가게로 들어가 버렸다. 막 자리에서 일어나 인사할 준비를 하던 그녀는 도로 힘없이 의자에 앉을 수밖에 없었다.

"하아…."

젊은 주인의 축 처진 어깨너머로 긴 한숨이 흘러나왔다.

◆

갑자기 주변 사물이 흐릿해지며 안개가 걷히듯 풍경이 바뀌었다. 세린은 당근 무늬 이불을 덮고 천장에 맞닿기 직전인 2층 침대에 누워 있었고, 가슴에는 고양이 한 마리가 노란색 구슬을 물고 내려다보고 있었다.

잇샤는 구슬을 침대 옆에 내려놓고 세린의 얼굴을 핥았다. 세린도 잇샤의 머리를 쓰다듬어 주자 잇샤는 기분 좋게 가르릉거렸다.

세린은 세수를 한 것과 다름없는 얼굴로 만들어준 잇샤를 떼어내며 바닥으로 내려왔다.

"벌써 아침이네."

어느새 창문으로 아침 햇살이 쏟아져 들어오고 있었다. 잇샤도 바닥으로 같이 내려와 세린의 다리 사이를 지나며 몸을 비벼댔다.

"잇샤, 미안하지만 다른 구슬을 찾아야 할 것 같아."

세린은 높이 치켜든 잇샤의 엉덩이를 토닥여 주었다. 오래 고민한 건 아니었지만, 그렇다고 오래 고민할 것도 없었다.

"이건 내가 원하는 구슬이 아니었어. 나는 걱정할 일 없이 몸도 마음도 편하게 살고 싶어."

세린은 말을 잠시 멈추고 검지를 입술에 가져다 댔다.

"음…. 최대한 안정적인 일을 하면 행복하지 않을까?"

잇샤가 작게 '야옹'하고 울더니 훌쩍 점프를 뛰어 창가로 올라섰다. 그러고는 갈 곳을 확인하듯이 창문 너머를 쳐다보았다.

"좋은 아침."

말소리에 깼는지 니콜이 침대 위로 얼굴을 내밀었다. 얼마나 푹 잤으면 눈을 뜨기도 힘들 만큼 얼굴이 퉁퉁 부어 있었다.

"잘 잤어?"

니콜이 큼지막한 눈곱을 떼며 물었다.

"응."

세린은 붉게 충혈된 눈으로 거짓말을 했다.

니콜은 길게 기지개를 켜고 당근 모양 칫솔로 유난히 커다란 앞니를 닦았다.

"그쪽은 안 가는 게 좋을걸. 거기에는 말썽나무가 있거든."

잇샤도 좀처럼 마음이 안 내키는지 창문을 앞에 두고 애처롭게 낑낑댔다.

"말썽나무가 뭐야?"

세린이 하품이 나오려는 걸 억지로 참고 물었다.

"장난치고 싶어서 안달 난 나무들이지. 엄청 짜증 나는 녀석들이야."

니콜은 언젠가 그것들을 모아 땔감으로 삼을 거라고 했다. 그녀는 말썽나무에게 코만 있었다면 벌써 악취 스프레이로 혼쭐을 내줬을 거라며 화를 내다가 그만 가글하던 물을 삼켜버리고 말았다.

"정 가고 싶다면 내가 좀 도와줄게."

니콜이 입가에 허옇게 묻은 치약을 닦아내며 말했다.

"잠깐만 기다려 봐."

그녀는 잠옷도 갈아입지 않고 서둘러 아래층으로 내려갔다. 잠시 병이 부딪치는 소리가 나더니 온갖 향수를 한 바구니 가득 가지고 올라왔다.

"우선 이거부터 뿌려 봐."

니콜은 제일 위에 있던 향수를 꺼내 들었다. 그녀가 병에 달린 펌프를 살짝 누르자 알싸한 향이 좁은 방 전체에 퍼져나갔다.

"이건 인간들이 처음 사랑에 빠졌을 때 속삭이는 말들을 훔쳐 온 건데, 이걸 뿌리면 당분간은 피로를 느끼지 못할 거야."

그녀의 말처럼 향수가 옷에 닿자 마치 구름 위를 걷는 것처럼 몸이 가볍게 느껴졌다. 잇샤도 기분이 좋은지 바닥에 누워 몸을 뒹굴뒹굴했다. 니콜의 손이 바구니 안으로 더 깊숙이 들어갔다.

"어디 보자… 이건 엄마들의 잔소리를 모아온 거고, 여기 다음에 얼굴 한번 보자는 거짓말을 모아온 향수도 있어."

니콜은 수북이 쌓인 바구니를 세린에게 들이밀었다.

"모두 합해서 겨우 금화 100개밖에 안 돼."

세린은 예전보다 홀쭉해진 주머니를 뒤적였다. 그녀가 쓴 돈은 거의 없었지만, 잇샤에게 간식을 사주다 보니 금화가 제법 줄어 있었다. 세린은 바구니 제일 아래에 있던 향초를 가리켰다.

"난 이것만 있으면 될 것 같아."

니콜은 코끝을 긁적였다.

"용기를 주는 향초 말이구나. 이것도 나쁘지 않지. 이건 금화 하나면 돼."

니콜은 아쉬워하긴 했지만, 더는 강요하지 않았다.

세린은 하루만 더 자고 가라는 니콜을 뒤로하고 향수 공방을 나섰다. 하루 더 뜬눈으로 밤을 새웠다가는 남은 장마 기간 동안 잠만 자야 할 것 같았고, 벌써 손목시계의 물이 눈에 띄게 줄어들어 있었기 때문이다. 세린은 급한 마음에 니콜이 하나씩 자물쇠를 여는 걸 기다리지 못하고 발을 동동 구르기까지 했다.

잇샤를 따라 길을 나선 세린의 손에는 작은 상자 하나가 들려 있었다. 니콜이 가는 길에 먹으라며 건네준 시커멓게 태운 당근 케이크였다.

'이거라도 먹어야겠다.'

세린은 근처에서 비교적 평평한 바위를 찾아 그 위에 걸터앉았다. 탄 부분을 덜어내고 나니 절반도 채 남지 않았지만, 당장의 허기를 채우기에는 충분한 양이었다.

세린은 케이크를 무릎 위에 올리고 안쪽에 들어간 크림을 손가락으로 찍어 입술로 가져갔다. 입 안에서 사르륵 녹는 것이 피로도 함께 녹아내리는 것 같았다.

"어라?"

겨우 한 조각을 먹고 맛을 음미하는 사이, 고개를 내려보니 어느새 무릎이 텅 비어 있었다. 세린은 딴청을 피우고 있는 잇샤를 쳐다보았다. 잇샤는 모르는 척 세린과 눈을 마주치지 않았지만, 빵조각이 수염에 덕지덕지 붙어 있었다.

세린은 그런 잇샤를 나무라지 않았다. 대신 엉덩이를 털고 자리에서 일어났다. 배에서 꼬르륵 소리가 크게 났지만, 배고픔은 전혀 느껴지지 않았다.

눈앞에서 숲이 움직이고 있었기 때문이다.

"이게 뭐야…."

땅에 뿌리는 내리고 꼿꼿이 서 있어야 할 나무들이 제멋대로 걸어 다니고 있었다. 심지어 자기들끼리 장난치듯 가지를 길게 뻗어 서로를 때리기도 했다.

세린은 믿을 수 없는 광경에 잠시 몸이 얼어붙는 것 같았다.

생긴 건 분명 나무였지만, 차마 나무라고 할 수 없는 것들이 우지끈거리는 소리를 내며 주변을 이리저리 맴돌고 있었다. 외부로부터 숲을 지키는 것처럼 보였고, 숲이라는 우리에 갇힌 것처럼도 보였다.

세린이 용기를 내서 숲으로 한 발짝 다가가자, 잇샤도 바짝 다가와 옆에 섰다.

"크르르르."

잇샤는 이곳을 지나가려면 나름의 준비가 필요했는지 몸을 서서히 크게 키웠다. 마침내 다 자란 늑대 정도 크기가 되자, 그녀에게 등을 보이며 타라는 시늉을 했다. 하지만 세린은 잇샤를 타지 않고 등만 한차례 긁어주었다.

고양이를 탄다는 게 왠지 동물을 학대하는 것 같아 내키지 않았고, 달리기라면 누구보다 자신 있었기 때문이다.

세린은 운동화의 끈을 질끈 묶고 크게 숨을 들이쉬었다.

"좋아, 가자! 잇샤."

세린의 말이 떨어지기 무섭게 잇샤는 뒷다리에 힘을 실어 먼저 숲속으로 뛰어들었다.

나무들은 금방 관심을 보여왔다. 하지만 잇샤는 요리조리 잘도 피하며 날쌔게 움직였다. 나무줄기가 내려쳐진 곳에는 잇샤가 방금 만든 발자국만 있을 뿐이었다.

잇샤를 보고 용기를 얻은 세린도 곧이어 숲 안으로 뛰어들었다. 하지만 나무들은 멀리서 봤을 때보다 훨씬 빠르고 민첩했다. 세린은 곧 후회했지만, 벌써 그녀를 뒤쫓는 나무들에게 돌아갈 길이 막힌 뒤였다.

'이게 아닌데….'

결국 숲에 들어온 지 얼마 되지도 않아 세린은 나무줄기에 발목이 감겨 위로 들려지고 말았다. 세상이 거꾸로 뒤집힌 채로 땅에서 점점 멀어지는 게 느껴졌다. 있는 힘껏 비명을 내질렀지만, 근처에 도와줄 사람이 있을 리 만무했다. 항상 자신과 붙어 있던 잇샤도 어딜 갔는지 보이지 않았다.

괴물 같은 나무는 세린을 장난감 다루듯 공중에서 좌우로 흔들더니 기어이 멀리 내던져 버리고 말았다. 잠시 동안 귀에서는 날카로운 바람 소리만 들렸다.

"꺅!"

세린은 이대로 꼼짝없이 떨어지는구나 싶었다. 본능적으로 머리를 감쌌으나, 이런 높이라면 별로 도움이 될 것 같지 않았다. 곧 벌어질 일을 생각하니 눈앞이 깜깜해졌다.

하지만 예상했던 충격은 느껴지지 않았다. 오히려 포근한 소파에 누운 것처럼 편안한 기분마저 들었다. 겨우 정신을 차리고 밑을 내려다보니 잇샤가 풍선처럼 부푼 몸으로 자신을 받쳐주고 있었다.

"잇샤!"

세린은 안도의 한숨을 크게 내쉬며 미끄러지듯 바닥으로 내려왔다. 나무들은 그녀를 해치웠다고 생각했는지 더 이상 쫓아오지 않았다.

세린이 무사한 걸 확인한 잇샤는 다시 새끼 고양이로 돌아왔다. 세린은 잇샤를 꼭 껴안고 볼을 비볐다. 잇샤는 숨이 막히는 것 같았지만, 싫지만은 않은지 몸을 빼려고 하지 않았다.

"근데, 이건 뭐지?"

세린은 잇샤를 놓아주고 그녀 앞에 우뚝 서 있는 커다란 나무를 올려다보았다. 그녀가 떨어진 곳에는 공교롭게도 지금껏 본 나무들보다 몇 배나 더 큰 나무가 하늘을 가린 채 그늘을 짙게 드리우고 있었다.

다행히도 그 나무는 움직이지 않았다. 대신 두꺼운 나무 기둥에 작은 문이 하나 달려 있었다. 나무에 문이 달려 있다는 게 이상한 일이었지만, 최근에 하도 많은 일들을 겪다 보니 이런 것쯤은 대수롭지 않게 느껴졌다.

잇샤가 그녀보다 한 발짝 앞서 문으로 다가갔다. 문 너머에 구슬이 있다는 뜻이었다.

"똑, 똑."

세린은 노크를 한 뒤 참을성 없이 문을 살짝 밀어보았다. 잠기지 않은 문이 소리도 내지 않고 안쪽으로 활짝 열렸다.

나무 안은 바깥과는 또 다른 세상이었다. 운동장처럼 넓은 공간에 온갖 나무와 화초들이 심겨 있었다. 빛이 어디서 들어오는지 주변을 온통 환하게 밝히고 있어 잠시 눈을 감아야 했다.

"야 이놈아, 거기서!"

문에서 얼마 떨어지지 않은 곳에는 웬 노파가 어린 말썽나무를 상대로 지팡이를 휘두르고 있었다. 하지만 움직임이 워낙 느린 탓에 허공만 휘저을 뿐이었다. 말썽나무는 크게 움직이지도 않고 노파의 지팡이 질을 피한 뒤에 세린이 서 있는 곳으로 달려왔다. 깜짝 놀란 세린은 잇샤를 들고 한쪽으로 피했다. 그러자 어린 말썽나무는 세린이 미처 닫지 못한 문으로 쏜살같이 나가버렸다.

잠시 침묵이 흘렀다.

"휘잉."

말썽나무가 사라진 문으로 바람 한 줄기가 들어왔다.

세린은 일단 노파에게 사과부터 했다.

"안녕하세요…. 저기 죄송합니다. 혹시 중요한 일을 하던 중이셨나요?"

노파는 주름진 얼굴로 환하게 웃어 보였다.

"아닙니다. 괜찮아요."

세린은 어쩌면 이곳에야말로 무지개 구슬이 있을지도 모른다고 생각했다. 지금 눈앞에 있는 도깨비보다 나이가 많은 도깨비는 없을 것 같았기 때문이다. 두건 사이로 드러난 백발이 눈보다 희게 빛났다. 그녀는 바닥에 닿을 듯이 굽어진 허리를 연신 두들겨댔다.

"인간이신가 보군요, 이쪽으로 오세요."

노파가 얼마 떨어지지 않은 곳에 있는 탁자를 가리켰다.

"차라도 한잔 드실라우?"

세린은 괜찮다고 하려고 했지만, 노파가 이미 찻장으로 움직이고 있었다. 하지만 차를 준비하는 노파의 손길이 워낙 굼떠서 세린은 거의 자신이 차를 준비하다시피 했다.

김이 모락모락 피어나는 차를 앞에 두고 노파가 물었다.

"구슬을 가지러 오셨나 보죠?"

"네."

차가 식기를 기다리던 세린이 얼른 대답했다. 노파는 이름 모를 풀잎이 들어간 차를 호로록 소리가 나도록 마셨다.

"여기까지 오느라 고생이 많았겠네요. 나는 여기 정원사랍니다. 그냥 포포라고 부르면 돼요."

"아, 저는 세린이에요."

세린은 두 손을 모으고 예의 바르게 대답했다. 그 모습을 보고 포포가 눈이 사라질 만큼 함박웃음을 지었다. 마치 귀여운 손녀딸을 바라보는 듯했다.

"난 이곳에서 인간이 남몰래 흘린 눈물과 땀을 가져와 꽃과 나무를 가꾸고 있답니다."

포포는 넓은 방을 가득 채우고 있는 온갖 식물들을 지팡이로 가리켰다. 그곳에는 활짝 핀 꽃도 있었고, 아직 봉오리를 터뜨리지 못한 화초도 있었다. 어떤 건 아예 죽은 것처럼 보이는 나무도 있었다.

"저것들은 모두 자기만의 계절을 기다리고 있죠."

세린이 포포의 말뜻을 이해하지 못하고 다시 물었다.

"자기만의 계절이요?"

포포는 차를 한 모금하며 가볍게 고개를 끄덕였다.

"모든 꽃과 나무에는 자기만의 계절이 있답니다. 어떤 꽃은 봄날에 화사하게 피어나지만, 늦은 여름이나 가을이 되어서야 꽃을 피우는 나무도 있죠. 심지어 모든 식물이 얼어붙는 가장 추운 겨울날, 자신의 존재를 드러내는 꽃도 있어요. 내가 하는 일은 인간의 노력이 담긴 눈물과 땀을 모아 이곳의 식물을 돌보는 거랍니다. 가장 적당한 시기에 활짝 피어나도록 말이죠."

비록 치아가 몇 개 빠진 탓에 발음은 어눌했지만, 말 한마디 한마디에서 그녀의 진심이 묻어났다. 세린은 두 손으로 쥐고 있던 찻잔을 입으로 가져가며 물었다.

"그런데 제가 여기 왔을 때 뭘 하던 중이셨나요?"

세린의 질문에 포포는 소리 없이 웃었다.

"말썽나무 열매를 따고 있었답니다. 원래는 토리야가 도와주는데 엊그제 다치는 바람에…."

포포가 말끝을 흐리며 나무에 가려 잘 보이지 않던 방 한쪽을 안쓰럽게 바라보았다. 세린은 토리야의 이름을 들어 반가운 마음이 들면서도 한편으로 걱정이 되었다.

"많이 다쳤나요?"

나무 기둥들 사이로 붕대가 감긴 토리야의 커다란 머리통이 보였다. 곤히 잠이 들었는지 코끝에서 콧물 방울이 부풀어 올랐다가 터지길 반복하고 있었다.

"많이는 아니에요, 도둑을 뒤쫓다가 돌부리에 걸려 넘어졌거든요. 잠깐 깨어나서 연기가 나는 도깨비를 잡아야 한다고 잠꼬대 같은 말을 하더니 다시 잠이 들어버렸죠."

세린은 도둑이라는 말에 얼마 마시지도 않은 차를 뿜을 뻔했다.

"여기도 도둑이 들었나요?"

세린의 놀란 눈을 보고 포포가 그녀를 진정시켰다.

"사실 도둑이랄 것도 없어요. 말썽나무 열매 몇 개만 훔쳐 갔을 뿐이니까요. 나무 열매는 족장님이 좋아하는 열매기도 하고, 도깨비 구슬에 색을 낼 때 사용되죠. 하지만 맛은 별로 없는데, 어지간히 배가 고팠던 모양이에요."

포포는 별거 아니라는 듯 웃어넘기고 남은 차를 마저 마셨다. 그녀는 깨끗하게 마신 찻잔을 한쪽으로 치워두고 지팡이를 다시 들었다.

"그럼 천천히 쉬면서 마음에 드는 꽃을 고르면 말씀해 주세요.

난 바빠서 먼저 일어날게요."

바쁜 사람치고는 한 걸음을 걷기까지 아주 오랜 시간이 걸렸다. 성격 급한 사람이 보면 가슴을 두드릴 만큼 멈춰 서 있는 거나 다를 게 없었다. 세린은 지팡이에 의지해 불편한 다리로 힘겹게 일어서는 포포가 마음에 걸렸다. 게다가 불쑥 찾아와 하던 일을 방해했음에도, 인상 한 번 찌푸리지 않고 따뜻하게 대해준 그녀에게 뭐라도 보답을 하고 싶었다.

"혹시 나무 열매를 따시는 거라면 제가 좀 도와드릴까요?"

순간 포포의 표정이 밝아졌다. 하지만 곧 손사래를 쳤다.

"아니에요, 젊은 사람을 귀찮게 하면 못쓰지. 내가 천천히 하면 돼요."

"제가 아까 말썽나무를 밖으로 내보냈잖아요. 그리고 찻값은 해야죠."

세린이 적극적으로 나오자 포포도 못 이기는 척했다.

"그럼, 그래 줄래요? 이렇게 고마울 데가. 이거 미안해서 어쩐다."

포포가 전혀 미안하지 않은 얼굴로 말했다.

"얼마나 필요하시죠?"

"많이는 아니에요, 한 주먹 정도만 있으면 된답니다. 그런데 열매가 작아서 찾기 힘들 텐데요."

세린은 미지근하게 식은 차를 단숨에 마셔버리고 자리에서 일어났다.

"걱정하지 마세요. 여기서 잠깐만 기다리고 계시면, 제가 잇샤랑 나가서 열매를 가져올게요."

세린은 큰소리를 치고는 자신감 넘치는 걸음걸이로 문밖을 나섰다. 배를 깔고 바닥에 엎드려 있던 잇샤도 서둘러 그녀의 뒤를 따랐다.

말은 그렇게 했지만, 막상 나무를 다시 맞닥뜨리자 다리가 후들거렸다. 놈들은 세린을 보자 어슬렁거리며 천천히 다가왔다. 이럴 때 옆에 잇샤가 있다는 게 그렇게 든든할 수가 없었다.

세린은 이미 커다란 늑대 크기로 변한 잇샤를 돌아보았다.

"잇샤, 할 수 있지?"

잇샤의 입에서 거대한 짐승의 포효가 흘러나왔다.

"좋아, 그럼 이번만 등 좀 빌릴게."

잇샤는 세린이 타기 좋게 자세를 낮췄고, 세린은 갈기처럼 부풀어 오른 잇샤의 목덜미 털을 꽉 붙잡았다.

"저 멍청한 녀석들에게 잡히지 말고 열매를 따서 돌아가는 거야."

잇샤는 출발 신호도 기다리지 않고 시위를 떠난 화살처럼 쏘아져 나갔다.

나무들이 시체를 발견한 하이에나처럼 금세 주위로 몰려들었다. 처음엔 기껏해야 서너 그루였던 게 어느새 수십 그루로 늘어나 있었다. 마치 숲이 통째로 이동해 온 것 같았다.

잇샤는 겁도 없이 나무를 향해 바짝 다가갔다. 포포의 말대로 나무 가장 안쪽에 열매가 주렁주렁 달려 있었다. 멀리서는 보이지도 않을 만큼 작았는데, 기껏해야 앵두보다 조금 더 큰 정도였다.

"저거야, 잇샤."

마침내 세린이 손을 뻗으면 닿을 거리까지 접근할 수 있었다. 하지만 이제 막 열매를 손에 움켜쥐려는 찰나, 나뭇가지가 한데 모이더니 열매를 둘러싸 버렸다.

결국 세린과 잇샤는 한 걸음 뒤로 물러날 수밖에 없었다. 옆에 있던 나무들도 잎사귀와 줄기로 열매를 보호하기 시작했다. 잇샤는 세린을 올려다보며 어떻게 해야 좋을지 묻고 있었다.

하지만 세린도 딱히 방법이 떠오르지 않았다. 다만 이대로 물러나고 싶지는 않았다. 잇샤와 함께여서인지, 구슬을 향한 집념 때문인지 왠지 포기하려는 마음이 들지 않았다. 어쩌면 니콜이 뿌려준 향수의 효력이 아직 남아 있어서인지도 몰랐다.

세린은 잠시 주변에 떨어진 나뭇가지들을 내려다보고는 잇샤의 귀에다 대고 속삭이듯 말했다.

"혹시 지금보다 더 빨리 달릴 수 있겠어?"

잇샤는 나무들이 움찔할 정도로 크게 울음소리를 냈다.

"좋아, 그럼 작전 변경이야. 아무래도 직접 따긴 어려울 것 같

아. 대신 저놈들이 스스로 열매를 내놓게 만들자. 네 진짜 실력을 보여줘."

잇샤는 단단히 붙잡으라는 식으로 세린의 뺨을 한 번 핥더니 조금 전과는 비교도 안 될 만큼 빠른 속도로 달리기 시작했다.

세린은 어릴 적 딱 한 번 타 본 적 있는 롤러코스터가 생각났다. 다만 지금은 생명줄처럼 느껴지던 안전 바가 없었고, 레일 위가 아닌 숲을 달리고 있었다. 눈을 뜨고 있기도 힘들어 눈물이 찔끔 새어 나왔다. 귀에서는 풀과 나뭇가지를 밟는 소리만 들려왔다.

"타다닥."

잇샤는 세린이 원하는 대로 숲에서 멀리 벗어나지 않고 나무 주위를 크게 맴돌았다. 띄엄띄엄 흩어져 있던 나무들이 점점 한쪽으로 모여들었다. 그들은 잇샤와 세린을 잡기 위해 애썼으나, 그럴수록 다른 나무에 생채기만 내고 있었다. 너무 가까이 붙은 탓에 서로가 서로의 행동을 방해하는 꼴이었다.

잇샤는 거의 엉겨 붙다시피 한 나무들 사이를 약 올리듯 지나다니며 그들의 화를 돋웠다. 나무뿌리 아래를 지날 때는 연체동물이라도 된 것처럼 바닥에 납작 엎드려 미끄러지듯 통과하기도 했다. 공격을 피하는 잇샤보다 등에서 떨어지지 않고 있는 세린이 더 대단해 보일 지경이었다.

'정신 똑바로 차려야 해.'

세린은 억지로 눈을 부릅뜨고 주변을 살펴보았다. 다행히 그녀의 생각대로였다. 나무들은 잇샤를 잡느라 정신이 팔려 자기들끼리 서로 부딪치고 우왕좌왕 댔다. 줄기가 서로 꼬여 나자빠진 나무도 더러 눈에 띄었다. 그 위로 다른 나무들이 타 넘어 다니면서 이미 난장판이 되어 있었다. 하지만 흙먼지를 뒤집어쓴 나무들은 지칠 줄 모르고 끈질기게 따라붙었다.

"이만하면 됐어, 잇샤. 저놈들을 멀리 유인한 다음에 할머니께 돌아가자."

잇샤는 짧게 울부짖고는 머리를 숲 바깥으로 돌렸다. 잔뜩 흥분한 나무들이 서둘러 그 뒤를 쫓았다.

또다시 숲이 이동하기 시작했다.

잠시 뒤, 한바탕 소동이 있었던 자리로 돌아온 세린은 잇샤의 등에서 내려와 바닥에 내려섰다. 잔가지와 나뭇잎이 무수히 떨어진 곳에는 공깃돌만 한 열매가 발에 챌 만큼 널려 있었다.

세린은 뒤쫓아오는 나무가 없는지 한 번 더 확인하고는 조심조심 열매를 주웠다. 다행히도 열매는 딱딱한 껍질로 싸여 있어 대부분 상태가 양호했다. 햇빛을 받은 색색의 열매가 보기 좋게 반짝거렸다.

'와, 진짜 이쁘네.'

이 정도면 꼭 먹기 위해서라기보다 장식용으로라도 훔쳐 갈 마음이 들 만했다. 세린은 열매를 주워 담고 흙장난을 치고 있는 잇샤를 불러들였다. 새끼 고양이로 변한 잇샤가 앙증맞게 뛰어와 그녀의 품에 안겼다. 세린은 잇샤의 코에 묻은 흙을 털어주고는 포포가 있던 커다란 나무로 발길을 돌렸다.

'응?'

세린은 미처 한 발짝도 내딛지 못하고 다시 뒤를 돌아보았다. 분명 고개를 돌리기 직전 검은 형상과 눈이 마주쳤다고 느꼈기 때문이다. 흡사 비닐봉지를 뒤집어쓴 듯한 모습이었다. 눈이랄 게 없었기에 눈이 마주쳤다는 건 말이 안 됐지만, 자신을 보고 있다는 느낌을 달리 표현할 길이 없었다. 그것은 분명 바위 뒤에 숨어서 머리처럼 보이는 것을 내놓고 그들을 몰래 주시하고 있었다.

'분명 뭔가 있었는데….'

세린은 잇샤를 내려놓고 조심스럽게 바위로 다가갔다. 몸을 낮게 웅크린 채로 발소리를 죽이고 걷는 폼이 꼭 먹잇감을 뒤쫓는 사냥꾼을 보는 것 같았다. 주변은 침 삼키는 소리도 들릴 만큼 조용했다.

바위에 다다르자 어디서 그런 용기가 나왔는지 세린은 바위 너머로 고개를 홱 들이밀었다. 하지만 보이는 거라곤 바위 뒤로 길게 늘어진 그림자뿐이었다.

'내가 잘못 본 건가?'

세린은 고개를 갸웃하며 흐트러진 머리를 긁적였다. 잇샤도 호기심 어린 눈동자로 바위를 빙글빙글 돌며 냄새를 맡았다. 세린은 잇샤를 다시 들어 올려 품에 안았다.

"가자, 잇샤. 할머니 걱정하시겠다."

너무 피곤했던 탓에 헛것을 본 것이겠거니 싶었다. 생각해보니 잠을 거의 못 잤고, 하루 종일 이상한 나무들에게 쫓기는 바람에 제정신이라고 할 수도 없었다. 세린은 미련 없이 가려던 길로 걸음을 돌렸다.

그렇게 발자국 소리가 차츰 멀어져 갔다.

"쉬익."

세린이 모습을 완전히 감추자 바위 뒤 그림자에서 연기가 새어 나오기 시작했다. 희미했던 연기는 점점 진해졌고, 이내 커다란 진흙 덩어리처럼 뭉쳐졌다. 하지만 쉴 새 없이 꿈틀거리기만 할 뿐, 딱히 형태를 갖추지 않았다. 그것은 바위 위로 약간 솟아날 만큼만 몸집을 키웠다.

그리고 한동안 세린이 사라진 쪽을 지켜보았다.

보르도 & 보르모의 레스토랑

눈을 찌를 듯한 아침 햇살에 세린은 얼굴을 찡그리며 자리에서
일어났다. 얼마나 피곤했던지 눈도 제대로 떠지지 않고 연달아 하
품이 나왔다. 옆에는 잇샤가 죽은 듯이 자고 있었다. 잇샤는 정말
죽은 게 아닐까 싶을 정도로 미동도 없이 베개 끝에 머리를 파묻
고 있었다. 직접 가슴에 귀를 대고 심장이 뛰고 있음을 확인한 다
음에야 세린은 겨우 마음을 내려놓았다. 세린의 기척을 느낀 잇샤
도 곧 잠에서 깨어나 길게 기지개를 켰다.

세린은 퀭한 눈으로 주위를 둘러보았다. 하얀 이불보가 덮인 침
대와 탁자 하나만 덩그러니 놓인 작은 방이었다. 그 외에 별다른
가구도 없이 단출한 방이었지만, 벽에서 배어 나오는 은은한 나무
향만으로도 어느 호텔 방이 부럽지 않았다.

세린은 거뭇거뭇한 눈 밑을 비비며 기억을 더듬어 보았다. 분명 어제 나무집에 도착해 열매를 건네고 잠시 쉰 것까지는 기억나는데, 아마도 깊이 잠이 들어버린 모양이었다.

옆에는 감사하게도 세수할 물과 갈아입을 옷이 놓여 있었다. 세린은 흙먼지가 묻은 얼굴을 꼼꼼히 씻어냈다. 꾀죄죄한 옷을 벗고 새 옷으로 갈아입으니 때를 벗긴 것처럼 기분이 상쾌해졌다.

세린은 나무줄기를 엮어 만든 문을 열고 밖으로 나갔다. 밖에는 반가운 얼굴이 있었다.

"세… 린…."

토리야가 세린을 먼저 알아보고 반갑게 인사를 건넸다.

"토리야!"

세린은 한걸음에 다가가 솥뚜껑만 한 주먹을 덥석 잡았다. 토리야의 이마에는 붕대가 비스듬히 둘려져 있었지만, 크게 다친 것 같지는 않았다. 그도 방금 일어났는지 입에서 턱까지 길게 침 자국이 나 있었다. 토리야의 다리 사이로 또 하나의 얼굴이 나타났다.

"잠자리는 괜찮으셨습니까?"

포포였다. 그녀는 특유의 부드러운 미소로 활짝 웃어 보였다.

"네, 덕분에요. 실례가 많았습니다."

세린이 허리를 숙여 인사하자 포포가 지팡이를 짚고 한 걸음 더 앞으로 다가왔다.

"이걸 받으세요."

"이게 뭐죠?"

그녀가 건넨 것은 작은 화분이었다. 화분에는 얼핏 뿔처럼 보이는 작은 물체가 뾰족하게 솟아 있었는데, 자세히 보니 갓 자란 나무의 싹이었다.

"어제 열매에 대한 보답으로 가져왔어요. 이래 봬도 우리 화원에서 가장 귀한 거랍니다."

포포는 신기한 눈으로 화분을 내려다보는 세린을 향해 설명을 덧붙였다.

"오래전 인간 세계에서 가져온 대나무라는 식물이죠. 이 녀석은 신기하게도 처음 몇 년간은 마치 죽은 것처럼 보일 정도로 성장이 느리답니다. 다른 식물들이 저마다 싹을 틔우고, 꽃을 피우고, 심지어 열매를 맺을 때도 땅 위로 모습을 거의 드러내지 않아요. 초라하고 보잘것없는 모습으로 땅속에 묻혀 있을 뿐이죠."

그녀의 말대로였다. 화분에 담긴 것은 화초라기보다 썩은 나무 조각에 가까웠다.

"하지만 이 녀석은 쓸모없는 시간을 보내고 있는 게 아니랍니다. 그동안 남들은 볼 수 없는 깊숙한 곳까지 뿌리가 뻗어나가고 있으니까요. 그렇게 뿌리가 다 자라고 나면 순식간에 누구도 예상치 못한 높이까지 자란답니다."

포포의 시선이 주변에 심어진 키 큰 나무들로 향했다. 그중 한 그루가 천창을 뚫을 듯이 곧게 뻗어 있었다.

"왠지 당신과 잘 어울릴 것 같아서 준비해 봤어요. 특별히 찾는 게 없다면, 이걸 사가는 게 어떨까 싶네요. 금화 하나면 충분하답니다."

세린은 눈을 동그랗게 뜨고 화분을 다시 내려다보았다. 딱히 좋아하거나 원하는 꽃이 있는 것도 아니었기에 그녀의 정성 어린 선물을 마다할 이유가 없었다.

"감사합니다, 그럼 이거로 할게요."

세린은 도깨비 자루를 꺼내 화분을 집어넣고 주머니에서 금화 하나를 꺼냈다. 돈은 옆에 있던 토리야가 대신 받았다. 앞주머니에서 꺼낸 길쭉한 호리병에 금화를 넣자, '짤랑'하고 경쾌한 소리가 났다.

"자, 그럼…."

포포는 지팡이를 세워두고 소매를 뒤지더니 구슬을 꺼내 들었다. 파란색 구슬이었다.

순간 세린의 얼굴에 실망하는 빛이 스치고 지나갔다. 포포가 이를 눈치채고 물었다.

"뭔가 다른 걸 기대했나 보죠?"

세린은 굳이 숨기지 않고 솔직하게 말했다.

"사실은 혹시 이곳에 무지개 구슬이 있지 않을까 했어요."

포포가 놀라움이 가득한 눈으로 쳐다보았다.

"무지개 구슬을 알고 계시는군요?"

"잘은 몰라요. 우연히 알게 되었는데, 도깨비 구슬보다 몇 배나 좋은 거라고 들었어요."

포포는 눈을 감고 추억에 잠긴 듯한 표정을 지었다.

"무지개 구슬이라…, 참 오랜만에 들어보는 이름이군요. 제가 젊었을 때만 해도 무지개 구슬이 종종 눈에 띄었죠. 도깨비라면 모두 그걸 갖고 싶어 했어요. 원하는 것을 이루어 주었으니까요."

그녀의 말은 답답할 정도로 느릿느릿했지만, 세린은 재촉하지 않았다.

"하지만 욕심은 언제나 화를 부르는 법이죠. 어느 날, 구슬을 두고 큰 싸움이 일어나자 보다 못한 족장님께서 직접 나서셨답니다. 그분은 무지개 구슬을 여러 조각으로 쪼개서 평범한 도깨비 구슬로 만들어버리셨죠. 정작 도깨비에게는 아무 쓸모도 없는 구슬로 말이에요. 아직 어딘가에 무지개 구슬이 남아 있을지도 모르지만, 최근에는 본 기억이 없네요."

"아, 네…."

세린은 아무렇지 않은 척하려고 애썼지만, 여전히 시무룩해 보였다. 포포가 그녀를 달래주듯 미소를 머금고 말을 이었다.

"무지개는 참 희한하죠. 비가 거세게 내릴수록 찬란하게 빛나니까요. 어쩌면 무지개가 그토록 아름다운 건 모진 비바람을 견뎌

낸 것에 대한 신의 선물일지도 몰라요. 만약 상점을 나갈 때까지 무지개 구슬을 못 찾으면, 한번 족장님을 찾아가 보세요."

"족장님을요?"

세린의 눈이 동그래졌다.

"구슬을 여러 조각으로 쪼갤 수 있다면, 하나로 합칠 수도 있지 않겠어요? 족장님은 도깨비들 중에서 가장 뛰어난 분이거든요."

세린이 자신감 없는 목소리로 물었다.

"족장님이라면 꽤 높으신 분인 것 같은데, 저 같은 사람을 만나 줄까요?"

"어쩌면 당신은 가능할지도 몰라요."

포포는 세린이 금화를 꺼내느라 주머니에서 삐져나온 골드티켓을 보며 말했다.

"우리 도깨비들이야 한 개의 구슬밖에 허락되지 않지만, 당신은 원하는 구슬을 마음껏 모을 수 있으니까요."

세린의 얼굴이 기대에 차서 점점 밝아지기 시작했다.

"그럼 족장님은 어디에 계시죠?"

포포는 닫힌 문 너머를 바라보았다. 그녀는 그동안 웃느라 항상 감고 있던 눈을 똑바로 떴다.

"장마상점의 가장 높은 곳, 펜트하우스에 계신답니다."

세린은 커다란 나무 아래 서 있는 포포와 토리야에게 손을 흔

들며 숲을 빠져나왔다. 들어올 땐 그렇게 애를 먹었던 숲이 지금
은 고요했다. 나무는 죄다 어디 갔는지 보이지 않았고, 우르르 몰
려다니던 것들이 없으니 왠지 모르게 황량하기까지 했다. 이따금
바람을 따라 굴러다니는 나뭇잎만 눈에 띄었다.

작은 개울을 건너자 다시 여기저기 건물들이 나타났다. 확실히
숲을 벗어난 모양이었다.

세린은 앉을 곳을 발견하자마자 바닥에 앉아 잇샤를 불렀다. 그
리고 도깨비 자루에서 파란색 구슬을 꺼내 들었다. 비록 무지개
구슬은 아니었지만, 우선은 이것으로 만족하기로 했다.

어차피 안에는 편하고 안정된 삶이 들어 있을 테니까.

이렇게 하나씩 찾아가다 보면, 조만간 진짜 무지개 구슬을 얻을
수 있을지도 몰랐다. 세린은 곧 달라질 자신의 인생을 떠올리자
기분이 한결 나아졌다.

옆에는 잇샤가 벌써부터 입을 벌리고 준비를 하고 있었다. 머리
만 따로 커진 모습은 몇 번을 봐도 신기할 따름이었다.

곧 파란색 빛이 주위를 감싸기 시작했다.

✦

세린은 순식간에 어느 빌딩 안에 들어와 있었다. 커다란 액자에
직급과 복잡한 조직도가 있는 것으로 보아 어느 공공기관에서 사

용하는 건물인 듯했다. 한적한 사무실에는 군데군데 자리가 비어 있었고, 간간이 타자치는 소리만 들려왔다. 똑같은 크기의 책상과 사방에 둘러쳐진 칸막이가 왠지 모르게 답답하게 느껴졌다.

"날씨 한번 기가 막히네."

사무실에서 가장 큰 책상에 앉아 있던 남자가 천천히 일어나 창밖을 바라보고 섰다. 그는 간단한 스트레칭을 하며 몸을 푸는가 싶더니, 엉덩이를 빼고 양손을 휘둘렀다.

폼은 엉성했지만, 남자는 나름 진지한 얼굴로 몇 번이나 같은 동작을 반복했다.

"어, 김 부장. 나야."

남자는 곧 핸드폰으로 누군가에게 전화를 걸어 골프 약속을 잡았다. 그러다 이야기가 길어지자 책상 서랍에서 담배를 꺼내 통화를 하며 사무실 밖으로 나가버렸다.

이를 유심히 지켜보던 한 여자가 있었다.

그녀는 질서 있게 배열된 책상들 중 가장 구석에 앉아 뭔가를 열심히 하는 척하다가, 남자가 나가자 키보드에서 손을 내려놓았다. 컴퓨터 화면에는 하얀색 문서 창에 커서만 깜박거리고 있었다. 작은 탁상 거울에 그녀의 얼굴이 비쳐 보였다.

이십 대 후반쯤 되어 보이는 여자였는데, 아나운서로 보일 만큼 단정한 차림이었다. 그러나 딱딱한 사무실 분위기만큼이나 딱딱한 얼굴을 하고 있어, 붉은 립스틱을 발랐음에도 좀처럼 생기가 느껴지지 않았다.

세린은 그녀의 등 뒤에서 방금까지 메신저로 누군가와 주고받던 대화 내용을 살펴보았다.

'너 오늘 끝나고 뭐해?'

'남자친구 만나지, 왜?'

'이번 주말에는?'

'나 유럽 여행 간다고 했잖아.'

'아 맞다, 그게 벌써 이번 주였나? 얼마나 있을 거라고 했지?'

'한 달.'

'좋겠다. 올 때 선물이나 사와. 다녀와서 같이 밥 한번 먹자.'

'그래, 잘 지내고 있어.'

'응, 너도 몸 조심히 갔다 와.'

그녀는 컴퓨터 모니터 뒤로 작은 체구를 숨긴 채, 해외여행이 해시태그 된 핸드폰 화면을 들여다보기 시작했다.

"에휴."

누드 톤 네일아트로 손질된 엄지손가락이 액정을 훑고 지나갈 때마다, 사진들이 순식간에 위로 지나갔다. 습관적으로 내뱉던 한숨 소리는 이내 탄성으로 바뀌었다.

"와."

하나같이 이국적인 풍경을 배경으로 한 사진 속에는 모델 같은 멋진 몸매에 선글라스를 이마까지 올려 쓴 남자가 있었다. 사진 옆 프로필란에는 짧은 자기소개도 적혀있었다.

'여행 작가.'

남자의 모습은 더없이 행복해 보였다. 회색빛 건물에 갇혀 있는 자신과는 너무도 다른 모습이었다.

"다들 팔자도 좋네."

사진 속 남자는 에메랄드빛 바다에서 구릿빛 피부를 뽐내며 스노클링을 하기도 하고, 야자수가 드리워진 해변에 앉아 코코넛 음료를 마시기도 했다. 낙하산을 메고 비행기에서 뛰어내리는 사진은 아찔해 보이면서도 가슴이 뻥 뚫리는 것 같았다.

"난 언제 이런 데 가보려나."

그녀는 부러운 눈길로 모든 사진에 '좋아요'를 눌렀다. 핸드폰을 내려놓자 잠시 밝아졌던 얼굴에 다시 그늘이 졌다.

동시에 조금 전 나갔던 남자가 또 한 번 엉성한 스윙 자세를 잡으며 사무실 안으로 걸어 들어왔다. 그녀는 재빨리 컴퓨터 모니터로 시선을 돌렸으나, 여전히 빈 페이지에 커서만 깜박거릴 뿐이었다.

그리고 마치 영화관 상영이 끝나듯 주변이 서서히 어두워졌다.

어두운 실내에 갑자기 불이 켜진 것처럼 환해지자 세린은 고개를 좌우로 흔들었다. 다시 상점 속 세상이었다. 이상하게도 환상을 보는 시간이 늘었다 줄었다 제멋대로였다. 왜 그런지 궁금했지만, 굳이 듀로프를 찾아가 물어볼 정도는 아니었다. 잇샤는 침이 잔뜩 묻은 파란색 구슬을 세린의 무릎에 뱉어냈다.

"잇샤, 저기 있잖아⋯."

세린이 엄지와 검지만으로 구슬 양 끝을 살짝 잡고 도깨비 자루 속에 넣으며 조심스럽게 말을 꺼냈다.

"방금 생각해 봤는데, 난 답답하게 한 곳에서 지내는 것보다 자유롭게 살고 싶은 것 같아. 원하는 곳은 어디든 다닐 수 있으면 좋겠어."

자신이 말을 너무 자주 바꾸는 게 아닌가도 싶었지만, 잇샤는 별로 신경 쓰는 것 같지 않았다. 오히려 신이 나서 꼬리가 안 보일 만큼 엉덩이를 흔들어댔다. 마치 주인과 공놀이하는 강아지를 보는 것 같았다.

"넌 내가 귀찮지도 않아?"

잇샤는 대답 대신 풀밭에 코를 박고 킁킁거렸다. 그러다 세린이 원하는 구슬이 있는 곳을 찾았는지 짧은 다리로 열심히 뛰어가기 시작했다.

세린도 빠른 걸음으로 잇샤의 뒤를 쫓았다. 그들은 순식간에 골목 안으로 사라졌다.

세린은 침을 꿀꺽 삼키고 위를 올려다보았다. 눈앞에는 지금껏 본 적 없는 커다란 건물이 떡하니 버티고 서 있었다. 단순히 높은 건물이 아니었다. 창문도, 대문도, 심지어 입구에 깔린 발 매트마저 컸다.

상점에서 가장 힘센 도깨비가 집을 억지로 잡아당겨 늘려 놓았다거나, 요술 지팡이로 마법을 부려 크기를 몇 배로 키워둔 게 아닌가 싶었다. 어쩌면 모르는 사이에 자신이 줄어든 건지도 몰랐다.

어느 쪽이 맞든 간에 누군가 살고 있을 거라는 생각은 들지 않았다. 괴짜 건축가의 전시용 작품이라고 보는 게 가장 그럴듯했다.

그때, 세린의 생각을 비웃기라도 하듯 문이 열리며 누군가 나타났다.

문 크기에 어울리는 커다란 덩치를 가진 도깨비였다. 방금 나타난 도깨비에 비하면 토리야는 어린아이로 보일 정도의 체구였다. 도깨비는 아무 생각 없이 문을 활짝 열다가 세린을 보고는 화들짝 놀랐다.

"아! 깜짝이야."

애꾸눈 도깨비의 모자에는 소름 끼치는 해골 문양이 그려져 있었다. 만약 그가 레이스 달린 앞치마를 두르지 않았다거나, 꽃무늬 국자를 들고 있지 않았더라면, 세린은 뒤도 돌아보지 않고 도망치려 했다. 앞치마에 달린 네모난 명찰에는 '보르도'라고 적혀 있었다.

보르도는 무릎을 굽혀 세린과 눈높이를 맞췄다.

"뭐야, 인간이잖아? 여긴 왜 왔어?"

세린이 대답도 하기 전에 똑같이 생긴 얼굴 하나가 더 튀어나왔다. 하지만 별다른 액세서리가 없어서인지 인상이 훨씬 부드러워 보였다.

"형도 참, 바깥세상에 비 오는 중인가 보지. 지금쯤 올 때도 됐잖아."

보르도는 손가락을 꼽아보더니 말했다.

"벌써 그렇게 됐나."

"그냥 잠깐 들어와서 구경하고 가라고 해."

보르도는 마뜩잖은 표정으로 경고의 눈빛을 보냈다.

"대신 얌전히 있어야 된다, 꼬맹아."

그러면서 안 그래도 무서운 얼굴을 가까이 들이밀었다.

"네…."

세린은 얼결에 대답을 하고 상점 문을 올려다보았다. 그제야 문위에 걸린 커다란 현판이 눈에 들어왔다.

현판에는 역시나 큰 글씨가 조각되어 있었다.

'보르도 & 보르모의 레스토랑.'

실내는 손님들로 북새통을 이루고 있었다.

입구에서부터 음식 냄새가 진하게 배어 나왔고, 쉴 새 없이 떠
드는 소리와 재료 다듬는 소리가 한 데 뒤섞여 시장바닥에 온 것
처럼 시끌벅적했다. 이따금 누군가 고함을 지르기도 했지만, 딱히
싸우는 것 같지는 않았다.

세린은 술 취한 도깨비 발에 깔리지 않도록 조심하며 상점 안
으로 들어갔다.

마침 세린과 가까운 곳에 의자 하나가 비어 있었다. 의자라고는
하나, 세린이 볼 때는 커다란 사다리가 맞닿아 있는 것처럼 보일
뿐이었다.

"오호, 이거 귀여운 인간 손님이 오셨구먼."

옆자리에 앉아 있던 도깨비가 안주를 한 움큼 집어 먹으며 말
을 걸어왔다. 그 역시 보르도와 마찬가지로 거구의 도깨비였다.
지저분한 수염에는 방금 흘린 과자 부스러기가 매달려 있었고, 하
늘색 하와이안 셔츠는 숨만 크게 내쉬어도 단추가 모조리 튕겨나
갈 것 같았다.

그는 갑자기 통나무 같은 팔을 내밀었다.

"반가워, 난 '행크'야. 인간에게서 쉬는 날 씻고 싶은 마음을 훔

쳐오고 있지."

순간 자신을 해치려는 줄 알고 몸을 움찔했던 세린은 멋쩍은 얼굴로 손을 맞잡았다.

"안녕하세요, 전 세린이에요."

행크는 악수했던 손을 바닥에 내려놓았다.

세린은 금방 뜻을 알아듣고 손바닥에 올라섰다. 행크가 살짝 들어 올린 것만으로 세린은 수월하게 의자에 앉을 수 있었다.

"감사합니다."

그녀의 엉덩이가 의자에 막 닿았을 때, 보르도가 다시 나타났다. 손에는 세린이 들어가서 반신욕을 해도 될 만큼 커다란 맥주잔이 들려 있었다.

보르도는 행크 앞으로 곧장 걸어와 맥주잔을 거칠게 내려놓았다. 맥주 방울이 사방으로 튀었고, 미처 피하지 못한 세린은 비를 쫄딱 맞은 생쥐 꼴이 되었다.

보르도는 사과 한마디 없이 행크에게 따지듯 말했다.

"그래서, 아까 하던 말 계속해 봐. 빌은 왜 못 온다는 거야?"

행크는 가져온 맥주를 벌컥벌컥 마시더니 땅콩을 한주먹 입에 털어 넣었다. 하지만 흘리는 게 반이었다.

"빌은 여관 때문에 바빠서…"

하도 쩝쩝대며 먹느라 뒷말은 명확히 들리지 않았다.

"여관이 바쁠 게 뭐가 있어. 빌 여관은 언제나 한가하잖아."

"그건 평상시 얘기지. 지금은 인간이 묵는 숙소로 쓰는 중이야."

행크는 말이 다 끝나기도 전에 길게 트림을 했다. 썩은 달걀 냄새와 하수구 냄새가 동시에 풍겨와 세린은 코를 움켜쥐었다.

"근데 몇몇 인간들이 감쪽같이 사라져서 걱정인가 봐."

딱히 엿들을 생각은 없었으나, 뜻밖의 소식에 절로 고개가 돌아갔다. 목소리가 워낙 커서 안 듣는다고 안 들리는 것도 아니었다.

"그냥 집으로 돌아간 거 아니야?"

보르도가 조금도 관심 없다는 투로 물었다.

"보통은 장마가 끝날 무렵까지 머문다고 하더라고. 무엇보다 짐을 다 놔둔 상태로 없어졌대."

행크는 입 안에 손가락을 집어넣어 언제 먹었는지도 모를 음식 찌꺼기를 어금니에서 빼냈다. 큼지막한 시금치가 세린의 바로 옆으로 아슬아슬하게 떨어져 내렸다.

"그롬의 카지노에서 도박이라도 하나 보지. 그러다 집에 못 돌아간 놈이 어디 한둘이야?"

"그래도 혹시 짐을 찾으러 올지 모른다고 계속 지키고 있어."

"하여간 빌은 쓸데없이 착해서 문제라니까."

보르도는 그대로 돌아서려다가 테이블 위로 머리만 겨우 내밀고 있는 세린을 뒤늦게 발견했다.

"근데 넌 왜 안 가고 있어?"

그는 꽃무늬 국자가 위협용 무기라도 되는 양 세린에게 들이밀었다.

"구경 끝났으면 빨리 나가봐. 지금 바쁘니까."

"하지만 전 구슬을 가지러 왔는데요?"

"구슬?"

보르도는 '그걸 어디에다 뒀더라'라고 작게 중얼거리며 국자로
목덜미를 긁적였다.

"암튼 지금은 바빠. 나중에 다시 와."

그러고는 세린이 뭐라 할 새도 없이 큰 걸음으로 되돌아갔다.

행크가 얼큰하게 취한 얼굴로 말했다.

"네가 이해해. 곧 상점에서 축제가 열리거든. 그중에서도 여기
푸드 파이트 대회가 제일 유명하지."

이미 바닥난 맥주를 한 방울이라도 더 입에 넣기 위해 행크가
맥주잔을 거꾸로 들고 있는 사이, 갑자기 지진이라도 난 것처럼
땅이 흔들리기 시작했다.

"저기 오는군."

문이 좁아 보일 정도로 덩치 좋은 거인 도깨비들이 일제히 들
이닥쳤다. 그들은 푸드 파이트 대회가 아니라 인상 쓰기 대회를
하러 온 게 아닐까 싶을 정도로 얼굴이 험악하기 이를 데 없었다.

그중 인상이 가장 더러운 도깨비가 탁자를 쾅 내려쳤다.

"보르도! 음식이 왜 안 나온 거야! 미리 준비해 놨어야지."

때마침 보르도가 양손에 음식이 가득 담긴 쟁반을 들고 주방에

서 나왔다.

"성질머리는 여전하구먼, 덩키. 저번처럼 먹다가 중간에 토하지나 말라고."

가뜩이나 보기 흉한 얼굴이 종잇장 구겨지듯 구겨졌다.

"흥, 그때랑은 다를걸? 그런데… 빌이 안 보이네?"

이번엔 보르도의 얼굴이 구겨졌다.

"빌 그 망할 녀석은 일이 있어서 못 온대."

덩키는 세상에서 가장 웃기는 농담을 들은 것처럼 크게 웃었다.

"이거야 원, 보르도 형제 레스토랑의 자랑 빌이 없어서 어쩐다? 올해는 보나 마나 우리 덩키 식당이 우승하겠군 그래."

도깨비 무리가 떠들썩해졌다.

"무슨 소리야, 우승은 우리 롤랜드 상회지."

배가 바지 밖으로 불룩 튀어나오다 못해 흘러내리고 있는 도깨비가 말했다. 세린은 그가 틀림없이 우승 후보라고 생각했으나, 옆에 머리 두 개 달린 도깨비를 보고는 생각을 바꾸었다.

그렇게 세린이 혼자서 우승 후보를 멋대로 바꾸는 동안 대회는 어느새 시작할 준비를 마쳤다.

'빌'이라는 이름표가 붙은 테이블만 빼고는 모든 테이블에 고기가 수북이 쌓여 있었다. 평범한 사람들은 보기만 해도 질릴 정도의 양이었다. 고기를 앞에 둔 도깨비들은 진지하다 못해 전쟁터에 나가는 전사처럼 비장한 얼굴이었다.

각자의 자리에서 술을 마시던 도깨비들도 맥주잔을 들고 모여들었다. 웅성거림이 있었으나, 점차 조용해졌다. 그들은 모두 보르도의 손에 달린 종을 보며 신호를 기다렸다.

보르도가 시작을 알리는 종을 세게 내리치려는 순간이었다.

"잠시만요!"

그리 크지 않은 목소리였지만, 잔뜩 긴장된 분위기를 깨뜨리는 데는 충분했다. 모든 도깨비의 시선이 세린을 향했다.

"저도 혹시 참여하면 안 될까요?

순간 정적이 흘렀다. 그러다 한 명이 웃음을 터뜨리자 너도나도 주위가 떠나가라 크게 웃어대기 시작했다. 어떤 도깨비는 눈물까지 보이고 있었다. 보르도 역시 목젖이 보일 만큼 입을 크게 벌리고 웃느라 호흡이 곤란할 지경이었다. 세린은 보르도의 숨이 넘어가기 전에 얼른 말을 덧붙였다.

"참가비로 금화를 내면 구슬을 가져갈 수 있잖아요."

"네가 지금 여기에 끼겠다고?"

보르도가 가까스로 대꾸했다.

"네, 어차피 자리 하나가 비었잖아요."

덩키도 능글맞게 웃으며 한 마디를 보탰다.

"이거 강력한 우승 후보가 납셨구먼."

그 말에 겨우 웃음을 수습하던 배 나온 도깨비가 이번엔 아예 뒤로 넘어가 버렸다. 세린은 또 한 번 터져 나온 도깨비들의 웃음소리 때문에 귀를 막아야 했다.

왁자지껄한 분위기 속에서 세린을 빌 대신 끼우자는 얘기가 나왔다. 물론 다들 웃자고 하는 말이었다. 보르도는 굳이 분위기를 깨지 않았다.

"좋아, 참가비는 금화 하나만 받도록 하지. 참고로 우승하면 금화 백 개야. 굳이 알 필요는 없지만 말이야."

세린은 행크의 도움을 받아 테이블 앞에 앉았다. 가까이서 보니 세린이 지금껏 살아오면서 먹은 고기보다 많은 양이 쌓여 있었다. 뒤늦게 후회가 밀려왔지만, 정신을 차렸을 때는 이미 종소리가 울린 후였다.

"땡, 땡, 땡."

곧 상점 안은 도깨비들이 우적대는 소리로 가득해졌다. 세린도 허겁지겁 먹기 시작했다. 정원에서 차를 마신 것 말고는 특별히 먹은 게 없었기에 세린은 몇 번 씹지도 않고 고기를 삼켰다. 하지만 금방 배가 차올랐다. 세린은 고기가 목구멍 밖으로 튀어나오기 직전까지 먹은 후에 옆을 돌아보았다. 옆에는 머리 두 개 달린 도깨비가 빠른 속도로 고기를 해치우고 있었다.

"이건 너무 불공평해요!"

세린이 자기도 모르게 소리쳤다.

"저건 두 명이나 마찬가지잖아요!"

보르도는 코를 후비고 있다가 손을 앞치마에 대충 닦았다.

"저것도 룰이야. 합쳐서 저 문을 통과할 수만 있다면 몇 명이든 팀을 이룰 수 있지. 그렇게 억울하면 너도 네 팀을 데려오던가."

아무 말도 못 할 줄 알았던 세린이 당차게 대꾸했다.

"팀이라면 이미 있어요!"

"엥, 어디?"

주변을 둘러보던 보르도는 탁자 밑을 내려다보았다. 과연 뭔가 꼬물거리는 게 있었다. 그것은 주머니에 넣으면 보이지도 않을 만큼 작은 고양이였다. 보르도는 각종 양념이 묻어 얼룩덜룩한 손가락으로 그것을 가리켰다.

"저 어미 잃은 도둑고양이 말이냐?"

"쟨 도둑고양이가 아니라 잇샤예요!"

세린은 자기가 모욕당한 것처럼 목에 핏대를 세웠다.

"잇샤는 저와 항상 함께 다녀요, 그러니까 우리는 한 팀이에요!"

보르도는 눈썹을 씰룩이며 육수를 끓이다 남은 멸치를 한 마리 집어 잇샤에게 떨어뜨렸다. 잇샤는 그것조차 먹기에 버거운지, 양 볼에 가득 물고도 반쯤 삐져나온 멸치를 앞발로 잡고 열심히 오물거렸다. 보르도는 코웃음을 쳤다. 그 바람에 누런 콧물이 새어 나오자 이번에도 앞치마로 쓱 문질렀다.

"좋아, 그럼 어디 한번 둘이 열심히 해봐. 하지만 시간이 별로 안 남았으니까 서두르라고."

"정말이죠?"

먹은 티도 거의 나지 않아서 새거나 마찬가지인 갈비찜을 앞에 두고 세린이 물었다.

"이봐, 우리는 인간들처럼 거짓말은 안 하니까 빨리 먹기나 해. 내년 장마 때까지 먹을 셈이냐?"

근처에 있던 다른 도깨비들이 또 한 번 시끄럽게 웃어댔다. 세린은 얼굴이 새빨개져서 의자에서 일어났다. 세린이 자리를 떠나자 다들 그녀가 포기하려나 보다 생각했다. 하지만 세린은 멀리 가지 않고 행크에게 다가갔다. 그리고 손가락으로 벽에 붙어 있는 찬장을 가리켰다.

"행크, 저 좀 저 위로 올려주실래요?"

"저기 찬장에?"

행크는 자기가 제대로 들은 게 맞는지 재차 확인했다.

"네."

행크는 다시 찬장을 살펴보았다. 찬장에는 각종 조미료와 양념이 담긴 그릇들로 가득했다.

"설마 지금 고기 간을 하려는 건 아니지?"

"아니에요, 지금은 자세히 설명하기 힘들어요. 빨리요."

세린이 재촉하자 행크도 더는 묻지 않고 손바닥을 내려놓았다. 세린은 손에 오르면서 잇샤를 불렀다.

"잇샤, 이리 와."

잇샤는 물고 있던 멸치를 재빨리 삼키고 세린에게 달려와 품에 안겼다.

"음, 나도 솔직히 이러고 싶지는 않은데 어쩔 수 없겠어."

세린은 잇샤를 들고 눈을 맞췄다.

"우리가 처음 만났을 때, 듀로프가 너에 대해 했던 말이 다 맞는 거지?"

"냐옹."

"네 능력을 최대한으로 쓰려면 이 방법밖에 없는 거지?"

"냐옹."

"정말 안전한 거 맞지?"

세린은 몇 번이나 확인하듯 물었다. 하지만 잇샤의 대답은 한결같았다. 그들이 질문과 대답을 주고받는 동안 행크의 손도 천천히 움직였다. 그리고 곧 찬장에 닿았다.

간장 종지와 후추 통 사이에 안전하게 착지한 세린은 밑을 내려다보았다. 웬만한 건물 꼭대기에 선 것처럼 아찔했다. 세린은 크게 심호흡을 했다.

밑에는 구경꾼들이 세린을 올려다보고 있었다. 보르도는 여전히 코를 후비적거렸고, 행크는 불안한 얼굴로 수염을 계속 쓰다듬었다. 심지어 입에 고기를 집어넣느라 정신없던 도깨비들도 곁눈질을 했다.

세린은 잇샤를 머리 위로 들어 올리며 물었다.

"잇샤, 준비됐어?"

"냐옹!"

잇샤가 망설임 없이 크게 울었다. 세린은 눈을 질끈 감고 잇샤를 들고 있던 손을 놓았다.

누구도 예상치 못한 행동이었다.

몇몇 도깨비들이 자리에서 급하게 일어나는 바람에 의자 몇 개가 넘어졌다. 세린은 실눈을 뜨고 떨어진 잇샤를 확인했다. 다행히 바닥에 안전하게 착지한 잇샤는 자신의 몸을 점점 부풀리고 있었다. 세린이 지금껏 본 것 중 가장 빠른 속도였다. 잇샤는 도깨비들의 키를 넘어선 것으로도 모자라 천장에 머리가 거의 닿을 만큼 커져버렸다.

동시에 쥐 죽은 듯 장내가 조용해졌다.

누군가 맥주잔을 떨어뜨렸으나 아무도 그쪽으로 시선을 주지 않았다.

보르도는 손가락을 너무 깊게 찔러 넣는 바람에 오른쪽 콧구멍에서 피가 흘렀고, 행크는 자기 수염 대신 앞에 앉은 도깨비의 머리털을 쓰다듬고 있었다. 맥주를 마시던 도깨비들은 맥주를 뿜었고, 고기를 먹던 도깨비들은 씹던 고기가 입 밖으로 빠져나온 것도 알아차리지 못했다. 그들은 하나같이 턱을 벌리고 입을 다물 줄 몰랐다.

오직 세린만이 승리를 확신한 미소를 보였다.

세린은 모든 도깨비에게 들릴 만큼 크게 외쳤다.

"한입에 먹어 치워, 잇샤!"

하쿠의 고물상

잇샤가 고기뿐만 아니라 탁자와 접시까지 한입에 넣어버리는
바람에 꽤 많은 금화를 물어줘야 했지만, 세린은 아직 여윳돈이
제법 넉넉하게 남아 있어 크게 상관치 않았다. 게다가 상금으로
받은 금화도 있었다.

세린과 잇샤는 도깨비 명예의 전당에 그들의 이름을 올리며 나
란히 손도장과 발도장을 찍었다. 뒤에 있던 보르도가 세린의 어깨
를 두드렸다.

"이봐, 꼬맹이. 제법인데? 네 덕분에 올해도 우리 레스토랑이
챔피언 자리를 지켰어."

세린은 보르도의 손가락이 주로 코에 들어가 있던 걸 알았기에
기분이 좋으면서도 한편으로 찝찝했다.

"그리고 마침 구슬을 어디 뒀는지 생각났다."

보르도가 모자를 벗자 엉뚱하게도 거기에 빨간색 구슬이 있었다.

"하여간 형은 멍청하다니까."

가슴팍에 '보르모'라고 이름표를 붙인 도깨비가 걸어 나오며 말했다.

아까 입구에서 봤던 보르도를 닮은 도깨비였다. 그때 이후로 보이지 않길래 어디 갔나 했더니 내내 주방에 있던 모양이었다.

"이게 다 너 때문이야."

보르도는 다짜고짜 삿대질을 했다.

"네가 인간의 기억을 너무 많이 훔쳐 와서 음식에 넣는 바람에 나까지 기억력이 나빠진 거라고. 족장님이 꼭 쓸 만큼만 가져오라고 했잖아."

동생 보르모는 보르도의 손가락이 자신에게 닿지 않도록 뒤로 슬쩍 물러났다.

"형, 내가 가져오는 건 인간들이 잊길 원하는 나쁜 기억들이야. 내가 아니었으면 인간은 평생 술통을 끼고 살아야 할 걸?"

그는 마지막 말을 내뱉고 잠시 멈칫했다.

"물론 가끔 인간의 중요한 기억을 가져와서 건망증이 생길 때도 있지만…. 아주 가끔 말이야."

보르모는 엄지와 검지가 닿을 듯 말 듯 손가락을 집어 보였다.

"하지만 나보다 형이 문제야."

"내가 왜!"

보르도가 버럭 소리를 질렀다.

"형이 인간에게서 오래된 기억을 가져오는 바람에 그들이 어린 시절을 기억하지 못하잖아. 난 아직도 내가 처음 세상에 나왔을 때랑 걸음마 하던 때가 기억나는데 말이지."

보르도는 동생이 뭘 모르는 소리를 한다며 핀잔을 주었다.

"바보야, 그걸 남겨놓으면 인간이 아기를 낳아서 키울 것 같아? 내가 그나마 훔쳐오니까 육아가 얼마나 힘든지 모르고 결혼해서 아기를 갖는 거지. 인간이 그렇게 계속 태어나야 우리도 꾸준히 기억을 훔쳐 올 수 있는 거고."

보르모는 새삼 놀라운 표정을 지었다.

"형이 거기까지 생각했단 말이야?"

보르도는 콧구멍 밖으로 삐죽 튀어나온 코털을 잡아 뜯으며 자랑스럽게 말했다.

"그야 당연하지. 인간은 우리에게 고마워해야 해. 우리가 아니었으면 인간은 진즉에 사라졌을걸?"

그들은 처음으로 의견 일치를 보며 손바닥을 서로 부딪쳤다. 하지만 이내 보르모는 인상을 쓰며 손을 씻기 위해 주방으로 달려갔다.

세린은 보르모가 돌아와 그들이 다시 싸우기 전에 얼른 자리에서 일어났다.

"그럼 구슬은 잘 쓸게요."

"어, 잠깐 기다려. 음식은 가지고 가야지."

보르도가 허둥대며 같이 자리에서 일어났다. 그는 조금 전 보르모가 두고 간 비닐봉지를 내밀었다. 봉지 안에는 마늘빵과 올리브 오일이 들어 있었다.

"자, 받아. 이건 내가 인간이 갓난아기일 때의 기억을 훔쳐 와서 만든 거야."

보르도가 설명하면서 빵을 맨손으로 잡으려 하자 세린은 기겁해서 얼른 봉지를 낚아챘다.

"감사합니다, 잘 먹을게요."

세린은 또다시 코를 후비는 보르도와 뒤늦게 손에 행주를 쥐고 나오는 보르모의 배웅을 받으며 커다란 문 너머로 발길을 옮겼다.

◆

이국적인 분위기의 어느 조용한 호텔 방 안. 한 남자가 책상에 엎드려 있었다.

한바탕 파티라도 했던 건지, 고급 원목으로 만들어진 탁자 위에는 온갖 종류의 샴페인 병과 빈 와인병들로 가득했다. 미처 다 먹지 못한 안주와 음식들도 그릇째 남아 있었다. 잇샤가 봤다면 순식간에 달려들 만큼 먹음직스러워 보였다.

번쩍.

순간 조명보다 밝은 불빛이 새어 들어왔다. 창밖을 내다보니 화려한 야경을 배경으로 동그란 폭죽이 터지고 있었다. 불꽃놀이가 한창인 모양이었다. 덕분에 어질러진 실내가 더욱 잘 보였다.

넓은 방 안에는 큰 침대가 두 개나 있었는데, 바코드 스티커가 잔뜩 붙은 여행용 캐리어가 한쪽 침대에 사람 대신 누워 있었다. 옷가지 몇 벌이 여기저기 어수선하게 걸려 있었고, 선글라스도 거꾸로 벗어둔 채였다.

아직 정리되지 않은 책상에는 직접 찍은 것처럼 보이는 폴라로이드 사진들이 한가득 흩뿌려져 있어 남자의 직업을 대충 짐작케 했다. 남자는 중간에 서서 다른 나라 사람들과 어깨동무를 한 채로 환하게 웃고 있었다. 나이도, 성별도, 인종도 모두 다른 것으로 보아 꽤나 많은 곳을 돌아다닌 것 같았다. 복장도 모두 천차만별이었다.

"안 돼, 가지 마⋯."

느닷없이 남자가 한쪽 팔에 얼굴을 묻은 채로 잠꼬대하듯 불분명한 목소리로 말했다.

세린은 남자를 천천히 내려다보았다. 남자의 겨드랑이 사이로 무언가를 빼곡하게 적은 노트 한쪽 면이 빠져나와 있었다. 술에 취한 상태로 썼는지 글씨체가 엉망이었지만, 다행히 알아보는 데는 큰 문제가 없었다. 노트는 일기장인 듯했다.

오늘 첫사랑이 결혼한다는 소식을 들었다.
분명 다 잊었다고 생각했는데,
왜 이리 가슴 한편이 아려오는 걸까.

정신없이 바쁘게 살아가다 보면
다 잊을 수 있을 거라 생각했는데.
그렇게 굳게 믿었는데….

시간은 또 언제 이렇게 흘러버린 걸까.
이게 내가 꿈꾸던 삶이 맞는 걸까.
꿈을 위해 그녀와 헤어진 게 정말 잘한 일일까.

난 성공했다고 당당히 말할 수 있을까.
아니, 애초에 성공이란 무엇일까.
어쩌면 내 삶은 실패 그 자체일지도….

세린은 도저히 참지 못하고 남자의 겨드랑이에서 노트를 살짝
빼내 다음 페이지로 넘겨보았다. 그때 일기장과 함께 핸드폰이 딸

려 나왔다. 핸드폰은 배터리가 깜빡이고 있었지만, 남자가 보고
있던 화면은 여전히 켜진 상태였다.

친구들의 사진 속엔
온통 누군가와 함께 있는 행복한 모습뿐이다.
내게 남은 건 외로움과 쓸쓸함이 전부인데.
마음속 공허함은 무엇으로 채워야 하는 걸까.

오늘따라 떠나간 그녀가 유난히 보고 싶다.
그땐 왜 그녀의 소중함을 몰랐을까.
난 왜 이제 와 후회하는 걸까.

그때로 돌아가 그녀를 잡을 수만 있다면….
그녀와 다시 함께할 수만 있다면….
나에게 한 번만 더 기회가 있었더라면….

내 모든 걸 다 바쳐서라도
시간을 되돌릴 수만 있다면….

다음 줄부터는 눈물에 번져 알아볼 수 없었다.
남자는 잠결에 누군가의 이름을 애타게 불렀다.

일기장에 눈물이 점점 더 번져갔다.

✦

세린은 빨간색 구슬을 천천히 내려놓았다. 세린이 한동안 가만히 있자, 잇샤가 다가와 그녀의 얼굴을 핥았다.

"잇샤…."

자신과 전혀 상관없는 일임에도 돌덩이를 얹어놓은 듯 마음 한편이 먹먹했다. 편지에서 느껴지던 진한 외로움이 좀처럼 가시지 않았다.

"자꾸 부탁해서 미안한데…."

세린은 가슴에 머리를 비벼대는 잇샤를 쓰다듬었다.

"난 지금 구슬 말고 다른 구슬로 바꾸고 싶어."

잇샤의 부드러운 털을 만지고 있자니, 다행히 조금씩 가슴이 진정되었다. 그리고 더욱 좋은 구슬이 떠올랐다.

"내가 어른이 되면 정말 좋아하는 사람과 결혼할 수 있게 해줘."

그러더니 수줍게 뒷말을 덧붙였다.

"이왕이면 잘생기고 키도 컸으면 좋겠어."

세린은 태권도 교실에서 봤던 남학생을 떠올리고는 볼을 빨갛게 물들였다.

잇샤는 세린에게 몇 번 더 뺨을 문지르고 나서야 품에서 뛰어내렸다. 세린도 이제는 익숙하게 잇샤의 뒤를 쫓았다.

커다란 집들이 점점 작아지더니 다시 보통 크기의 집들이 나왔다. 방금까지 워낙 큰 집들을 봐서 그런지 이제는 평범한 집들이 장난감 집처럼 느껴졌다. 하지만 자세히 보니 그것들은 진짜 장난감으로 만들어진 집이었다.

벽돌처럼 보였던 것들은 어릴 적 가지고 놀던 레고 블록이었고, 지붕이라고 생각했던 것들은 초콜릿 조각이었다.

잇샤는 과자로 만들어진 문짝을 한 입 뜯어먹으며 그중 한 곳으로 들어갔다. 세린이 말릴 틈도 없이 벌어진 일이었다. 세린은 혹시라도 문짝 값을 비싸게 물어줘야 하는 게 아닌지 걱정하며 장난감 집으로 서둘러 들어갔다.

집 안에는 피에로 인형과 풍선들이 가득했다. 방금까지 축제를 즐기고 있었거나, 적어도 축제에 쓰이는 물건을 파는 곳인 것 같았다. 그 밖에도 온갖 장난감들이 넘쳐났다. 세린이 어릴 적 그렇게 갖고 싶어 하던 것들이 진열용 매대마다 빽빽하게 들어차 있었다.

그때 피에로 인형 중 하나가 움직였다. 눈도 깜빡이지 않고 서 있기에 당연히 인형일 줄 알았으나, 그것은 살아 있는 도깨비였다. 다른 것들은 가만히 있는 걸로 보아 진짜 인형인 듯했다.

"이곳은 처음이신가요?"

도깨비는 코주부 안경을 끼고, 혓바닥이 돌돌 말린 것처럼 생긴 파티용 피리를 물고 있었다. 말할 때마다 들락날락하는 바람에 자꾸 신경이 그쪽으로 쏠렸다.

"어서 오십시오, 환영합니다. 꼬마 인간이여."

도깨비가 난데없이 폭죽을 터뜨렸다. 옆에서 태엽을 감아놓은 원숭이 로봇이 손에 달린 쟁반을 부딪치며 움직이다가 스스로 넘어졌다. 그야말로 조촐한 환영 인사였다.

세린이 어깨에 잔뜩 묻은 꽃가루를 털어내며 말했다.

"안녕하세요, 저는 구슬을 가지러 왔어요."

"오, 그러시군요. 저는 인간의 호기심을 가져와서 장난감을 만드는 '팡코'라고 합니다. 천천히 둘러보시죠. 이곳에는 재미있고, 신기한 것들이 많답니다."

팡코가 사방에 널린 진열대를 가리켰다.

"그리고 구슬은 여기…."

뒤를 돌아보던 팡코는 숨이 멎을 듯이 놀랐다. 그는 차마 말을 잇지 못하고, 시종일관 물고 있던 피리마저 떨어뜨리고 말았다.

"분명 여기에 잘 뒀는데…."

팡코는 속옷이 보일 만큼 허리를 숙여가며 바닥까지 샅샅이 살폈다. 하지만 결국 찾지 못했는지 얼굴에는 당황하는 기색이 역력했다. 세린은 또 도둑이 든 게 아닌가 벌써부터 걱정이 되었다.

"내 이 자식을 그냥!"

팡코가 갑자기 불같이 화를 냈다. 뭔가를 알아차린 모양이었다.

"혹시 여기도 물건이 없어진 건가요?"

팡코는 몇 가닥 남지 않은 옆머리를 쥐어뜯었다.

"죄송합니다. 제가 간수를 잘했어야 했는데…."

"아니에요. 그런데 누가 가져갔는지 아시는 건가요?"

"그게… 아무래도 조금 전에 놀러 왔던 제 손주 놈이 몰래 가져 간 것 같네요. 그 녀석은 남의 물건에 손을 대는 못된 버릇이 있거 든요. 이게 다 제가 부족한 탓입니다."

팡코는 축축해진 눈가를 닦느라 잠시 안경을 벗었다. 놀랍게도 코주부 안경이라 생각했던 안경은 평범한 안경이었고, 코는 그의 실제 코였다.

세린은 애써 태연한 척하며 물었다.

"그럼 어디 있는지 알고 계신가요?"

"아마 그 녀석은 지 애비가 운영하던 고물상에 있을 거예요, 모 든 건 잘못 키운 제 잘못…."

갑자기 진열장 모서리에 스스로 머리를 부딪히려 하는 팡코를 세린이 겨우 붙잡았다.

"아니에요, 괜찮아요. 저에겐 잇샤가 있으니까 제가 한번 찾아 볼게요."

"아무리 그래도 어떻게 저희 가게 손님에게 그런 번거로운 일을…. 역시 다 제 잘못으로 인해….”

팡코는 옆에 있던 문을 통해 창고로 들어가더니 줄넘기로 자기 목을 칭칭 감았다. 세린은 기겁해서 따라 들어가 이제 막 얼굴이 푸르뎅뎅해지기 시작한 팡코를 뜯어말렸다.

“진짜 괜찮아요, 잇샤는 냄새를 엄청나게 잘 맡아서 금방 찾을 수 있을 거예요, 그렇지 잇샤?”

“냐옹!”

잇샤는 당연하다는 듯이 자신 있게 대답했다.

“아마 구슬이 없어진 지 얼마 안 돼서 잠깐 여기로 온 것 같아요. 그러니까 너무 걱정하지 마세요, 아셨죠?”

팡코는 눈물이 그렁그렁해서 세린을 올려다보았다.

“그럼 저를 용서해 주시는 건가요?”

“물론이죠. 아니, 사실 용서랄 것도 없어요.”

팡코는 큰 은혜를 입은 사람처럼 흐느껴 울었다. 들고 있던 손수건은 축축하다 못해 흥건해졌다.

“하쿠는 어릴 때 부모를 잃고 외롭게 자란 불쌍한 녀석입니다. 부족한 제가 장난감 가게를 운영하며 혼자서 돌보았죠. 그러다 보니 미처 인간의 호기심을 다 가져오지 못해 어른이 되어서도 여전히 장난감을 좋아하는 인간들이…. 이것도 다 제 잘못입니다.”

세린은 자리에서 일어나려는 팡코를 다시 앉혔다.

“아저씨가 잘못한 건 하나도 없어요. 만약에 있다고 해도 제가

다 용서할게요, 됐죠?"

팡코는 또 한 번 감격해서 뜨거운 눈물을 쏟았다.

"이렇게 감사할 데가."

세린은 과연 자신에게 용서할 자격이 있는지 의문이었지만, 일단 팡코를 진정시키는 게 우선이라고 판단했다. 다행히 팡코는 차츰 안정을 되찾았다.

"그럼, 저는 이만 가볼게요."

자신이 이곳에 더 있다가는 팡코가 지붕에서 뛰어내릴 게 분명했기 때문이다. 그렇기에 세린은 서둘러 자리에서 일어났다. 팡코는 코주부 안경을, 아니 평범한 안경을 고쳐 쓰고 입구까지 세린을 따라 나왔다.

"당신은 제 은인이십니다."

문 앞에 서서 팡코는 허리가 바닥에 닿을 듯이 인사했다. 세린도 최대한 낮은 자세로 인사를 받았다.

"안녕히 계세요."

세린은 팡코에게 스스로 목숨을 끊지 않겠다는 다짐을 몇 번이나 받고 나서야 겨우 맘 편히 걸음을 돌릴 수 있었다.

하쿠를 찾아가는 건 그리 어렵지 않았다.

세린이 잇샤를 따라 도착한 곳은 폐자재가 가득 쌓인 고물상이었다. 하지만 관리가 전혀 안 되었는지 밖을 둘러싼 울타리에는 성한 곳이 없었고, 흙바닥에는 잡초가 무성하게 자라있었다. 더군다나 악취까지 심하게 풍겨왔다. 낡은 간판에 흐릿한 글씨로 '고물상'이라고 적혀 있었지만, 쓰레기 매립장이라고 보는 편이 맞았다.

끝도 보이지 않을 만큼 넓은 공간에 온갖 물건들이 쌓이고 쌓여 곳곳에 산을 이루고 있었다. 어떤 것은 너무 높아서 꼭대기에 오르려면 정말로 등산화와 기다란 막대기가 필요해 보였다.

세린은 이곳에서 하쿠를 어떻게 찾아야 하나 싶었지만, 다행히도 그녀에겐 잇샤가 있었다. 하지만 아무리 잇샤라고 하더라도 이번만큼은 악취 때문에 찾는 게 쉽지 않아 보였다. 잇샤는 벌써 같은 자리를 몇 번째 맴돌고 있었다.

"정말 여기가 확실해, 잇샤?"

세린은 쓰레기 더미 아래로 토끼 굴처럼 나 있는 동굴을 보며 물었다.

"냐…옹…."

잇샤의 울음소리가 예전 같지 않게 작았다.

"결국 직접 내려가 보는 수밖에 없겠구나?"

세린은 기가 죽어 꼬리를 늘어뜨린 잇샤보다 한발 앞서 동굴로 내려갔다.

동굴 안은 깜깜한 어둠이었다.

세린은 우선 도깨비 자루에서 손에 잡히는 대로 구슬 하나를 꺼내 들었다. 손전등만큼은 아니었지만, 앞을 분간할 정도는 되어 주었다. 그러나 앞이 보인다고 해서 두려움이 사라지거나 악취가 없어지는 건 아니었다. 오히려 동굴의 벽을 이루고 있는 잡동사니들이 언제 무너질지 몰라 한층 더 긴장되었고, 냄새는 갈수록 심해졌다.

게다가 동굴은 어린아이가 겨우 지나다닐 수 있을 만큼 좁았다. 바닥이 평평하고, 폭이 일정한 것이 자연적으로 만들어졌다기보다는 누군가 일부러 파낸 것 같았다. 세린은 구부정하게라도 숙이고 걸어가려 했지만, 결국 무릎을 대고 바닥을 기어야만 했다.

다행히 동굴은 생각보다 금방 끝이 났다.

통로 끝에 그나마 허리를 펼 수 있는 작은 방이 있었고, 방에서는 옅은 빛이 새어 나오고 있었다. 세린이 들고 있는 구슬과 같은 빛이었다. 구슬을 찾았다는 생각에 절로 다리에 힘이 들어갔다.

좁은 방 안에서 웬 우울한 표정의 꼬마 도깨비 하나가 무릎을 감싸고 앉아 있었다. 상의는 더워서 벗어둔 건지, 원래 안 입는 건지 맨 몸이었고, 목에 다 떨어진 나비넥타이만 하고 있었다. 바지라고 입은 것은 너무 더러워서 벗어놓으면 걸레와 구분할 수 없을 것 같았다.

도깨비는 뭔 생각에 그리 잠겨 있는지 세린이 방에 들어왔음에도 눈치채지 못하고 발 앞에 놓아둔 구슬만 멍하니 바라보고 있었다. 구슬의 빛은 별로 넓지 않은 방안을 구석까지 가득 메웠다.

"흠, 흠."

세린은 일부러 크게 헛기침을 했다. 그제야 방 안에 자신 이외에 다른 존재가 있음을 눈치챈 도깨비가 세린을 돌아보았다. 그리고 한 박자 늦게 소스라치게 놀랐다.

도깨비가 하도 소리를 지르는 바람에 놀란 건 도리어 세린이었다. 그는 목이 쉴 만큼 비명을 꽥꽥 질러댔다. 그러면서도 손에서 구슬을 놓지 않았다.

세린은 놀란 토끼 눈을 하고 있는 도깨비를 일단 안심시켰다.

"저기, 내 이름은 세린이야. 나는 구슬을 찾으러 왔어. 집이 참… 뭐랄까…."

세린은 겨우 그럴듯한 단어를 찾아내는 데 성공했다.

"아늑하네?"

도깨비는 여전히 겁먹은 얼굴로 뒷걸음질 쳤다. 하지만 금방 좁은 방의 벽에 가로막혔다. 안절부절못하던 도깨비는 구슬을 숨기기 위해 바지 속에 집어넣었으나, 구멍 난 틈으로 빛이 여전히 새어 나왔다.

당황한 건 세린도 마찬가지였던 터라 이러지도 저러지도 못하고 있었다. 그들의 어색한 대치가 계속되었다.

'저건?'

그때 세린의 눈에 들어온 것이 있었다. 방금까지 도깨비가 앉아 있던 자리에 놓인 한 장의 사진이었다. 비록 여러 조각으로 찢어져 있었지만, 다행히 가장 큰 조각에는 알아볼 수 있는 얼굴이 남아 있었다.

커다란 헤드폰을 끼고 뺨에 주근깨가 가득한 모습. 폐허 서점에서 봤던 꼬마 도깨비 마타였다.

세린은 그제야 왜 이 도깨비의 이름이 익숙했는지 뒤늦게 기억났다. 세린은 반대쪽으로 빠져나가기 위해 굴을 파고 있는 도깨비를 얼른 불러 세웠다.

"난 마타를 알아."

이제 막 자신이 새로 만든 굴에 머리를 집어넣으려던 도깨비는 순간 멈칫했다.

"마타를 안다고?"

세린은 잠깐 드러난 도깨비의 얼굴에 반가운 기색이 스치고 지나간 걸 놓치지 않았다. 하지만 도깨비는 애써 화난 표정을 지었다.

"흥, 마타가 누군데? 난 그런 애 몰라!"

말은 그렇게 하면서도 다행히 더는 굴 밖으로 빠져나가려고 하지 않았다. 등을 보이고 있었으나, 세린이 하는 말에 귀를 기울이고 있는 게 분명했다.

"적어도 마타는 하쿠 너를 친구라고 생각해. 네가 어떻게 생각하든 말이야."

세린은 도깨비의 반응을 지켜보았다. 역시 효과가 있었다.

하쿠는 천천히 뒤를 돌아보았다.

"마타는 내가 준 선물을 그 자리에서 바로 쓰레기통에 버렸어. 내가 어렵게 찾은 빈 통조림 캔인데 말이야. 그것도 마타가 태어난 해에 만들어진 백 년 된 통조림인데…."

하쿠의 작은 어깨가 떨리고 있었다. 세린은 자리에 없는 마타를 대신해 말했다.

"마타는 분명 잘못 이해했을 거야. 누구나 서로 오해할 때가 있잖아. 내가 마타를 만났을 때, 하쿠 너를 무척이나 그리워하고 있었어."

"정말이야?"

세린은 고개를 끄덕였다.

"마타는 네가 준 걸 대신 버려달라는 줄 알았대, 마타는 귀가 잘 안 들리니까…."

하쿠가 눈을 동그랗게 떴다.

"너 친구라면서 설마 이제 안 거야?"

"뭐? 그게…."

반응을 보니 이제 안 것 같았다.

"거봐, 너도 마타를 오해한 거야."

세린은 주변을 둘러보다가 벽에 박혀 있는 커다란 오디오를 발견했다.

"내 생각에는 빈 통조림 캔보다 저기 있는 오디오를 선물로 주면 더 좋아할 거야. 그리고 중요한 말은 편지나 쪽지로 전해봐. 알아듣기 쉽게 말이야. 그러면 마타도 네 마음을 알아줄 거야."

하쿠는 세린의 말을 듣다가 울먹이면서 말했다.

"너, 정말 좋은 녀석이구나?"

하쿠는 이미 여러 번 쓴 것 같은 휴지로 눈물을 닦고 코를 풀었다. 그리고 꼬질꼬질한 손을 내밀었다.

"내 이름은 이미 알다시피 하쿠야. 난 사람들의 마음을…."

하쿠는 발음이 안 좋은 것도 아니면서 뒷말을 얼버무렸다.

"뭐라고?"

세린이 다시 묻자 하쿠는 얼굴을 빨갛게 물들였다. 그는 부끄러워하고 있었다.

"난 사람들의 마음을 반대로 바꿔놓고 있어."

하쿠는 개미가 지나가는 것보다 조금 더 큰 소리로 말했다. 다행히 뒷말은 조금 더 잘 들렸다.

"난 많이 외로웠거든. 그래서 인간의 마음을 하지 말라고 하면 더 하고 싶게 만들었어. 물론 하라고 하면 하기 싫게도 만들었지."

하쿠는 큰 죄라도 지은 것처럼 기어들어 가는 목소리로 말했다.

"물론 넌 이해하지 못하겠지만…."

"아니, 나도 조금은 알아."

세린은 하쿠가 처음에 그랬던 것처럼 다리를 모으고 앉았다.

"나도 외로움이라면 조금은 알아. 난 친구가 하나도 없거든."

하쿠는 뭐라도 위로의 말을 하려고 했지만, 무슨 말을 해야 할지 몰라 결국 입을 다물었다.

"아니다, 나도 한 명 있었구나. 내 동생이랑 제일 친한 친구였는데, 지금은 곁에 없어. 어디 있는지도 모르고…."

세린이 침울해하자 이번엔 하쿠가 어쩔 줄을 몰라 했다. 견디다 못한 하쿠가 어디론가 가더니 작은 머리핀 하나를 가지고 왔다.

"이거 받아."

세린은 아무 생각 없이 하쿠가 불쑥 내민 머리핀을 바라보다가 무언가에 뒤통수를 얻어맞은 것처럼 크게 놀랐다.

"이건?!"

하쿠는 또 한 번 죄인이 된 것처럼 얼굴을 들지 못했다.

"사실 나는 인간의 물건도 몰래 가져오고 있어. 분명 어딘가에 잘 놔뒀는데, 감쪽같이 없어진 물건이 있지? 미안해, 그건 모두 내가 가져온 거야."

하쿠의 고개가 점점 더 숙여져서 아예 밑으로 굴을 파고 들어갈 기세였다. 세린은 하쿠가 진짜로 그러기 전에 그의 손을 잡았다.

"고마워, 이건 내가 예전에 정말 좋아했던 머리핀이야."

세린은 검은색 철사 위에 붙은 나비 모양 스티커를 매만졌다.

"생각해보니 이게 없어지고 나서 동생이랑 크게 싸웠던 것 같

아. 난 걔가 내 물건을 몰래 가져간 줄 알았거든. 동생은 나랑 체형도 똑같고 취향도 비슷해서 옷이나 액세서리 때문에 다투는 일이 많았어. 나야말로 오해했던 거구나."

세린의 눈시울이 붉어지더니 급기야 눈물이 볼을 따라 흘러내렸다. 하쿠는 자신이 좀 전에 코 푼 휴지를 건네려다가, 손을 되돌려 바지 속에 넣어둔 구슬을 꺼냈다.

"이거 받아."

하쿠가 구슬을 불쑥 내밀자, 세린은 코를 한번 훌쩍이며 하쿠를 올려다보았다.

"머리핀을 금화 하나만 내고 사가. 그러면 구슬을 가져가도 돼."

세린이 망설이자 하쿠가 직접 그녀의 주머니에서 금화 하나를 챙기고 구슬을 옆에 놔두었다.

"고마워, 네가 아니었으면 난 평생 마타를 미워하고 오해했을 거야. 당장 마타를 만나러 가봐야겠어. 나가는 길은 알고 있지?"

세린은 말없이 고개를 끄덕였다.

"그럼 나중에 또 보자."

하쿠는 아까 세린을 피해 도망가려고 파 둔 굴로 들어가다가 중요한 걸 잊었는지 다시 나왔다.

"이걸 깜빡했네."

그는 벽에 붙어 있던 커다란 오디오를 힘껏 빼냈다. 그 바람에 동굴이 크게 흔들렸지만, 다행히 무너지지는 않았다.

"진짜로 안녕."

하쿠는 마지막 인사를 남기고 굴로 사라져 버렸다. 원래도 위태
로웠던 동굴의 벽이 오디오가 빠져나가자 더욱 불안정해 보였다.
설령 동굴이 무너지지 않더라도 이곳에 더 있고 싶지는 않았다.
세린은 하쿠가 두고 간 구슬을 챙겨 서둘러 밖으로 나왔다.

밖은 어느새 비바람이 몰아치고 한 치 앞도 보이지 않는 어둠
이 내려앉아 있었다. 천둥소리가 들렸고, 쓰레기 더미 사이에 꽂
혀 있던 쇠꼬챙이에 번개가 내려쳤다.

세린은 깜짝 놀라 뒤로 넘어지며 엉덩방아를 찧었다.

단지 번개 때문이 아니었다. 번개가 만들어 낸 불빛에 커다란
그림자가 비쳤기 때문이었다. 그것은 쓰레기 산만큼이나 거대한
거미 형상이었다.

"끄어어어…."

그림자는 입에서 끈적끈적한 액체를 흘리며 세린에게 천천히
다가왔다.

세린은 방금 나온 동굴로 돌아가 쓰레기 더미에 깔리는 것과
저 괴물에게 잡히는 것 중 어느 게 더 끔찍할지 곧바로 판단이 서
지 않았다.

그때, 세린의 앞을 가로막는 무언가가 있었다.

바로 잇샤였다. 잇샤는 순식간에 늑대 크기로 변하더니 콧등을

찡그리며 크게 으르렁거렸다. 그 모습에 괴물도 더는 다가오지 못하고 움직임을 멈췄다. 괴물의 머리에 달려 있던 여섯 개의 눈동자가 세린에서 잇샤에게로 옮겨갔다.

또다시 천둥이 쳤고, 벼락이 떨어졌다. 그걸 신호 삼아 잇샤는 괴물에게 덤벼들었고, 괴물은 여덟 개의 다리 중 하나의 힘만으로 잇샤를 멀리 날려 보냈다.

"쿵!"

빗소리를 뚫고 잇샤가 어딘가에 부딪히는 소리가 선명하게 들려왔다. 하지만 세린이 그쪽으로 시선을 돌릴 새도 없이 괴물이 한 걸음 앞으로 성큼 다가왔다. 세린은 뒷걸음질을 치다가 그만 빗물이 고인 웅덩이에 발이 빠져 미끄러지고 말았다.

괴물의 머리가 숨결도 느껴질 만큼 세린의 얼굴 가까이 다가왔다.

"저리 가, 이 괴물아!"

세린은 고개를 돌리고 눈을 질끈 감았다.

하지만 아무 일도 일어나지 않았다. 설마 괴물이 세린의 말을 알아듣기라도 했던 것일까.

실눈을 떠보니 잇샤가 괴물의 뒷다리를 물고 있었다. 괴물은 성가시다는 듯이 다리를 크게 흔들었으나, 잇샤는 주둥이를 꽉 다물고 놓지 않았다.

"잇샤!"

처음에는 귀찮은 모기 상대하듯 하던 괴물도 잇샤가 달라붙어 떨어지지 않자, 점점 몸부림을 치기 시작했다. 괴물의 한쪽 다리는 잇샤의 침과 괴물의 초록색 피가 한 데 섞여 빗물과 함께 흐르고 있었다. 급기야 괴물은 자기 몸을 통째로 쓰레기 더미에 부딪히기에 이르렀다.

"깨갱."

잇샤의 입에서 검붉은 선혈과 함께 신음이 새어 나왔다. 잇샤는 기어이 괴물의 한쪽 다리를 물어뜯은 채로 바닥에 널브러졌다.

거세게 쏟아지는 빗줄기가 잇샤의 피를 씻어 내렸고, 핏물은 공교롭게도 세린 쪽을 향했다.

"잇샤, 안 돼!"

세린은 있는 힘껏 소리쳤지만, 잇샤는 깊은 잠에 빠진 것처럼 축 늘어져 있을 뿐이었다. 괴물은 혹시라도 잇샤가 다시 일어나면 공격할 태세를 갖췄으나, 잇샤는 결국 일어서지 못했다.

잇샤가 의식이 없음을 확인한 괴물은 불안정한 일곱 개의 다리로 세린에게 쩔뚝거리며 다가왔다. 하지만 세린은 잇샤에게서 눈을 떼지 못했다.

"일어나, 잇샤…."

빗물인지 눈물인지 모를 것이 세린의 뺨을 타고 흘러내렸다. 괴물은 순식간에 세린의 코앞까지 다다랐지만, 세린은 도망치지 않았다. 마치 괴물 따위는 안중에도 없다는 듯이 쓰러진 잇샤만을 바라보았다. 괴물은 거대한 집게발을 높이 들어 올렸다. 모든 게 끝이었다.

"안심하세요, 레이디."

세린은 환청을 들었다고 생각했다. 빗물이 고막에 들어갔거나 천둥소리가 아직도 귀를 울리는 것이리라. 어쩌면 진즉에 정신을 잃고 꿈을 꾸는 건지도 몰랐다.

세린은 환청이 들린 곳을 쳐다보았다.

옆에는 언제 왔는지 어디서 본 듯한 도깨비가 서 있었다. 우산을 쓰고 있어 얼굴이 자세히 보이지는 않았지만, 한 손에 커피잔을 들고 있었다. 그는 이런 일촉즉발의 상황에서도 여유롭게 커피를 한 모금하며 말했다.

"제 고객에게 함부로 손을 대게 할 수는 없지요."

세린은 어렵지 않게 도깨비의 목소리를 기억해냈다. 그리고 놀란 건 세린뿐만이 아닌 듯했다. 도깨비의 갑작스러운 등장에 괴물 역시 당황했는지, 들고 있던 집게발을 목표를 바꿔 도깨비에게 내려쳤다.

하지만 그보다 빨리 도깨비 뒤에 있던 조각상들이 쏜살같이 튀어나갔다. 적어도 열 마리는 될 법한 각종 동물들이 괴물에게 덤벼들어 다리를 뜯어내고 눈알을 터뜨렸다.

괴물은 개미에게 공격당한 지렁이처럼 힘 한번 제대로 써보지 못하고 차츰 무너져 내렸다.

순식간에 형체를 알아볼 수 없을 만큼 괴물이 분해되었다. 이를 느긋하게 지켜보던 도깨비가 천천히 세린을 돌아보았다.

"어디 다치신 데는 없으십니까, 세린 양?"

듀로프는 우산 아래로 콧수염을 드러내며 활짝 웃어 보였다.

그롬의 카지노

"네, 저는 괜찮아요."

세린은 듀로프의 부축을 받아 자리에서 일어났다.

"저보다 잇샤가…."

세린은 아직도 쓰러져 있는 잇샤를 보며 차마 말을 잇지 못했다. 그녀는 넘어질 듯 위태로운 걸음으로 잇샤에게 달려갔다. 어느새 잇샤의 주변에는 좀 전의 동물들이 모여들어 잇샤를 서로 핥아주고 있었다.

다행히 잇샤는 아직 숨이 붙어 있었고, 손발이 조금씩 움직이고 있었다.

"잇샤는 괜찮을 겁니다. 우선 잇샤와 함께 호텔로 돌아가서 좀 쉬시도록 하죠. 먹을 것을 충분히 주면 금방 좋아질 테니 너무 걱정하지 않으셔도 됩니다."

듀로프가 세린을 안심시켰다.

호텔로 돌아온 세린은 잇샤를 침대 한쪽에 뉘자마자 전화를 걸어 이것저것 음식을 주문하기 시작했다. 그러다 아예 메뉴판에 있는 음식을 모두 가져다 달라고 하고 전화를 끊어버렸다.

세린은 음식이 준비되는 사이 침대에 잠시 누워서 정신없던 하루를 떠올려보았다. 이곳에 온 이후로 가장 힘들었던 날이었다. 지칠 대로 지쳐 손가락 하나 움직일 힘이 없었다.

세린은 눈을 감았고, 저도 모르게 잠이 들어버렸다.

일어나 보니 어느새 잇샤가 깨어나 있었다. 그리고 호텔 방안은 온통 난장판이었다. 온갖 그릇들과 쟁반들이 발 디딜 틈 없이 널브러져 있었다.

"이걸 너 혼자 다 먹은 거야?"

잇샤의 지저분한 주둥이를 보니 더 물을 것도 없었다. 침대에서 내려오자 '바스락'하고 종이 하나가 발에 밟혔다.

"이게 다 얼마야?"

세린은 주워 든 계산서를 자세히 들여다보았다. 잇샤가 걱정되어 무턱대고 주문하는 바람에 청구된 금액이 어마어마했다.

"어디 보자, 하나, 둘, 셋…."

다행히 가지고 있던 금화와 상금을 모두 합쳐보니, 아슬아슬하게 돈이 되었다. 이제 남은 금화는 달랑 두 개가 전부였다.

"아 참, 내 도깨비 구슬!"

세린은 잠시 잊고 있던 구슬을 확인했다. 만약 이 구슬만 원하는 구슬이라면 금화 따위는 더 필요치 않았다.

"이게 내가 원하는 구슬이 맞아야 할 텐데…."

남은 금화로 봤을 때, 세린에겐 이제 구슬을 살 기회가 거의 남아 있지 않았다. 아니, 그보다 문제는 시간이었다. 어느새 손목시계는 물이 크게 줄어 있었고, 하루나 이틀이면 없어질 양이었다.

세린은 마음이 급해졌다.

"잇샤, 몸은 좀 어때? 혹시 지금 구슬을 보여줄 수 있겠어?"

살랑살랑 꼬리를 흔드는 걸 보니 어느 정도 회복이 된 것 같았다. 오히려 언제 다쳤냐는 듯이 더 건강해진 목소리로 크게 울었다.

"냐옹!"

널찍한 호텔 방이 순식간에 주황색으로 물들었다.

◆

세린이 서 있는 곳은 작고 아담한 집이었다.

볕이 제대로 들지 않아 천장 구석에 곰팡이가 핀 것만 빼면, 작은 식구가 지내기에는 그리 나쁘지 않아 보였다. 아이가 있는 집인지 거실 한 편에는 장난감이 쌓여 있었고, 낡은 에어컨에는 각종 스티커가 덕지덕지 붙어 있었다. 바닥에 깔린 매트가 폭신폭신해 보였지만, 다리가 없는 세린은 느낄 수 없었다.

"슝."

베란다를 개조해 만든 놀이방에서 한 남자아이가 양손에 자동차 모형을 쥐고 입으로 부릉부릉 소리를 내고 있었다. 손에 쥐고 있던 자동차는 곧 공룡 인형으로 바뀌었고, 얼마가지 않아 변신기능이 있는 로봇으로 바뀌었다. 그때마다 아이가 입으로 내는 소리도 바뀌었다.

천진난만한 아이의 모습을 보고 있자니, 세린도 순수했던 어린 시절로 되돌아간 것 같은 기분이었다. 세린의 시선이 다시 거실로 향했다.

정면으로 마주한 벽면에는 한껏 미소를 머금고 있는 젊은 남녀의 웨딩사진이 걸려 있었다. 보는 것만으로도 행복이 고스란히 전달될 만큼 잘 어울리는 한 쌍이었다. 신부는 배경으로 삼은 꽃들이 무색할 정도로 아름다운 얼굴이었고, 남자는 마치 세상을 다 얻기라도 한 것 같은 표정이었다. 하지만 세린은 이내 얼굴을 찡그렸다.

"@#$%&."

방 안에서 누군가 싸우는 목소리가 들려왔던 것이다. 세린이 고개를 들이밀어 보니 방 안에서 사진 속 남녀가 언성을 높이고 있었다.

서로 흥분을 주체하지 못하고 금방이라도 큰 싸움이 날 것 같았다. 말다툼은 좀처럼 끝날 줄을 몰랐고, 누구도 한발 물러설 기미를 보이지 않았다.

액자 속 곱게 단장했던 여자는 화장기 없는 맨얼굴이었다.

"당신, 지난달에 카드값이 얼마나 나온 줄 알아? 우리 형편에 그게 말이 돼? 진짜 왜 그렇게 이기적이야?"

"가족들 생각하니까 이러는 거 아니야. 누가 내 욕심 때문에 이래?"

"아무리 그래도 나랑 상의는 했어야지."

남자의 이마에는 전보다 깊은 주름이 여러 개로 늘어나 있었다. 그리고 활짝 웃고 있던 표정은 어디 가고 짜증이 가득한 얼굴로 상대를 매섭게 쏘아보고 있었다.

"남자가 사회생활 하다보면 그럴 수도 있지, 그럼 나보고 아예 아무도 만나지 말라는 거야?"

"누가 만나지 말래? 나랑 애기 생각은 안 해?"

여자도 지지 않고 허리춤에 손을 올리며 날카롭게 소리쳤다. 그녀는 남자가 반박할 틈도 주지 않고 서둘러 다음 말을 꺼냈다.

"당신 차 할부금에, 집 대출금에, 당장 다음 달에 들어갈 돈이 얼마…."

"그놈의 돈타령 좀 그만해!"

남자가 답답함을 이기지 못하고 혼잣말로 욕을 하더니 거칠게 현관문을 열고 나갔다. 시끄러운 소리를 내며 닫힌 문을 바라보던 여자는 결국 얼굴을 감싸 쥐고 소리 없이 울음을 터뜨렸다. 그리고 베란다에 있던 남자아이도 장난감을 손에 쥐고 목청껏 울음을 터뜨렸다.

◆

세린은 만감이 교차하는 얼굴로 환상에서 깨어났다. 그리고 이제야 알았다는 듯이 주먹을 손바닥에 내려쳤다. 잇샤가 깜짝 놀라서 침대 밑으로 뛰어내렸다.

"그래, 역시 모든 문제는 돈 때문이었어."

너무 늦게 알아차린 자신이 한심하게 느껴질 정도였다. 조금 더 빨리 알았더라면, 진작 구슬을 찾아서 밖으로 나가 행복한 삶을 누리고 있을지도 모를 일이었다. 지금이라도 알게 된 게 다행이라면 다행이었다.

세린은 아직도 배가 너무 빵빵해서 굴리면 굴러갈 것 같은 잇샤를 불렀다.

"잇샤, 그동안 고생 많았어."

잇샤가 고개를 갸우뚱하며 세린을 올려다보았다. 세린의 눈빛은 그 어느 때보다 확신에 차 있었다.

"이제 마지막이야. 드디어 내가 정말 원하는 걸 찾았어."

눈앞에는 거대한 피라미드가 서 있었다.

세린이 사진으로만 봤던 피라미드와 다른 점이라면, 모래 대신 황금으로 이루어졌다는 것이었다. 세린은 어마어마한 규모와 외관에 놀라 잠시 자리에 서 있었다. 잇샤가 옷을 잡아당기며 재촉하지 않았더라면, 아마 몇 시간이고 멍하니 바라보다가 남은 시간을 몽땅 써버렸을 것 같았다.

피라미드로 향하는 길에는 시상식에나 있을 법한 레드 카펫이 깔려 있었다. 세린은 왠지 자신이 특별한 사람이 된 것 같아 한껏 기분을 내며 느긋하게 걸었고, 잇샤도 카펫을 발톱으로 뜯어대느라 걸음이 더뎌졌다. 다행히 그들을 재촉하는 이는 아무도 없었다.

레드 카펫은 곧장 피라미드 입구로 이어졌다.

네온사인이 번쩍거리는 곳으로 다가가니 정장을 말쑥하게 차려입은 경호원들이 문을 지키고 있었다. 그들은 선글라스로도 가려지지 않는 매서운 눈빛으로 주변을 경계하고 있었다. 개미 한마리도 그들의 허락 없이는 마음대로 지나가지 못할 것 같은 위압감이 들었다.

세린은 방문객처럼 보이길 바라는 마음으로 앞에 섰지만, 정말 그렇게 봐줄지는 의문이었다. 간밤에 비를 쫄딱 맞고 바닥을 구르느라 옷이 온통 진흙투성이가 됐기 때문이었다. 행여 구걸이라도 하러 온 것으로 보일까 봐 세린은 내심 조마조마했다.

역시나 경호원들이 세린을 막아섰다.

"무슨 용무십니까?"

탄탄한 근육을 자랑이라도 하듯 가슴을 한껏 내밀고 있던 경호원이 물었다.

"저는 구슬을 찾으러 왔는데요….'

말은 안 했지만, 왠지 못 미더워하는 눈초리였다. 세린은 지레 겁을 집어먹고 요구하지도 않은 티켓을 꺼내 들었다. 세린의 얼굴과 티켓을 찬찬히 뜯어보던 경호원은 귀에 달고 있던 인이어에 대고 말했다.

"보스, 여기 구슬을 가지러 온 인간이 있습니다. 들여보낼까요? 참고로 골드티켓을 가지고 있습니다."

그들은 뭐라 뭐라 대답을 주고받더니 연락을 끊었다.

"조금만 기다리시죠, 보스께서 직접 나오신답니다."

잠시 뒤, 피라미드를 둘러싼 것보다 더 많은 경호원을 이끌고 한 도깨비가 나타났다. 그는 다른 경호원들은 비교도 안 될 만큼 큰 키와 넓은 어깨를 가지고 있었다. 어찌나 풍기는 분위기가 무시무시한지 세린은 다리가 후들거릴 지경이었다.

"구슬을 가지러 왔다고?"

하지만 생긴 것과는 다르게 작고 얇은 목소리였다. 발음도 부정확해서 꼭 풍선이 바람 빠지는 소리로 들렸다.

"그럼 어디 티켓을 보여주겠나?"

"잠시만요, 여기요."

세린은 자신을 내려다보는 시선이 부담스러워 서둘러 티켓을 꺼내 그에게 건넸다. 하지만 그는 받지 않았다. 또다시 작은 목소리가 말했다.

"이봐, 어딜 보는 거야?"

세린은 눈앞에 있는 도깨비가 입술을 움직이지 않고 있는 걸 뒤늦게 알아차렸다. 따로 복화술을 배운 게 아니라면 지금껏 말을 한 건 그가 아니었다. 세린은 고개를 천천히 아래로 내리다가 시선이 바닥에 닿았을 때야 비로소 목소리의 정체를 찾아냈다.

그것은 생쥐만 한 크기의 도깨비였다. 크기만 생쥐만 한 게 아니라 코가 길쭉하고, 앞니가 튀어나온 것이 꼭 진짜 생쥐에게 옷을 입혀 놓은 것 같았다.

생쥐 같은 도깨비가 허리에 손을 얹고 짐짓 화난 척을 했다.

"도깨비가 말을 하면 눈을 봐야지, 왜 자꾸 다른 데를 보는 거야!"

그는 자기가 하는 말에 최대한 무게를 싣고 싶은 것 같았으나, 어린아이가 떼를 쓰는 걸로 밖에 보이지 않았다. 하지만 세린은 그를 자극하지 않고 얼른 무릎을 굽혔다.

"죄송합니다. 전 세린이고 구슬을 찾으러 왔어요. 혹시 이곳에 구슬이 있을까요?"

도깨비는 조금 전보다는 화가 풀린 얼굴로 팔짱을 꼈다.

"물론 구슬이야 있지. 그전에 내 소개를 할 테니 잘 들어둬."

그는 크게 헛기침하며 먼저 목을 풀었다.

"우선 내 이름은 그롬 안토니오 발터락시옹 드 그레고리 3세야. 별로 길지 않은 이름이니까 꼭 외워두도록 해. 난 인간에게서 밤에 잠들려는 마음을 훔쳐오고 있어. 그로 인해 인간들이 불면증에 걸린다지만 그건 내 알 바가 아니지. 중요한 건 그것들로 내 카지노가 24시간 운영된다는 점이야. 그리고 보다시피 난 누구보다 뛰어난 도깨비야. 초급 갬블링 대회에서 5년 연속 노력 상에, 주니어 보디빌딩 대회에서 3년 연속 밝은 미소 상을 받았지. 그리고… 또 뭐가 있지, 프랭크?"

그러자 세린이 조금 전 보스로 오해했던 경호원이 양복 안주머니에서 둘둘 말린 긴 두루마리를 꺼내 들었다. 두루마리는 어찌나 긴지 바닥에 닿아서도 한참이나 떼굴떼굴 굴러갔다.

"그롬 안토니오 발터락시옹 드 그레고리 3세님은 프로 발톱 다듬기 대회에서 새끼발가락 상을, 반찬 없이 맨밥 먹기 대회에서 깨작깨작 상을 수상하셨습니다. 그 밖에도 손 안 대고 바지 입기 대회와 머리 안 감고 오래 버티기 대회에서…."

"그만하면 됐어, 프랭크. 이 정도면 아무리 멍청한 인간이라도 내가 얼마나 대단한 존재인지 이해가 되었을 거야, 그렇지?"

세린은 어색하게 웃으며 고개를 끄덕였다. 하지만 기억나는 건 처음 말했던 이름 중에서도 앞의 두 글자뿐이었다. 세린은 그것만으로도 자신의 기억력에 박수를 보내고 싶었다.

그롬은 좁은 어깨를 한껏 치켜들고 으스댔다.

"좋아, 그럼 이제 따라와. 밖에 더 서 있다가는 내년에 열릴 하얀 피부 뽐내기 대회에서 본선도 못 가고 떨어질 거야. 생각만 해도 끔찍하군."

그롬은 주머니에서 선크림처럼 보이는 것을 꺼내 몇 번이나 얼굴에 덧바르고는 안으로 들어갔다. 그 뒤를 경호원들이 바짝 붙어 갔고, 세린은 맨 마지막에 겨우 따라붙었다.

카지노 내부는 더욱 화려했다. 혹시나 싶었는데, 실내 역시 눈에 보이는 모든 것들이 금으로 이루어져 있었다. 보석으로 치장된 장식품과 크리스털이 주렁주렁 매달린 샹들리에를 보고 있자니, 조금 전 봤던 피라미드 외관은 초라해 보일 정도였다.

길지 않은 복도가 끝나고 슬롯머신이 가득 차 있는 방이 나왔다. 그곳에는 그동안 어디에 가 있나 싶던 사람들이 저마다 하나씩 자리를 차지하고 있었다. 그들은 세린이 지나가든 말든 신경도 쓰지 않고 레버를 당기며 빠르게 돌아가는 과일 모양에 집중하고 있었다.

"여기가 바로 갬블장이야. 갬블을 할 금화 정도는 가지고 있겠지?"

그롬이 고개를 빳빳이 들고 거드름을 피우며 물었다.

세린은 주머니에서 금화를 만지작거리며 슬롯머신을 살펴보았다. 다행히 기계 투입구에는 금화 한 개가 표시되어 있었다.

세린은 얼른 고개를 끄덕였다.

"좋아, 슬롯머신을 사용하고 나면 구슬을 주지. 프랭크?"

프랭크는 커다란 상자를 꺼내서 그녀에게 보여주었다. 상자를 열자 비단으로 감싼 바닥 위에 영롱한 남색 구슬이 담겨 있었다.

세린은 침을 한 번 꿀꺽 삼키고 가장 가까이에 있는 슬롯머신으로 다가갔다. 때마침 안내 책자에 있던 할인쿠폰이 떠올라 금화와 함께 그것을 투입구에 집어넣었다.

세린은 기계 사용법을 몰라 잠시 망설였지만, 주변을 둘러보니 그리 어려울 것도 없었다. 세린은 금화를 넣고 옆에 달린 레버를 힘껏 눌렀다. 그와 동시에 화면 가득 들어찬 과일 모양 조각들이 정신없이 돌아가기 시작했다. 정확히 세어보진 않았으나, 대략 스무 가지쯤 되어 보이는 각종 과일이 핑그르르 돌다가 하나씩 멈춰섰다.

총 다섯 줄로 나뉜 칸에 나온 것은 각기 다른 과일이었다. 게임 규칙을 잘 모르는 세린이 보기에도 이건 뭔가 아니다 싶었다. 역시나 기계는 다음에 도전하라는 멘트를 띄우고 멈춰버렸다.

세린이 그렇게 자리를 떠나려고 할 때였다. 화면이 다시 빠르게 움직이기 시작했다. 그것은 처음 화면으로 세팅되더니, 옆에 달린 레버를 향해 화살표를 반짝였다.

처음 넣었던 할인쿠폰이 작동한 모양이었다. 세린은 거의 무의식적으로 레버를 잡아당겼다. 곧 또 한 번 과일들이 어지럽게 움직였다. 하지만 이번엔 뭔가가 달랐다.

'체리… 체리… 체리… 어?'

화면을 뚫고 나올 듯이 '잭팟'이라는 커다란 글씨가 튀어나왔다. 잭팟의 뜻은 몰랐지만, 얼핏 들어본 적은 있는 단어였다.

오래 생각할 겨를도 없이 슬롯머신에서 금화가 소나기처럼 쏟아져 내렸다.

"펑!"

갑자기 천장에서 꽃가루가 떨어져 내리더니, 어디선가 악단이 튀어나와 신나는 음악을 연주했다. 동시에 경호원들이 뜬금없이 춤을 추기 시작했다. 그제야 사람들이 세린의 주위로 몰려들었다. 하지만 축하해 주는 분위기가 아니라 질투와 시샘의 눈빛을 보내고 있었다.

어느새 슬롯머신 아래에는 금화가 수북이 쌓여 있었다. 그것은 세린이 처음 전당포에서 불행을 팔고 받은 금화보다 많았고, 얼마 전 푸드 파이트 대회에서 받은 우승상금보다 많았다.

유난스럽던 음악이 멈추자 악단은 서둘러 자리를 떠났다. 그리고 경호원들은 다시 근엄하게 자세를 잡았다. 표정 변화가 얼마나 빠르던지 마치 아무 일도 없었다는 듯 자연스러웠다.

어색하게 굳어 있는 건 세린뿐이었다.

"브라보!"

그롬이 손뼉을 치며 휘파람을 불었다.

"오자마자 잭팟이라니, 당신은 엄청난 행운을 가지셨군요."

워낙 정신이 없어 세린은 갑자기 달라진 그의 태도를 눈치채지 못했다. 그롬은 방금까지 열심히 춤을 추느라 땀이 범벅이 되어 있는 프랭크를 불렀다.

"이분을 위층으로 안내해 드리도록 해."

"네."

프랭크는 무표정한 얼굴만큼이나 딱딱하게 대답했다. 그롬이 손짓을 하자 이번엔 뒤에 있던 경호원들이 금화를 자루에 담기 시작했다. 금화는 쌀가마니만 한 곳에 담겼음에도 무려 다섯 자루나 되었다. 힘 좋은 경호원들도 두 자루 이상 들지 못하고 낑낑대며 한 자루를 겨우 짊어졌다.

"이쪽으로 오시죠."

금화 담는 장면을 지켜보던 세린을 향해 프랭크가 말했다. 그는 큰 걸음으로 앞서 걸었고, 곧 자루를 짊어진 경호원들이 따라붙었다. 세린은 뭐라 대꾸할 새도 없이, 삽시간에 샌드위치 빵 사이에 낀 햄처럼 되어버렸다. 그녀는 이대로 납작해지지 않기 위해 열심히 보조를 맞춰 걸었다.

행렬은 계단을 따라 2층으로 이동했다.

2층은 1층과는 전혀 다른 풍경이었다. 벽이 있어야 할 곳에는 키 높이만 한 철창이 둘러쳐져 있었고, 바닥이 있어야 할 곳에는 두꺼운 유리창이 있었다. 게다가 밑은 물이 가득 차 있었다.

세린은 혹시라도 유리 바닥이 깨질까 싶어 조심조심 걷다가 까무러칠 만큼 놀라고 말았다. 유리 너머로 상어처럼 보이는 물고기가 유유히 헤엄치고 있었던 것이다. 철창에서는 사나운 사냥개와 맹수들의 울음소리가 시끄럽게 들려왔다.

아래층과 같은 거라고는 오직 보석으로 장식된 탁자뿐이었다. 하지만 크기가 훨씬 거대했고, 탁자 위 천장에 핀 조명이 설치되어 있어 밝은 빛이 떨어져 내리고 있었다.

경호원들은 세린을 탁자로 안내했다.

"'스테이지 오브 데스'에 오신 걸 환영합니다."

얇고 가느다란 목소리가 들려왔다. 언제 왔는지 그롬이 발도 닿지 않는 커다란 의자에 앉아 있었다. 경호원들이 맞은편 의자를 살짝 빼주었고, 세린은 그곳에 앉았다.

프랭크가 주전자와 컵을 가져와 정체 모를 음료를 한가득 따랐다.

"우선 목이 마르실 테니 시원하게 한 잔 들이켜시죠. 그건 제가 인간의 욕심을 모아서 비싼 재료를 듬뿍 넣고 특별히 만든 겁니다."

그러지 않아도 갈증을 느끼던 세린은 컵을 입에 가져다 댔다.

"크앙!"

지금껏 얌전하게 있던 잇샤가 그녀의 손을 치는 바람에 하마터면 컵을 엎지를 뻔했다. 프랭크가 잇샤의 목 가죽을 들어 올렸다.

"이런, 버릇이 없는 녀석이군요. 원하신다면 저희가 잠시 보관해 두겠습니다."

세린은 남은 물을 꿀꺽 삼키며 말했다.

"아니 괜찮아요. 어차피 오래 있을 것도 아닌데요, 뭘."

그롬은 의미심장한 미소를 지었지만, 그의 얼굴이 원래 야비하게 생겼던 터라 세린은 크게 신경 쓰지 않았다.

"자, 그럼 시작하시죠."

"시작하다니요, 뭘요?"

"그야 물론 게임이죠. 당신이 저를 이긴다면 잭팟으로 딴 금액의 두 배를 드리겠습니다. 아 참, 그전에 드릴 게 있었죠."

옆에 있던 프랭크가 구슬이 담긴 상자를 탁자에 내려놓았다.

"약속했던 구슬입니다. 단, 원하시면 당신의 구슬을 저에게 파셔도 됩니다. 구슬값은 후하게 쳐 드리죠."

세린은 고개를 가로저었다.

"저는 이제 금화가 더는 필요 없어요. 구슬을 가지고 제가 원래 있던 곳으로 나갈 거예요."

"정말 그러실 건가요?"

그롬은 단순히 확인하려고 묻는 게 아니라, 어딘지 확신에 찬 목소리로 물었다.

순간 세린은 머리가 핑 도는 걸 느꼈다. 잠시 그롬의 얼굴이 두 개로 겹쳐 보이고 윤곽이 일그러져 보였다가 다시 원래대로 돌아왔다. 세린은 머리를 흔들어 털었다.

'왜 이러지? 잠을 얼마 못 자서 그런가?'

별거 아니라고 생각하려는 찰나에 마음속에서 이상한 생각이 불쑥 떠올랐다.

'무지개 구슬을 찾아야지, 겨우 이런 평범한 도깨비 구슬 따위로 만족할 거야?'

잠시 잊고 있던 무지개 구슬이 갑자기 머릿속에 가득해졌다. 더불어 더 많은 금화를 모아서 더 많은 구슬을 사고 싶다는 생각이 간절해졌다.

그롬은 득의양양한 얼굴로 혼자서 생각에 잠겨 있는 세린을 지켜보았다.

"자, 그럼 시작할까요?"

그롬은 세린의 대답을 기다리지도 않고, 황금색 카드를 섞더니 세 장씩 나눠주었다.

"첫 번째 게임은 카드를 합쳐서 높은 숫자가 나오는 사람이 이기는 겁니다."

그롬은 간단히 경기의 룰을 알려주고는 자신의 패를 펼쳐 보였다.

"어디 보자, 스페이드 6에 클로버 5, 다이아몬드 10을 더하면…."

그롬은 손으로 셈을 하다가 손가락이 부족해지자 양말을 벗고 발가락까지 사용했다. 하지만 그것으로도 모자라 옆에 있던 경호원의 손을 빌리려 할 때였다. 그롬의 고개가 떨궈지더니 코까지 골아가며 쿨쿨 잠을 자기 시작했다.

세린은 순간 당황했지만, 옆에 있던 경호원은 침착하게 양동이에 든 물을 그롬에게 뿌렸다.

"어푸!"

그롬은 잠에서 깨어나 얼굴을 문질렀다. 그는 눈을 동그랗게 뜨고 있는 세린을 안심시켰다.

"놀랄 것 없습니다. 단지 인간에게서 잠을 너무 많이 훔쳐오는 바람에 사소한 부작용이 생긴 것뿐이니까요. 그보다 어서 당신 패를 보여주시죠."

잠시 뒤, 셈을 마친 그롬의 얼굴이 일그러졌다.

"크흠, 이번 건 연습 게임이었습니다."

그롬이 짧게 박수를 두 번 치자 경호원 두 명이 커다란 룰렛을 가지고 나왔다. 탁자에 내려놓은 소리가 하도 둔탁해서 탁자나 룰렛 중 하나가 깨진 게 아닐까 걱정될 정도였다. 룰렛에는 서른 개가 넘는 번호가 매겨져 있었다.

"규칙은 간단합니다. 번호를 하나씩 고르고 룰렛을 돌려서 가장 가까운 숫자에 속하는 쪽이 이기는 겁니다."

그롬은 황금으로 된 작은 구슬을 룰렛 위로 굴렸고, 구슬은 세린이 고른 번호에서 불과 한 칸 옆에 떨어졌다. 그롬은 주먹으로 탁자를 쾅 내리쳤다. 그래봐야 탁자에는 기스도 나지 않았다.

그롬은 목을 죄던 와이셔츠 단추를 풀었다.

"제법이시군요. 이번에 이기시면 잭팟 금액의 네 배를 드리죠. 프랭크! 주사위를 가져와."

세린은 네 배라는 말에 귀가 솔깃해졌다. 그 정도 금화라면 상점에 있는 모든 구슬을 사고도 남을 것 같았다. 어쩌면 정말로 무지개 구슬을 찾을 수 있을지도 모를 일이었다. 하지만 그때, 잇샤가 세린의 무릎으로 올라오더니 그녀의 옷을 물고 잡아당기기 시작했다.

"잇샤, 왜 그래. 가만히 좀 있어."

하지만 잇샤는 세린의 옷이 찢어질 만큼 오히려 더 거세게 끌어당겼다.

"먹을 건 아까 충분히 줬잖아! 너한테 금화를 다 쓰는 바람에 난 금화가 필요하단 말이야!"

이번엔 잇샤가 바닥으로 내려와 세린의 발뒤꿈치를 꽉 깨물었다.

"아얏! 너 자꾸 이럴래? 네가 이러니까 주인한테 버림받는…."

세린은 자기도 모르게 말을 내뱉고 손으로 입을 막았다. 뒷말은 이어지지 않았지만, 어렵지 않게 짐작할 수 있었다. 잇샤는 축 처진 얼굴로 꼬리를 내리고 뒷걸음질 치더니 곧 계단으로 달아나 버렸다.

"잇샤!"

자리에서 일어나려는 세린을 프랭크가 붙잡았다. 그롬이 능글맞게 웃으며 말했다.

"어차피 잘됐습니다. 저런 은혜도 모르는 동물 따위는 없는 게 더 낫죠. 자, 게임에 집중하시죠. 홀수를 고르시겠습니까, 짝수를 고르시겠습니까?"

하지만 세린은 더는 할 마음이 들지 않았다. 결국 선택권을 그롬에게 양보했고, 세린은 그롬이 고르지 않은 쪽을 택했다. 컵에 든 주사위가 요란하게 움직였다.

결과는 이번에도 세린의 승리였다.

그롬은 무척 화가 났는지 오히려 아무 말도 하지 않고 고개를 푹 숙이기만 했다. 시뻘게진 얼굴에서는 조만간 김이 날 것 같았다.

"촤악!"

뒤에 있던 경호원 중 하나가 그롬이 잠든 걸로 착각하고 물을 끼얹었다.

가뜩이나 폭발 직전의 그롬은 매서운 눈으로 경호원을 노려보았다. 깜짝 놀란 경호원은 쓰고 있던 선글라스가 벗겨질 만큼 허리를 숙여 잘못을 빌었지만, 그롬은 신경질적으로 손을 내저었다.

곧 프랭크가 경호원을 끌고 갔고, 문 너머로 비명이 들려왔다.

"자, 다음 게임을 시작하죠. 이번엔….."

"잠시만요!"

그롬이 인상을 쓰며 노려보았다.

"뭐죠?"

"저… 그러니까 화장실 좀 다녀올게요, 아까 물을 많이 마셨더니….."

세린은 배를 부여잡고 최대한 괴로운 척 얼굴을 찌푸렸다. 그롬은 때마침 손을 탈탈 털며 들어오는 프랭크를 불렀다.

"프랭크! 이 분을 화장실에 데려다 드리고 반.드.시 다시 모셔와."

세린은 그롬의 붉게 충혈된 눈을 보며 온몸에 소름이 돋는 걸 느꼈다.

'아마 금화뿐만 아니라 내 구슬을 다 가져가려는 속셈일 거야, 여기서 벗어나야 해.'

세린은 속으로만 생각하며 프랭크를 따라 1층에 있는 화장실로 향했다.

"여기서 기다리겠습니다."

프랭크가 화장실로 꺾어지는 복도에 서서 목석처럼 높낮이 없는 어조로 말했다.

"네…."

혹시나 싶어 살짝 뒤를 돌아보았지만, 그는 등을 보인 채 자리를 떠날 줄 몰랐다. 세린은 어떻게든 틈을 봐서 달아날 생각을 하며 통로 끝에 있는 화장실로 향했다. 그러다 마주 오는 도깨비를 보고는 기겁할 만큼 놀랐다.

"듀로프!"

"쉿!"

듀로프가 세린이 소리치지 못하게 입을 막았다.

"잇샤와 저는 보고 듣는 게 연결되어 있어서, 당신이 위험에 처한 것 같아 도우러 왔습니다. 목소리를 낮추세요."

세린은 그의 귀에다 대고 속삭였다.

"듀로프, 저를 좀 도와주세요. 어떤 생쥐 같은 도깨비가 저를 붙잡고 놔주지 않아요."

"구슬은 챙기셨나요?"

"네."

"그럼 제가 시선을 끌 테니 그 사이에 호텔로 도망치세요."

세린이 고개를 끄덕이자 듀로프가 복도를 지키고 있는 프랭크에게 다가갔다.

"이봐, 프랭크. 잘 지냈나? 이야, 전보다 몸이 더 좋아졌군 그래. 난 자네의 이 근육들이 마음에 들어. 마치 내 콧수염처럼 매력적 이란 말이지. 진정한 남자끼리 오랜만에 대화를 좀 나눠보는 게 어떤가. 아 참, 커피 한잔하겠나?"

듀로프는 먹고 있던 커피잔을 들이밀었다. 하지만 프랭크는 거들떠보지도 않았다.

"듀로프, 난 지금 근무 중이야. 그리고 자넨 이미 여기 블랙리스트인 걸 잊었나? 보스 눈에 띄면 좋을 게 없을 텐데?"

"바로 그거야, 프랭크. 그롬은 내가 속임수를 썼다고 생각하지만, 그건 오해야. 그래, 난 오늘 바로 그 오해를 풀려고 온 거야. 자, 그롬한테 나를 안내해 줘."

듀로프가 억지로 프랭크의 몸을 돌리자 세린이 벽 뒤에 숨어 있다가 조심스럽게 움직였다. 그녀는 거의 기다시피 몸을 낮게 웅크리고 그곳을 빠져나갔다.

이제 곧 로비에 도착한다는 생각에 안심할 무렵, 옆에 있던 남자가 느닷없이 소리를 질렀다.

"이런 젠장!"

머리 위 화면에는 서로 다른 과일들이 보였고, 한 번 더 도전하라는 문구가 유난히 반짝이고 있었다. 남자는 머리를 쥐어뜯다가 허리를 숙인 채 의자 옆을 지나가는 세린과 눈이 마주쳤다. 그는 세린을 알아보았다.

"너 아까 잭팟을 터뜨렸지? 나에게 금화 열 개만 빌려줘. 아니 다섯 개면 충분해. 바로 두 배로 갚아줄게, 어서!"

세린은 모든 시선이 자신에게 집중되는 것을 느꼈다. 그중에는 프랭크도 포함되어 있었다.

"거기 서!"

프랭크는 듀로프를 내던지다시피 밀치고 세린에게 달려갔다. 입구 근처에 있던 경호원들도 재빨리 뛰어나와 세린을 둘러쌌다.

"이런."

일이 크게 잘못되었음을 알아차린 듀로프는 품에서 치타 모양의 조각상 꺼냈다. 그가 짧게 중얼거리자 조각상은 살아 움직이는 동물로 변했고, 치타에 탄 듀로프는 빛과 같은 속도로 세린에게 다가갔다.

경호원 하나가 세린의 목덜미를 잡으려는 아슬아슬한 순간이었다. 다행히 듀로프의 움직임이 조금 더 빨랐다. 듀로프는 경호원의 손이 닿기 직전, 세린을 낚아채듯 치타 등에 태우고 기묘한 몸놀림으로 그곳을 빠져나왔다.

"안 돼! 내 구슬을 가져와!"

뒤에서 흥분한 그롬의 외침과 경호원들의 분주한 발자국 소리가 들렸다.

하지만 그것들은 곧 희미해졌다.

지하 미로 감옥

호텔로 돌아온 세린은 숨을 몰아쉬었다.

"고마워요. 덕분에 살았어요."

"뭘요. 제가 해야 할 일을 했을 뿐인데요."

듀로프가 조각상을 안주머니에 넣으며 말했다. 세린은 다리에
힘이 풀려 침대까지 가지도 못하고 근처 의자에 주저앉았다. 듀로
프는 그런 세린을 내려다보며 자리에 서 있었다.

"제가 더 도울 일이 있을까요?"

세린은 손사래를 쳤다.

"아니에요, 괜찮아요. 이미 저를 몇 번이나 구해주신 것만으로
도 너무 감사드려요. 이제 다시 집으로 돌아가야겠어요. 더 있다
가는 목숨이 남아나지 않겠네요. 시간도 얼마 없고요."

하지만 듀로프는 꼼짝도 하지 않았다.

"그래도 제가 뭔가 도울 일이 있을 텐데요, 예를 들면 방금 얻은 구슬을 들여다본다든가…."

"아!"

세린은 짝 소리가 나도록 손뼉을 부딪쳤다.

"당신도 구슬을 보여줄 수 있다고 했죠? 그럼 마지막으로 부탁을…."

구슬을 건네려던 세린은 깜짝 놀라고 말았다.

"듀로프?"

구슬을 바라보는 듀로프의 눈빛은 광기에 사로잡힌 사람처럼 기괴했다. 그는 눈에 핏발이 선 그롬보다 더 무서워 보였다.

"네?"

듀로프가 애써 표정 관리를 하며 대꾸했다. 그러나 정작 세린은 듀로프를 불러놓고도 아무 말이 없었다. 세린의 시선은 어느새 듀로프의 얼굴에서 그의 재킷 소매로 향해 있었다.

듀로프도 그녀를 따라 자신의 소매 끝을 내려다보았다.

"음?"

구슬을 받기 위해 손을 뻗는 바람에 드러난 소매 하단에는 금으로 된 단추가 장신구처럼 줄을 맞춰 달려 있었다. 하지만 그중 하나가 비어 있었다.

그것은 놀랍게도 마타의 서점에서 발견된 것과 같은 모양이었다.

세린은 놀라서 뒷걸음질 치며 물러섰다.

"왜 그러시죠?"

듀로프가 자신의 콧수염을 만지작거리며 물었다. 세린은 혼란 스러운 와중에서도 문득 생각나는 게 있어 그의 콧수염을 자세히 뜯어보았다.

순간 돌돌 말려 있는 수염을 일자로 편다면 웬만한 여자 도깨 비 털보다도 길 것 같았다. 그것은 파마한 긴 머리카락과 다를 게 없었다. 뭔가 퍼즐이 맞춰지는 기분이었다.

자신을 수상하게 쳐다보는 세린의 표정 변화만큼이나 듀로프 의 얼굴도 점차 음흉하게 변했다.

"무슨 문제라도 있나요?"

듀로프는 느긋하게 들고 있던 커피를 마셨고, 세린은 커피에서 김이 모락모락 올라오는 것을 보고 토리야가 했던 말을 떠올렸다.

'연기가 나는 도깨비!'

세린은 뒤로 물러서다가 다리에 힘이 풀려 그만 주저앉고 말 았다.

이를 본 듀로프가 더 이상 묻기를 포기하고 이제는 아예 협박 조로 말했다.

"구슬을 순순히 가져오시죠. 굳이 이런 곳에서 힘을 쓰고 싶진 않군요."

세린은 떨려서 잘 나오지 않는 목소리를 억지로 쥐어 짜냈다.

"당신이었어. 상점에서 물건들을 훔쳐 가고 있던 게…."

듀로프는 굳이 변명하려 하지 않았다. 대신 소름 끼치는 웃음을 흘렸다.

"크하하하!"

듀로프가 성의 없이 박수를 쳤다.

"그걸 알아차리다니 눈치가 보통이 아니시군요. 그냥 얌전히 구슬만 내놓았으면 좋았을 것을. 이걸 대단하다고 해야 할지, 미련하다고 해야 할지…. 뭐, 둘 다라고 해두죠."

듀로프가 가지런한 치아를 드러내며 웃었다. 하지만 조금도 친절해 보이지 않았다. 입은 웃고 있었으나, 눈은 섬뜩하게 빛나고 있었다.

세린은 힘이 풀려버린 다리를 대신해 팔로 힘껏 뒤로 물러났다. 그러나 듀로프도 가만히 있지 않고 그녀에게 다가와 결국 같은 간격이 유지됐다.

세린은 소용없다는 걸 알면서도 외칠 수밖에 없었다.

"잇샤, 도와줘!"

듀로프는 그 말을 듣고 크게 웃음을 터뜨렸다.

"이걸 찾고 있나요?"

그의 손에는 안내 데스크에서 처음 봤을 때와 똑같은 모습의 작은 고양이 조각상이 들려 있었다.

"당신도 참 웃기는군요. 필요 없다고 버릴 때는 언제고, 이제 와서 도와달라고 하는 꼴이라니."

듀로프는 뭐가 그리 웃긴 지 이마에 손을 대고 혼자서 킥킥댔다. 그러다 조금의 망설임도 없이 조각상을 세린에게 건넸다.

"뭐, 아직은 당신 것이니 돌려드려야지요. 여기 있습니다…."

세린은 그의 마음이 바뀌기 전에 얼른 손을 내밀었다. 손끝이 막 조각상에 닿으려는 순간이었다.

듀로프는 조각상을 주는 척하다가 실수한 척 바닥에 떨어뜨렸다.

"어이쿠, 이런!"

그리고 조각상을 발로 뻥 차버리자 벽으로 날아가 부딪히더니 산산조각이 나버렸다.

세린은 그 모습을 보고 또 한 번 무너져 내렸다.

"아, 제 소개가 늦었군요. 정식으로 소개하죠."

듀로프가 이미 흠잡을 데 없이 완벽한 옷매무새를 가다듬었다.

"제 이름은 듀로프, 인간의 자존감을 훔쳐온답니다."

순간 듀로프의 손이 파랗게 타올랐고, 세린의 가슴 부근에서 같은 색깔의 무언가가 빠져나오더니 듀로프의 손으로 들어갔다.

"그럼 편히 쉬시길."

듀로프는 한쪽 손을 가슴에다 대고 허리를 숙였다. 동작만 놓고 본다면, 그 어느 영국 신사들보다 예의 바른 인사였다.

하지만 그 말을 끝으로 세린은 갑자기 몰려오는 피로감을 느끼며 서서히 의식을 잃어갔다.

'여긴 어디지?'

세린은 가까스로 정신을 차리고 주변을 둘러보았다. 하지만 보이는 것은 없었다. 빛 한 점 들어오지 않는 어둠만이 가득한 공간이었다. 바닥은 엉덩이가 배길 정도로 딱딱했다.

세린은 황급히 주머니를 뒤져보았다. 역시나 구슬이 들어 있던 도깨비 자루는 온데간데없었다. 대신 아무런 쓸모도 없는 잡동사니가 담긴 또 하나의 도깨비 자루만 남아 있었다.

"하아…."

세린은 절로 긴 한숨이 흘러나왔다.

"누구 없어요?!"

세린의 목소리가 벽을 타고 사방을 울렸다. 하지만 돌아오는 대답은 없었다.

세린은 문득 떠오른 것이 있어 도깨비 자루를 뒤적였다. 다행히 그녀가 원하던 것이 손에 잡혔다.

그것은 향수 공방에서 산 양초였다. 밑바닥에는 친절하게도 성냥갑이 하나 붙어 있었다.

"치익."

양초가 주변의 어둠을 몰아내고 밝게 타올랐다. 세린이 예상했던 것처럼 텅 빈 공간을 벽들이 여기저기 가로막고 있었다. 세린은 양초를 들고 한참이나 근처를 돌아다녔지만, 어째 같은 곳을 맴도는 기분이었다. 기분이 한없이 우울해졌다.

세린은 걸음을 멈추고 땅바닥에 아무렇게나 주저앉았다. 이런 상황에서도 배가 고픈 자신이 한심했다.

'그거라도 먹을까?'

거인 도깨비가 준 마늘빵이 생각났다. 다행히 뭉개지거나 상하지 않고 자루 속에 잘 들어가 있었다. 꺼내자마자 고소한 냄새가 풍겨왔고, 세린은 우적우적 씹어 삼켰다. 한참을 굶주리다가 갑자기 배를 채워서인지 팔자 좋게 졸음이 밀려왔다. 세린은 굳이 몰려오는 잠을 쫓아내지 않았다.

◆

처음 보는 남자가 자신을 귀여워 죽겠다는 듯이 내려다보고 있었다.

"이 녀석 발길질하는 것 좀 봐. 나중에 축구선수가 되려나? 그게 아니더라도 운동을 하면 잘할 것 같아."

옆에 있던 젊은 아내가 어이가 없다는 듯 웃었다.

"아직 애기인데, 벌써 무슨 그런 얘길 해요?"

하지만 남자는 개의치 않았다. 오히려 더 확신에 차서 말했다.

"왜? 사람 일은 모르는 거야."

그는 자신을 물끄러미 내려다보았다. 남자의 호수 같은 눈동자에 갓 태어난 자신의 얼굴이 비쳐 보였다.

"세린아, 네가 앞으로 무엇을 하든 언젠가 포기하고 싶은 순간들이 찾아올 거야. 하지만 네가 정말로 하고 싶은 일이라면, 아무리 힘들고 어려워도 절대로 포기하지 마. 넌 뭐든 잘할 수 있을 거야."

남자는 아기의 볼에 가볍게 입을 맞추었다. 옆에 있던 아내도 아기의 고사리 같은 손을 잡고 남편의 등을 꽉 껴안았다.

◆

"아빠, 틀렸어요. 전 아무것도 할 수 없어요."

세린은 옅은 잠에서 스르륵 깨어났다. 잊고 있던 지나간 날들이 그녀의 머릿속을 스치고 지나갔다.

'자신을 향한 수많은 비웃음들.'

'교복조차 살 수 없는 형편.'

'별 볼 일 없는 재능.'

아무리 노력하고 애써봐야 언제나 제자리였다.

그 어떤 위로가 담긴 말들도 별로 도움이 되지 않았다.

"거기 누구요!"

세린의 생각을 순식간에 날려버릴 만큼 커다란 목소리였다.

발자국 소리 여럿이 섞여 다가왔고, 세린은 곧 자기 눈을 의심할 수밖에 없었다.

거기엔 세린이 이곳에 오면서 처음으로 만났던 노인이 있었다. 노인도 세린을 알아보았다.

"아니, 자네는!?"

세린은 너무 놀라 입만 뻐끔거리다가 겨우 목소리를 냈다.

"아저씨…."

노인은 양초가 켜져 있는 세린의 근처로 한 발짝 더 다가왔다. 그러자 서로의 이목구비가 조금 더 자세히 드러났다.

"지하 전당포에서 사라지는 바람에 걱정했는데, 이런 데 있었구먼. 몸은 괜찮은가?"

세린은 말을 하면 울음이 터져 나올 것 같아 고개만 끄덕였다. 노인의 등 뒤로 일행으로 보이는 사람들이 있었다. 그제야 그들이 눈에 들어왔다.

더는 놀랄 일이 없을 것 같던 세린은 크게 놀라고 말았다.

그들은 자신이 아는 얼굴이었다.

제일 앞에서 라이터를 들고 있는 사람은 취업에 실패한 명문대생이었다. 그 옆에는 유명한 회사에 다니던 사람, 카페 주인, 핸드폰을 들여다보며 자유로운 삶을 꿈꾸던 사람, 술에 취해 쓰러져 있던 여행 작가도 있었다.

그들은 세린이 이미 알고 있는 자기소개를 했다.

세린은 자신이 겪은 일들을 최대한 짧게 얘기해 주었고, 그들도 일어났던 일을 설명해 주었다. 그러는 동안 양초가 절반이나 타들어 갔다.

"아무래도 그 재수 없는 콧수염 자식이 우리를 가지고 장난을 친 게 분명해."

그들은 각자 욕을 한 바가지씩 퍼부었다.

"그런데 여기서 어떻게 나가죠?"

세린이 혹시나 하는 마음을 가지고 물었다. 그러나 되돌아온 대답은 절망적이었다.

"우리는 자네가 오기 전에 근처를 여러 번 돌아보았네. 하지만 나가는 곳은 오직 한 곳뿐이었어. 문제는⋯."

세린은 눈도 깜박이지 않고 그의 뒷말을 기다렸다.

"그곳엔 무시무시한 도깨비가 지키고 있다는 거지. 손에는 커다란 방망이를 들고 말이야."

노인은 말을 하면서 이마의 식은땀을 닦았다.

겨우 붙잡고 있던 희망의 끈이 끊어지는 기분이었다. 다른 이들의 얼굴에도 어두운 그늘이 드리워져 있었다. 차마 입 밖으로 꺼내진 않았지만, 모두 포기하는 분위기로 흘러가고 있었다. 세린 역시 상황을 받아들이려 할 때 갑자기 떠오른 생각이 있었다.

"혹시 이게 도움이 될까요?"

세린은 주머니에서 꼬깃꼬깃한 도깨비 자루를 꺼내 들었다. 하지만 다들 그게 뭐냐 싶은 표정이었다. 작게 헛웃음을 터뜨리는 사람도 있었다. 세린은 얼른 주머니를 열고 안에 든 것들을 보여 주었다.

주머니를 뒤집어 흔들자 각종 잡동사니가 떨어져 내렸다.

"이게 다 뭐야?"

그제야 사람들의 표정이 달라지기 시작했다. 그들이 한 발짝 양초 쪽으로 가까이 모여들어서인지 얼굴이 좀 더 환해진 느낌이었다.

그들은 바닥에 떨어진 물건들과 아직 자루에 남아 있는 물건을 보며 머리를 맞대고 의논하기 시작했다.

그러는 동안 세린은 노인과 따로 앉아 이야기를 나눴다. 아까 미처 하지 못했던 말들이 빠르게 오고 갔다.

"여기 있는 사람들은 제가 다 구슬에서 봤던 사람들이었어요."

이야기를 듣는 노인의 표정도 심상치 않았다.

"그리고 마지막에는 돈이 많이 들어 있는 구슬을 골랐죠. 그게 혹시 아저씨 구슬일까요?"

세린은 조심스럽게 자신의 추리를 내놓았다.

"아마도 맞을 듯싶네."

예상이 들어맞자 더욱 궁금해졌다.

"그럼 대체 아저씨는 상점에 왜 오신 거죠?"

노인은 말없이 빙그레 웃었다.

"나도 물론 내가 원하는 행복을 찾기 위해서였지."

"아저씨도 원하는 게 있나요?"

"물론이지."

노인은 아직도 열띤 토론 중인 사람들을 어깨너머로 슬쩍 쳐다보고는 말을 이었다. 세린의 눈망울이 그 어느 때보다 초롱초롱 빛나고 있었다.

"내가 여기서 얻고자 했던 건 자네와 같은 젊음이었어. 돈이 아무리 많다고 한들 시간을 되돌릴 수는 없으니까. 자네에겐 추억이 있나?"

세린은 뜬금없는 질문에 당황했다.

"추억이요?"

"그래, 언제든 떠올리면 행복한 순간들 말이야. 나에겐 그게 없다네. 난 평생을 사업만 하느라 나중에야 뒤늦게 깨달았지."

노인이 작게 한숨을 터뜨렸다.

"돈보다 훨씬 소중한 것들도 있다는 걸 말이야. 내가 젊을 때로 돌아갈 수 있다면, 난 사랑하는 사람들과 좀 더 많은 시간을 보낼 거야."

세린은 노인이 말한 걸 가만히 떠올려 보았다. 잇샤와 함께한 순간들이 기억났다.

'니콜이 구워준 케이크를 얼굴에 묻혀가며 함께 나눠 먹던 일.'

'말썽나무 열매를 따기 위해 갖은 고생을 하며 뛰어다녔던 일.'

'푸드 파이트 대회에서 우승하고 손도장, 발도장을 찍던 일.'

모두가 하나같이 소중한 기억이었다.

결국 눈물이 터져 나왔다. 잇샤가 보고 싶었다.

"있어요."

노인은 세린이 울도록 내버려 두고 찬찬히 그녀의 말을 들어주었다.

"잇샤는 이곳에 와서 만난 고양이예요. 제가 구슬을 찾을 수 있도록 도와줬죠. 근데 제가 잇샤에게 해서는 안 되는 말을 했어요. 이미 마음에 큰 상처가 있는 고양인데…."

그녀의 얼굴이 눈물과 콧물로 범벅이 되자, 노인은 그녀에게 자신의 손수건을 건넸다. 고급 원단으로 만들어진 무지개 색 손수건이었다. 세린은 얼굴을 닦다가 갑자기 숨을 헉 들이켰다. 노인이 깜짝 놀라 세린을 쳐다보았다.

"왜, 뭐가 잘못되었나?"

하지만 세린은 대꾸도 하지 않고 손수건을 뚫어져라 쳐다보기만 했다. 대답은 한 템포 늦었다.

"듀로프가 왜 구슬을 가져갔는지 알겠어요. 어쩌면 사람들이 왜 이곳에 갇히게 되었는지도…."

세린은 주머니에 넣어둔 안내 책자의 첫 페이지를 펼쳐 들었다.

"그게 무슨…."

노인이 채 묻기도 전에 다른 사람들이 우르르 몰려왔다. 회의를 끝낸 모양이었다. 한 남자가 잔뜩 상기된 얼굴로 말했다.

"완벽하진 않지만, 해볼 만한 방법을 찾았어요."

세린과 노인은 하던 얘기를 멈추고 귀를 기울였다.

"시간이 많이 없으니 짧게 얘기할게요. 우리는 세린 양이 갖고 있던 것들로 일종의 덫을 만들 거예요."

다른 사람의 얼굴은 다 낯이 익었지만, 그는 이곳에서 유일하게 처음 보는 남자였다. 얼핏 듣기로 족장의 방에 몰래 들어가려다 이곳에 잡혀 왔다고 했다.

"그러려면 우선 저 출구에 있는 도깨비를 유인할 사람이 한 명 필요해요."

남자는 사람들을 쭉 둘러보았다. 하지만 아무도 선뜻 나서지 못했다.

그때 세린이 손을 들었다.

"제가 해도 될까요?"

사람들이 모두 놀란 얼굴로 세린을 쳐다보았다. 하지만 누구보다 놀란 건 세린 자신이었다. 조금 전까지만 해도 아무것도 할 수 없다는 생각들로 가득했었는데, 어느샌가 한번 부딪혀 보자는 마음이 서서히 차오른 것이다. 세린은 옆에 내려놓았던 향초를 바라보았다. 이제 거의 다 타고 심지가 삐죽 솟아 있었지만, 여전히 좋은 향이 났다. 그리고 뒤늦게 향초의 이름이 생각났다.

"괜찮겠어요? 위험할 수도 있어요."

남자가 걱정스럽게 물었다.

"달리기라면 자신 있어요."

세린이 확신에 차서 말하자 남자도 결국 고개를 끄덕였다.

"그럼 제가 세린 양을 도깨비에게 데리고 갈게요. 나머지 분들은 아까 얘기한 대로 덫을 만들어 주세요. 가시죠, 세린 양."

도깨비는 멀리 있지 않았다.

그들은 빌려온 라이터 불빛에 의지해 길을 따라 걸어갔다. 곧 막다른 골목이 나타났고, 커다란 횃불이 하나 걸려 있었다. 가까이서 코 고는 소리가 크게 들려왔다.

"바로 저깁니다."

남자가 가리킨 곳에는 성인 남자보다는 크고 토리야보다는 작은 도깨비가 방망이에 기대서 잠을 자고 있었다. 인상이 덩키 못지않게 흉악했다. 과연 생긴 것을 직접 보니, 다들 겁을 집어먹을 만했다. 출구로 보이는 철문은 바로 그 도깨비 너머에 있었다. 세린은 새삼 긴장이 되어 어깨를 부르르 떨었다.

"할 수 있겠어요? 못하겠으면 지금이라도…."

"아니요, 해보겠어요. 저희가 왔던 곳으로 데려가면 되는 거죠?"

세린은 남자가 대답을 하기도 전에 한 발 앞으로 나섰다. 그리고 마침 발에 챈 돌멩이 하나를 주워 들어 세게 집어던졌다. 돌멩이는 직선으로 날아가더니 정확히 코에 가서 맞았다. 도깨비가 인상을 쓰며 눈을 뜨자 세린은 겁도 없이 대뜸 소리쳤다.

"야, 이 못생긴 도깨비야! 너는 입에서 방귀 냄새보다 지독한 냄새가 난다며? 아마 여자 도깨비들은 네 근처에도 안 오려고 할 거야!"

무작정 생각나는 대로 내뱉은 말이었지만, 도깨비의 누렇다 못해 샛노란 이를 보니, 어느 정도는 사실이겠거니 싶었다. 기분 탓인지 몰라도 도깨비는 유독 뒷말에 더 크게 화가 난 것 같았다.

도깨비는 눈을 부라리며 성큼성큼 다가왔다.

"제가 제대로 한 게 맞나요?"

세린이 자신 없는 목소리로 물었다. 남자도 자신 없게 답했다.

"좀 심한 것 같긴 했어요, 엄청 화가 났나 봐요. 아무튼 어서 갑시다."

그들은 원래 있던 곳으로 걸음아 나 살려라 도망가기 시작했다.

다행히 노인과 일행은 만반의 준비를 끝내고 있었다. 달려오는 세린을 정면으로 못 오게 하고 한쪽 벽으로 바짝 붙어서 오게 했다. 세린이 밟을 뻔한 바닥에는 투명한 액체가 가득 뿌려져 있었다. 그게 뭔지 물을 새도 없이 도깨비가 들이닥쳤다.

도깨비는 충치가 가득한 이를 드러내며 잡아먹을 듯이 달려왔다.

사람들도 겁을 집어먹고 뒤로 달아났으나, 멀리 가지는 않았다. 뭔가 믿는 구석이 있는 모양이었다. 그리고 세린의 예상은 적중했다.

거칠게 달려오던 도깨비가 좀 전의 하얀 액체를 밟고 우당탕 소리를 내며 뒤로 고꾸라진 것이다.

"쿵!"

어찌나 세게 넘어졌는지 이대로 바닥이 무너져 내릴까봐 잠깐 걱정이 될 정도였다. 하지만 도깨비는 생각보다 튼튼했다. 그렇게 심하게 넘어졌음에도 서서히 몸을 일으키고 있었다. 세린은 정말로 도망쳐야 하는 게 아닌가 싶어 잽싸게 달아날 준비를 했다. 하지만 다른 사람들을 보니 달아날 생각은 하지 않고, 천장을 쳐다보고 있었다. 세린의 시선도 자연스럽게 그곳을 향했다. 곧 세린의 턱은 벌레가 들어가도 모를 만큼 벌어지고 말았다.

여행 작가라던 남자가 세린의 도깨비 자루를 들고 벽 위로 올라가 있었던 것이다. 벽 한쪽 귀퉁이에는 남자가 올라갈 때 쓴 것처럼 보이는 길쭉한 막대가 서 있었다. 정원사 포포에게 받았던 대나무 싹이 자라난 것이 틀림없어 보였다.

남자는 도깨비 머리 위로 이동해 책 모서리가 삐죽 튀어나와 있는 자루를 털어냈다. 곧 대문짝만한 책이 떨어져 내렸다.

"픽!"

둔탁한 소리와 함께 도깨비가 또 한 번 쓰러졌다. 이번엔 완전히 정신을 잃었는지 바닥에 누워 일어날 줄을 몰랐다. 자세히 보니 입에 거품을 물고 있었다. 사람들은 작게 기쁨의 소리를 지르며 도깨비를 타 넘어갔다. 세린도 도깨비를 밟지 않도록 조심하며 사람들을 따라 아까 봐두었던 탈출구로 향했다.

"거의 다 온 것 같아요! 다들 힘내요."

하지만 앞서가던 이들은 낭떠러지를 만난 것처럼 문 앞에서 멈춰 섰다.

그제야 그들은 심각한 문제를 깨달았다.

문은 굳건히 잠겨 있었고, 열쇠를 가진 이는 아무도 없었다.

얀의 라운지 바

제일 앞에 있던 남자가 '꽝'소리가 나도록 철문을 발로 찼다. 손으로도 힘껏 흔들었지만, 문은 꿈쩍도 하지 않았다. 사람들은 웅성대기 시작했다. 다시 돌아가 기절한 도깨비 몸을 뒤져보자는 얘기가 나왔으나, 아무도 자처하는 사람은 없었다. 중간에 깨어날 가능성을 생각하면 위험부담이 너무 큰 도박이었다.

남자는 철문에 달린 열쇠 구멍을 가까이서 살펴보며 말했다.

"꼭 열쇠가 아니더라도 철사 같은 게 있으면 어떻게 해보겠는데…."

남자는 아무 생각 없이 뒤를 돌아보다가 세린을 보고 깜짝 놀랐다. 하지만 놀란 건 세린도 마찬가지였다. 남자는 세린의 머리에 달린 나비 모양 머리핀을 보고 놀란 것이었고, 세린은 그의 정

체를 알아본 것이었다. 남자는 세린이 이곳에 오기 전 학교 도서
관에서 봤던 책의 저자였다. 남자의 한쪽 눈에는 열쇠 구멍을 들
여다보느라 생긴 검은 자국이 찍혀 있었다. 그리고 그것은 누군가
사진에 매직으로 그린 안경과 겹쳐 보였다.

"혹시….."

하지만 세린이 묻는 것보다 남자의 다급한 외침이 더 크고 빨
랐다.

"거기 머리핀 좀 줘요!"

세린은 얼떨결에 머리핀을 건넸고, 남자는 그것을 피더니 열쇠
구멍에 집어넣기 시작했다. 세린은 남자가 책에서 언급한 과거에
교도소를 들락날락했던 이유를 알 수 있었다.

"딸칵."

짧지만 경쾌한 소리였다. 문이 한 뼘 정도 소리를 내며 열리자
사람들은 마침내 참아왔던 환호성을 질렀다.

"어서 가지!"

노인이 세린의 어깨를 두드렸고, 세린은 벌써 빠져나가기 시작
한 사람들의 뒤를 따라갔다.

멀리서 빛이 보이기 시작했다. 세린이 상점에 처음 발을 들일
때 봤던 문이었다. 춤을 추던 도깨비들이 없다는 점만 빼면 크게
달라진 것 같지 않았다. 심지어 문 옆에 있던 거대한 시계도 그대

로였다. 다만 물이 크게 줄어들어 있어 얼마 안 가 바닥을 드러낼 것 같았다.

다행히 문은 열려 있었다. 사람들은 앞다투어 하나둘 문밖으로 빠져나갔다.

올 때 그랬던 것처럼 나갈 때도 세린과 노인이 제일 뒤에 남았다. 노인은 문을 나가려다가 뒤에 멀뚱히 서 있는 세린을 바라보았다.

"왜 안 가나?"

"먼저 가세요, 저는 아직 할 일이 있어요."

노인은 당최 이해할 수 없다는 표정을 지었다. 그러다 뭔가 짚이는 게 있었는지 세린을 슬쩍 떠보았다.

"혹시 아까 말했던 고양이 때문인가?"

세린이 말없이 고개를 끄덕였다. 노인은 세린의 눈을 지그시 바라보다가 가볍게 미소를 지었다.

"젊다는 게 좋은 거지. 자네의 그런 용기가 부럽구먼. 그래도 너무 늦지는 말게. 몸조심하고."

노인은 세린에게 짧게 건투를 빌어주고는 나가던 문을 마저 빠져나갔다. 상점은 곧 텅텅 비어버렸다. 잠시 뒤, 세린의 발소리만이 넓은 홀을 가득 메웠다.

세린은 오면서 봐두었던 엘리베이터로 달려갔다. 듀로프가 있을 곳이 짐작되었기 때문이다.

하지만 엘리베이터에는 고장 표시가 붙어 있었다.

'아.'

세린은 우두커니 서서 고장 난 엘리베이터를 바라보았다. 불 꺼진 버튼을 의미 없이 눌러보기도 하고, 손바닥으로 문을 세게 내려치기도 했지만, 그런다고 엘리베이터가 다시 작동될 리 없었다. 세린은 힘없이 고개를 떨구었다. 여기까지인가 싶어 걸음을 다시 되돌리려는 순간이었다.

'깜박, 깜박.'

엘리베이터 옆에는 비상용 통로 표시가 깜박이고 있었다. 세린은 슬며시 문을 밀어보았다.

문은 오래도록 사용한 사람이 없었는지, 쇠가 찢어지는 듯한 시끄러운 소리를 내며 세린이 겨우 들어갈 만한 틈을 만들었다. 그리고 문 너머로 까마득한 계단이 펼쳐져 있었다.

그것은 세린의 집과 학교 사이에 놓인 계단과 무척이나 닮아 있었다.

'할 수 있을까.'

고민은 길지 않았다.

세린은 고장 난 엘리베이터를 내버려 두고 계단을 오르기 시작했다.

◆

듀로프는 콧노래를 흥얼거리며 엘리베이터에 올랐다. 손에는 마타가 세린에게 준 도깨비 자루가 들려 있었다. 버튼을 누르자 엘리베이터가 기계음을 내며 천천히 움직이기 시작했다.

"펑!"

꼭대기 층에 도착한 듀로프는 엘리베이터를 단숨에 고장 내버렸다. 그는 전류가 합선되어 불꽃을 일으키는 엘리베이터를 뒤로하고 어디론가 향했다.

듀로프의 구둣발 소리가 좁은 복도에 울려 퍼졌다.

'얀의 라운지 바.'

듀로프는 복도 끝에 다다라 잠시 멈춰 섰다. 앞에는 멋들어진 글씨체로 쓰인 간판이 균형감 있게 걸려 있었다. 그리고 손잡이에는 영업시간 종료를 알리는 'Closed' 문구가 삐딱하게 매달려 있었다.

듀로프는 인상을 구겼다. 언제나 얼굴에 미소를 띠고 있던 그답지 않은 모습이었다. 이번엔 한술 더 떠 문을 발로 뻥 차고 들어갔다. 불 꺼진 영업장은 손님들의 온기가 남아 있지 않아 썰렁했다.

"우리 위대하신 족장님과 술 한잔하려고 했더니만. 이거 아쉽게 됐군."

당연히 혼잣말인 줄 알았으나, 돌아오는 대답이 있었다.

"너무 실망하지 마. 말벗은 내가 해줄 테니까. 원하면 몸도 같이 풀어주지."

어두컴컴한 영업장 안에는 혼자서 탁자에 앉아 술잔을 기울이고 있는 베르나가 있었다. 그리고 어둠 속에 녹아 있던 커다란 거미 한 마리가 있었다. 거미는 천장에 매달려 있다가 천천히 바닥에 내려앉아 베르나 옆에 섰다. 머리에 달린 여섯 개의 눈이 반짝였다.

"글쎄…, 당신 정도면 준비운동도 안 될 것 같은데, 베르나?"

듀로프도 주머니에서 조각상을 꺼내 들었다.

베르나는 술잔에 들어 있던 얼음을 아작아작 소리가 나도록 씹으며 말했다.

"고물상에서 한 번 이긴 거 가지고 너무 우쭐대지 마. 난 조용히 구슬만 가져올 생각이었거든. 그땐 널 단지 지켜보는 중이었으니까."

그녀가 손가락을 튕기자 탁자와 의자에 숨어 몸을 웅크리고 있던 거미들이 튀어나와 듀로프를 둘러쌌다. 하지만 듀로프는 조금도 당황하는 모습을 보이지 않았다.

"나를 줄곧 감시했다면, 내가 왜 여기에 왔는지도 알겠군. 근데 고작 이런 걸로 나를 막겠다고?"

"물론 네가 인간의 구슬을 훔쳐서 이곳에 온 걸 알아. 그걸로 무지개 구슬을 만들 속셈이겠지. 아니면 이미 만들었거나."

듀로프가 과장된 몸짓으로 박수를 쳤다.

"역시 훌륭해. 한 가지 힌트를 주자면 아직 만들지 않았어. 난 그걸 그 영감탱이가 보는 앞에서 만들 생각이야. 족장이 놀라 자빠지는 꼴을 꼭 보고 싶어서 말이지."

베르나는 크게 콧방귀를 뀌었다.

"흥, 족장님은 별로 놀라시지 않을걸. 예전부터 네 야망이 크다는 걸 알고 나를 통해 항상 주시하도록 하셨으니까. 네가 일부러 인간을 골라 상점에 초대한 것도, 상점의 물건을 훔쳐서 전당포에 있던 구슬을 원하는 색으로 바꾼 것도, 영물로 환상을 조작해 특정 부분만 보여준 것도 이미 보고드렸어. 네가 할 일은 족장님께 무릎을 꿇고 눈물로 사죄하는 것밖에 없어, 듀로프."

듀로프는 고개를 숙이더니 어깨를 떨기 시작했다. 우는 건가 싶었지만 울음소리는 없었다. 그는 크게 웃고 있었다.

"언제까지 다 죽어가는 족장 밑에서 이렇게 한심하게 살아갈 거지? 인간의 마음을 조금만 많이 뺏어 와도 바로 저주에 걸리는 이런 약해 빠진 모습으로 말이야. 내가 무지개 구슬의 힘을 얻어 새로운 족장이 되면 가장 먼저 도깨비들이 지배하는 세상을 만들 거야. 숨어 사는 것 따윈 지긋지긋하다고, 안내인 노릇은 더더욱."

베르나는 마시던 술잔을 내려놓았다. 아직 술이 남아 있었지만, 그 이상 마실 생각은 없어 보였다.

"말 상대는 여기까지 하는 걸로 하지. 더는 시답잖은 소리를 못 들어주겠군."

"나도 네가 이해할 거라고는 생각 안 했어. 네 얼굴을 보고 있자니 술 한잔할 생각도 사라졌군."

듀로프가 주문을 외우자 조각상들이 살아 움직이기 시작했다.

"그래? 잘됐네. 나도 마침 술맛이 떨어졌거든."

베르나의 가벼운 손짓 한 번에 크고 작은 거미들이 일사불란하게 듀로프를 향해 달려들었다.

잠시 뒤, 귀청을 찢을 듯한 커다란 폭발음이 들려왔다.

◆

"쾅!"

힘겹게 계단을 오르던 세린은 어디선가 들려온 소리에 고개를 돌렸다. 그것은 비교적 가까운 곳에서 들려왔다.

"여긴 어디지?"

몇 층인지 세는 것은 진즉에 포기한 세린이었다. 층수 표시도 없이 똑같은 모양의 계단이 계속 이어졌던 터라 좀처럼 가늠이 되지 않았다. 평소 집과 학교 사이에 있던 계단을 오르내리지 않았더라면, 엄두도 못 냈을 높이라는 것만은 분명했다. 다행히 소리가 들려온 쪽에 작은 문이 있었다.

'저기가 끝인가?'

세린은 제발 자기 생각이 맞길 바라며, 조심스럽게 문을 열었다.

문 너머는 한마디로 아수라장이었다.

긴 복도를 가로질러 조각난 간판이 문 앞까지 날아와 널브러져 있었고, 복도 끝의 문짝은 너덜너덜하게 뜯겨나가 있어 안이 훤하게 들여다보였다. 하지만 희한하게도 실내 풍경은 낯설지 않았다.

얼핏 그림자처럼 보이는 거미들과 여러 동물이 서로 엉겨 붙어 싸우고 있었는데, 거미는 고물상에서 봤던 것에서 크기만 줄어든 모습이었고, 각종 동물 역시 눈에 익은 것들이었다.

무엇보다 격전지 한가운데에 눈에 잘 띄는 보라색 슈트를 입고 커피잔을 들고 있는 도깨비가 있었다. 그는 마치 자신과는 상관없는 싸움을 지켜보듯 여유로운 얼굴이었다.

"듀로프!"

들리지도 않는 거리였지만, 세린은 그의 이름을 외쳤다. 자신도 모르게 입술을 깨무는 바람에 옅게 피가 배어 나왔다.

듀로프는 부서진 집기가 한쪽으로 쏠려 있는 곳을 바라보고 있느라 세린이 다가오는 걸 미처 눈치채지 못하고 있었다. 무덤처럼 잔해가 가득 쌓인 곳에서 작은 소리가 흘러나왔다. 베르나의 신음이었다.

듀로프는 이미 이렇게 될 걸 알고 있었다는 듯이 표정 하나 바꾸지 않고 말했다.

"너 정도는 무지개 구슬을 쓸 필요도 없지."

그는 이미 우세를 점하기 시작한 주변을 둘러보며 만족스러운 미소를 지었다. 그러다 어느새 문 앞까지 도착한 세린과 눈이 마주쳤다.

듀로프는 어지간해서는 손에서 놓는 법이 없는 커피잔을 놓칠 만큼 놀랐다. 하지만 애써 태연한 척 입을 열었다. 그의 표정 관리는 마법보다 무서워 보였다.

"아니, 이게 누구신가? 어서 오시죠, 레이디."

마치 자신의 가게에 오랜만에 놀러 온 손님을 대하는 듯한 태도였다.

"내 구슬들을 당장 돌려줘. 난 그걸로 잇샤를 살려낼 거야."

세린은 듀로프를 보자마자 다짜고짜 본론을 꺼냈다. 아무리 용기의 향초가 힘을 줬다고 한들 이런 상황에서 갑자기 꺼낼 만한 말은 아니었다. 요란하던 실내가 서서히 조용해졌다.

듀로프는 순간 인간의 언어를 잊어버린 것처럼 멍하니 세린을 바라보았다. 자신이 들은 걸 이해하지 못해 애쓰는 모습이었다.

"크하하하하."

잠시 뒤 그는 고개를 젖히고 큰 소리로 웃기 시작했다. 급기야 배를 부여잡고 바닥을 데굴데굴 구르기까지 했다. 어찌나 심하게 웃던지 이대로 내버려 두면 싸우지 않고도 듀로프를 물리칠 수 있지 않을까 싶을 정도였다.

하지만 아쉽게도 그는 바닥에서 몸을 일으켰다.

"이거, 이거 무서워서 죽을 지경이군요."

듀로프가 눈가에 맺힌 눈물을 행커치프로 닦으며 말했다.

"자, 어디 한번 가져가 보시죠."

듀로프는 손을 올리고 무방비 자세를 취했지만, 세린은 그에게 다가갈 수 없었다. 흩어져 있던 동물들이 그의 주위로 모여들고 있었던 것이다.

입에는 방금까지 물고 있던 그림자 거미들의 진액이 묻어서 피를 흘리는 것처럼 보였다.

수십 개의 송곳니가 일제히 세린을 향했다.

펜트하우스

세린은 문 앞에서 꼼짝도 할 수 없었다. 하필 이때 향초의 효력이 다해 가는지 다리가 사시나무 떨리듯 후들거리기 시작했다.

그에 반해 듀로프는 능글맞은 미소를 흘리며 세린에게 한 걸음 더 다가왔다. 동시에 날카로운 이빨을 드러낸 동물들도 한 걸음 더 가까워졌다.

"제가 왜 당신을 고른 줄 아시나요?"

듀로프는 자기가 물어봐 놓고 자기가 대답했다.

"그건 당신이 특별해서가 아닙니다. 바로 당신이 제일 쓸모없는 인간이었기 때문이지요."

세린은 주먹을 불끈 쥐었지만, 단지 그뿐이었다. 듀로프에겐 조금의 위협도 되지 못했다.

"가진 것도, 할 줄 아는 것도 없고, 심지어 친구 하나 없는 인간이라니."

듀로프가 또다시 목청껏 웃음을 터뜨렸다.

"그래서 저는 생각했죠. 당신 같은 쓸모없는 인간을 그나마 가치 있게 이용할 방법을."

듀로프는 풀리지 않던 수학 난제를 풀어낸 수학자처럼 자랑스럽게 떠들어댔다.

"그건 바로 저에게 무지개 구슬을 직접 가져오도록 만드는 거였습니다. 물론 쉽지는 않았죠, 당신이 갖고 싶어 할 만한 구슬에 따로 색을 입혀야 했으니까. 만약 당신이 제가 짜놓은 계획에서 벗어났다면 잇샤를 통해 최면을 걸 생각이었지만, 그럴 필요도 없더군요. 어찌나 제 생각대로 움직이던지."

듀로프는 안 주머니에서 도깨비 자루를 꺼내 들었다.

"그래도 뭐, 당신 덕분에 제가 원하던 것을 이룰 수 있겠군요."

듀로프가 손을 들어 올리자, 맹수들이 엉덩이를 치켜들고 곧바로 달려들 자세를 취했다.

"그럼 감사의 의미로 고통 없이 한번에 보내드리죠."

세린도, 맹수도 모두 숨을 크게 들이마셨다. 세린은 결국 두려움을 견디다 못해 눈을 질끈 감아버렸다. 그렇게 듀로프의 돌진 명령이 막 떨어지려는 순간이었다.

"빰빠라밤-."

어디선가 쿵작거리는 음악 소리가 들려오기 시작했다. 탁자 잔해 속에 파묻혀 있던 베르나가 간신히 고개를 들었다. 그녀는 의미를 알 수 없는 미소를 지었다.

"오늘따라 손님이 많군."

세린의 등 뒤로 익숙한 얼굴들이 줄을 맞춰 세린을 향해 오고 있었다.

제일 앞에는 손을 꼭 붙잡은 마타와 하쿠가 있었다. 마타의 어깨에는 세린이 고물상 동굴에서 보았던 커다란 오디오가 올려져 있었다. 커다란 음악 소리는 오디오 스피커에서 흘러나오고 있었다.

"듀로프! 우리 친구에게서 물러나!"

마타가 작은 체구답지 않게 큰 목소리로 외쳤다.

"세린 양, 괜찮아요?"

오다가 바닥에 널린 간판 조각을 밟고 넘어졌던 엠마가 재빨리 일어나며 물었다.

"너 이 자식! 내가 너 때문에 얼마나 고생을 했는데!"

니콜이 양손에 악취 스프레이를 들고 소리쳤다.

"세… 린…."

포포 할머니를 어깨에 얹고 도착한 토리야도 있었다. 토리야의 앞주머니에는 세린이 따다준 보라색 꽃이 꽂혀 있었다.

세린은 갑작스러운 상황에 아무 말도 못 하고 서 있었다.

그들은 세린을 보호하듯 둘러쌌다.

"이게 무슨…."

듀로프는 진땀을 흘리며 뒤로 물러섰고, 맹수들도 섣불리 달려들지 못했다. 언제나 여유롭던 듀로프의 얼굴에 당황한 기색이 역력했다.

"감히 내 생명의 은인을 위협하다니!"

팡코는 자신이 가져온 원숭이 로봇의 태엽을 감으며 말했다. 그는 이전에 봤던 것보다 훨씬 커다란 장난감 로봇을 들고 와서 순식간에 조립을 끝낸 뒤였다. 로봇을 바닥에 내려놓자 손에 달린 커다란 쟁반을 박수 치듯 서로 부딪치며 앞으로 나아갔다. 하지만 채 몇 걸음도 걷기 전에 넘어져 버렸다.

바닥에 깔려 있던 먼지가 자욱하게 올라왔다.

"콜록! 콜록!"

듀로프는 이때를 기회 삼아 뒤로 물러났다. 그는 도깨비 자루를 들고 있던 반대쪽 손으로 또 다른 도깨비 자루를 꺼내더니 거기서 작은 책 한 권을 빼 들었다.

마타가 잃어버린 책과 정확히 같은 크기였다.

"이렇게 된 이상 어쩔 수 없지."

듀로프는 악보가 적힌 페이지를 펼쳤다. 그리고 곧 그의 느끼한 목소리가 사방에 울려 퍼졌다.

"앗! 저건!"

마타가 노래를 알아듣고 소리쳤다.

구슬들이 하늘로 떠오르더니 눈이 부실 만큼 빛이 뿜어져 나오기 시작했다. 구슬은 곧 본연의 색을 잃어버리고 서로 합쳐져 버렸다. 하나가 된 구슬은 이름 그대로 무지개 색이 되었다. 구슬은 누군가 실을 달아 조종하는 것처럼 천천히 듀로프의 손에 내려앉았다.

"드디어…."

듀로프는 신비롭다 못해 성스러워 보이는 구슬을 손에 쥐었다. 순간적으로나마 듀로프의 몸 전체에서도 빛이 뿜어져 나왔다가 빠르게 사그라들었다.

빛은 곧 듀로프의 사악한 미소와 어울리는 검은색이 되어 은은하게 그를 감쌌다.

"그럼 어디…."

듀로프가 손을 뻗자 지붕이 통째로 날아갔다. 그는 자기가 하고도 놀랐는지 손을 내려다보았다.

"호오."

듀로프는 작게 탄성을 터뜨리고는 이번엔 벽을 바라보고 손을 뻗었다. 벽이 곧장 무너져 내렸고, 벽 뒤에 감춰져 있던 웅장한 펜트하우스가 모습을 드러냈다. 듀로프의 치아가 천장을 통해 쏟아지는 햇살을 받아 더욱 하얗게 빛났다.

"제가 여러분을 모두 쓰러뜨린다면, 아마 족장도 더는 숨어 있지 않고 모습을 드러내겠지요? 제 힘을 다 쏟아부은 조각상이 얼마나 강할지 저조차도 기대되는군요."

그의 손이 쓰러진 거미들을 향했다. 손에서 잉크 같은 검은빛이 흘러나왔고, 거미들의 사체가 하나로 합쳐지기 시작했다. 거미들은 순식간에 찰흙처럼 뭉치더니 이내 하나의 거대한 돌이 되었다.

그리고 돌은 곧 살아 움직이는 거미가 되었다.

그것은 세린이 쓰레기 산에서 봤던 것보다 훨씬 거대하고, 훨씬 괴상한 모습이었다. 동물 조각상은 도깨비들이 어떻게든 막아선다고 해도, 눈앞의 거미는 도저히 상대할 방법이 보이지 않았다.

세린을 지키러 온 도깨비들의 이마에 식은땀이 송골송골 맺혔다. 특히나 팡코는 방금 막 세수를 한 것처럼 땀이 흥건했다.

겨우 용기를 되찾은 세린의 얼굴이 다시 굳어져 버렸다.

"감히 누가 우리 식당의 챔피언을 건드리나!"

갑자기 확성기를 댄 것보다 큰 목소리가 부서진 벽을 타고 쩌렁쩌렁 울렸다. 모두가 그쪽을 돌아보느라 팽팽했던 긴장감이 잠시 흐트러졌다. 복도에서 나타난 이들은 하나같이 덩치가 집채만 했다.

그중에서도 무리를 이끌고 온 도깨비는 한 손에 꽃무늬 국자를 들고 나머지 손으로 코를 후비고 있었다.

"보르도!"

옆에는 감자튀김을 수염에 매달고 있는 도깨비와 잔뜩 인상을 쓰고 있는 도깨비도 있었다.

"행크! 덩키!"

"우리가 좀 늦었지?"

보르모였다. 보르모는 거대한 프라이팬을 손에 들고 변명했다.

"미안, 형이 길을 까먹는 바람에…. 그래도 보아하니 딱 맞춰온 것 같네."

거인족 도깨비들이 옆에 서자 열세로 보이던 세린 쪽에 겨우 균형이 맞춰졌다. 거인족 도깨비들은 가지고 온 주방기기들을 하나씩 꺼내 들었다. 행크가 맥주잔을 떨어뜨린 것만 빼면 흠잡을 데 없이 멋진 등장이었다.

듀로프는 예상외의 병력이 계속해서 추가되자 당황하긴 했으나, 그렇다고 전의를 잃어버리진 않았다. 그 역시 방금 무지개 구슬을 손에 넣은 탓에, 그 어느 때보다 자신감이 차고 넘쳤다. 단순히 기분 탓이 아니었다. 몸에서 흘러나오는 검은 연기가 그걸 증명했다. 한동안 먹지도, 잠을 자지 않아도 끄떡없을 것 같았다.

"뭐, 좋습니다. 제 힘을 시험해 보기에 딱 좋을 것 같군요."

듀로프가 손에 쥔 구슬에서 검은색 기운이 뭉게뭉게 피어올랐다. 거대 거미가 천천히 몸을 움직였고, 동물 조각상들은 이전보다 사납게 짖어댔다.

세린을 구하러 온 다른 도깨비들도 즉시 전투 자세를 취했다.

니콜은 향수를 온몸에 뿌린 뒤에 악취 스프레이를 조준했고, 마타는 가지고 온 커다란 책을 손에 쥐었다. 옆에서 하쿠도 통조림 캔 던질 준비를 마쳤다. 엠마는 비장한 얼굴로 앞치마에서 코털 가위를 꺼냈다가, 얼른 전기톱으로 바꿔 들었다. 팡코도 넘어진 원숭이 로봇을 고치느라 여념이 없었다. 다행히 다시 작동하기 시작했다.

"모조리 없애버려!"

듀로프의 날카로운 외침과 함께 엄청난 격돌이 일어났다.

겨우 가라앉았던 먼지가 다시 뿌옇게 피어올랐다. 그 안에서 도깨비들과 조각상, 그리고 거대 거미가 서로 뒤엉켰다. 토리야가 커다란 주먹으로 한 번에 두 마리씩 조각상을 쳐냈고, 어깨에 타고 있던 포포도 비록 한대도 맞추지 못했지만, 지팡이를 열심히 휘둘렀다.

마타와 하쿠는 오랜 시간 합을 맞춘 것처럼 팀워크를 유감없이 발휘했다. 마타가 보통 사람은 들기도 어려운 책으로 파리 잡듯 조각상을 내리치면, 하쿠가 통조림 캔을 던져대며 마타의 다음 동작을 도왔다.

팡코도 예상외로 선전하고 있었다. 줄넘기를 채찍처럼 휘두르다가 가까이 다가온 조각상의 목을 조르기도 했다. 무엇보다 원숭이 로봇이 아직까지 용케도 넘어지지 않고 있었다. 팔에 달린 쟁반에 부딪힌 조각상은 여러 조각으로 부서져 내렸다. 엠마를 제외하면 가장 큰 활약이었다.

그녀는 이번 싸움에서 누구보다 가장 눈에 띄었다. 엠마의 전기톱이 지나갈 때마다 조각상들이 맥없이 쓰러졌고, 돌 파편이 여기저기로 튀었다. 헤어 살롱의 미용사가 아니라 잘 훈련된 여전사를 보는 느낌이었다. 그동안 수시로 넘어지고 허둥대던 모습은 온데간데없었다.

하지만 이렇게까지 도깨비들이 몰아붙이는 와중에도 그다지 유리하다는 생각은 들지 않았다.

듀로프의 마법으로 조각상이 끊임없이 만들어지고 있었기 때문이다.

거인족 도깨비들의 상황도 마찬가지였다. 그들은 거대 거미의 다리를 하나씩 붙잡고 어떻게든 넘어뜨리려 했으나, 거대 거미는 끝까지 힘으로 버티며 남은 다리로 그들을 공격하고 있었다. 엎치락뒤치락하는 상황이 계속해서 이어졌다.

누구도 우세를 점하지 못했고, 누구도 쉽게 승리를 예측할 수 없었다. 싸움이 격해질수록 세린은 한 발짝씩 뒤로 물러났다. 세린도 어떻게든 돕고 싶었지만, 이런 싸움에서 그녀가 할 수 있는 건 아무것도 없었다.

'당신이 가장 쓸모없는 인간이었기 때문이지요.'

속에서 쓴 물이 올라왔지만, 듀로프의 말을 부정할 수 없었다.

싸움을 피하다 보니 어느덧 넓은 공간의 끄트머리까지 밀려나 있었다. 그리고 그런 세린을 향해 듀로프가 천천히 다가왔다. 여유를 되찾았는지 콧노래를 흥얼거리기까지 했다. 세린은 손에 땀을 쥐고 싸움을 지켜보느라 듀로프가 바로 옆까지 다가온 것도 알아차리지 못했다.

"당신에겐 특별 선물이 있습니다."

방금 조각상에게 얻어맞고 팡코의 주먹만 한 코가 더 크게 부풀어 오르는 모습을 보고 있던 세린은 갑작스러운 목소리에 깜짝 놀랐다.

평소라면 선물을 마다할 리 없겠지만, 지금 같은 상황에서, 그것도 상대가 듀로프라면 절대 받고 싶지 않았다. 하지만 듀로프는 세린의 입장 따위 전혀 고려할 생각이 없어 보였다.

듀로프의 손이 빠르게 안 주머니에 들어갔다가 나왔다.

선물에 조금도 구미가 당기지 않던 세린은 그의 주머니에서 나온 것을 본 순간, 곧바로 입을 틀어막았다. 하지만 그 사이로 옅은 비명이 새어 나왔다.

"귀찮아서 대충 붙여두긴 했는데, 제대로 움직일지는 모르겠네요."

자신 없는 말과는 다르게 그의 태도는 자신감이 넘쳤다.

"여기에 제 마지막 남은 마법을 모두 넣어드리지요."

듀로프의 입술이 움직이자 조각상이 빛나더니 크게 부풀어 올랐다.

"잇샤…"

세린은 끝내 다음 말을 잇지 못했다.

방금 막 돌을 깨고 나온 것은 세린이 알고 있던 잇샤의 모습이 아니었다.

그것은 꿈에서 볼까 무서운 흉포한 괴수의 모습이었다.

안내묘 잇샤

잇샤의 얼굴은 누더기를 기운 것처럼 흉측한 모습을 하고 있었다. 숨을 쉴 때마다 불꽃과 함께 검은 연기가 흘러나왔다. 마치 지금 막 지옥에서 올라온 것처럼 뜨거운 열기를 뿜어냈다.

겉모습은 그럴지라도 그것은 분명 잇샤였다. 비록 자신을 향해 이빨을 드러내고 있었지만, 세린은 왠지 괴물이 무섭게 느껴지지 않았다. 대신 뜨거운 눈물이 흘러내렸다.

"잇샤, 나야. 날 알아보겠어?"

"크르르르르."

듀로프가 어이없다는 듯 웃었다.

"잇샤는 더 이상 당신이 알고 있는 순박한 안내묘가 아닙니다. 저와 함께 인간 세상을 정복할 최강의 무기죠."

듀로프의 말대로였다. 굳이 건물을 부수거나 누군가를 산 채로 잡아먹지 않아도, 생김새만으로 모두를 도망치게 할 만큼 포악한 모습이었다.

"잇샤, 미안해."

세린은 듀로프의 말을 못 들었는지 오히려 한 발 더 앞으로 다가섰다. 잇샤는 당장이라도 잡아먹을 듯이 크게 으르렁거렸다.

"하, 제정신이 아니시군요. 그게 당신의 마지막 유언인가요?"

세린은 이번에도 듀로프의 말을 무시했다. 그녀는 귀가 안 들리는 사람처럼 잇샤만을 바라보며 걸어갔다.

"잇샤, 내가 미안해. 너에게 해서는 안 될 심한 말을 했어. 하지만 그건 진심이 아니었어. 정말이야. 날 믿어줘."

세린은 기어코 잇샤에게 다가가 콧잔등에 손을 올렸다. 잇샤는 콧잔등을 잔뜩 찡그리며 세린을 위협했지만, 세린은 손을 떼지 않았다.

"나 때문에 많이 아팠지? 날 용서하지 않아도 괜찮아. 다만 너에게 꼭 미안하다는 말을 하고 싶었어. 너랑 함께 있던 시간이 나에겐 가장 행복한 시간이었어. 너무 늦게 깨달아서 미안해. 난 네 주인이 되기에는 많이 부족한가 봐."

듀로프가 더는 참지 못하고 소리쳤다.

"뭐 하고 있어! 저런 쓸모없는 인간 따위 빨리 해치워 버려. 여기서 노닥거릴 시간 없어. 족장을 해치우고 나면 곧장 인간 세계로 나갈 거야. 거기서 너를 버린 인간들에게 실컷 복수하는 거야."

잇샤는 괴롭게 울부짖었다. 끔찍한 포효가 사방으로 퍼져나갔다. 근처에 있던 세린과 듀로프는 물론 멀리서 싸우고 있던 도깨비들도 모두 귀를 틀어막았다.

사자후와도 같은 울음이 끝나자 잇샤는 꼿꼿이 들고 있던 고개를 푹 숙였다. 그리고 형체를 알아볼 수 있는 검은 기운이 빠져나가기 시작했다. 그와 함께 황소만 했던 크기도 점차 줄어 원래 모습인 새끼 고양이로 돌아왔다.

"이 천하에 쓸모없는 놈이…."

듀로프는 그에게서 빠져나가는 마법이 아까워 검은 연기를 향해 손을 휘저었다. 그러나 겨우 일부분만 손에 붙잡아 두는 데 만족해야 했다.

"먹는 것만 밝히는 멍청한 고양이 같으니!"

듀로프는 잇샤를 발로 걷어차 버렸다. 겨우 네 발로 버티고 서 있던 잇샤는 맥없이 날아가 구석에 처박혀 버렸다. 잇샤는 비명조차 지르지 못했다.

"잇샤!"

세린은 흐르던 눈물을 닦을 새도 없이 잇샤를 향해 뛰어갔다.

듀로프는 방금 거둬들인 마지막 남은 마법의 힘으로 부서진 나무판자를 들어 올렸다.

"이제는 정말 작별 인사를 해야 할 시간이로군요."

나무판자는 공중에 둥실 떠오르더니 정확히 세린을 겨냥했다.

"어차피 제가 아니더라도 곧 비가 그쳐서 영원히 사라지겠지만, 당신만큼은 제 손으로 없애 드리고 싶군요."

듀로프의 손에 있던 검은 기운이 나무판자로 옮겨갔다.

"그럼, 편히 쉬시길."

나무판자는 누군가 힘껏 던진 것처럼 세린을 향해 똑바로 날아갔다. 그리고 벽 모퉁이에 있던 세린에게 피할 곳 따윈 전혀 보이지 않았다.

승리를 확신한 듀로프는 굳이 지켜볼 필요성도 느끼지 못하고 뒤를 돌아섰다.

"팍!"

나무판자가 부딪혀 쪼개지는 소리가 나자, 듀로프는 참아 왔던 웃음을 터뜨렸다.

"크하하하하하."

이제 그가 갈 곳은 펜트하우스였다. 그리고 그를 막아설 것은 아무것도 없었다. 아직도 주변에서는 전투가 한창이었지만, 이미 기세는 기울 대로 기울어져 있었다. 엠마의 전기톱은 날이 다 상해서 소리만 요란했고, 마타의 두꺼운 책은 페이지가 다 찢겨나가 표지만 덜렁거리고 있었다. 팡코는 안경이 부러지는 바람에 벽을 들이받고 기절해 있었으며, 토리야는 얼굴을 얻어맞아 시퍼렇게 멍이 들어 있었다. 그가 아끼던 보라색 꽃잎은 이미 바닥에 떨어져 흔적을 알아볼 수 없을 만큼 밟힌 지 오래였다. 거인족 도깨비들 역시 이미 대부분 쓰러져 전투 불능의 상황이었다. 더 이상 기적 따윈 일어날 수 없었다.

"이제, 끝이군."

듀로프는 모조리 써버린 마법을 다시 흡수하기 위해 무지개 구슬을 쥔 손을 뻗었다. 그가 힘을 나눠주었던 조각상들에게서 검은 힘의 일부가 되돌아오려는 순간이었다.

"잇샤는 먹는 것만 밝히는 멍청한 고양이가 아니야."

듀로프는 순간 자신의 귀를 의심했다. 그의 뒤에는 있어서는 안 될 것이 서 있었다. 분명 자신이 던진 판자 조각에 맞고 쓰러져 있어야 할 세린이 멀쩡히 서 있었던 것이다. 그녀가 있던 자리에는 판자 조각이 정확히 반으로 쪼개져 있었다.

"너, 어떻게…."

세린은 그의 말을 자르고 외쳤다.

"잇샤는 세상에서 먹는 걸 제일 잘하는 고양이야!"

그러더니 한쪽 다리를 뒤로 빼면서 이상한 자세를 잡았다. 듀로프가 생전 처음 보는 자세였다.

"그리고 무엇보다…."

뒷말이 나오기까지 잠깐의 시간이 걸렸다.

"내 소중한 친구야."

순간 세린은 뒤를 돌면서 발로 듀로프의 턱을 정확히 명중시켰다. 듀로프는 자신이 뭐에 얻어맞았는지도 알아차리지 못했다. 그는 당황한 눈빛 그대로 공중에 잠시 들어 올려졌다가 뒤통수부터 거꾸로 넘어졌다. 볼썽사납게 바닥을 구른 듀로프가 즉시 자리에서 일어났다.

"너 이 자쉭이!"

하필 앞니 두 개가 부러지는 바람에 발음이 샜다. 듀로프는 거칠게 손을 앞으로 내밀었다. 하지만 손에는 아무것도 없었다. 꼭 쥐고 있던 무지개 구슬을 넘어지면서 놓치고 만 것이다. 구슬은 혼자서 저만치 굴러가 있었다. 세린과 듀로프는 거의 같은 순간에 구슬을 향해 내달렸다.

하지만 듀로프가 조금 더 빨랐다. 구슬을 거의 손에 넣었다고 생각한 듀로프는 득의양양한 표정을 지었다. 그러나 움켜쥔 손은 비어 있었다.

"잇샤!"

어느새 몸을 일으킨 잇샤가 달려와 구슬을 낚아채 간 것이다. 잇샤는 듀로프와 세린의 중간에서 구슬을 물고 둘을 번갈아 쳐다보며 서 있었다.

"자, 잇샤 착하지?"

듀로프는 입에 발린 소리를 하며 천천히 다가갔다. 잇샤는 구슬을 누구에게 줘야 하나 고민하는 것 같았다. 듀로프의 얼굴에는 거짓 미소가 가득했다.

"네 오랜 주인의 말을 들어야지, 잇샤? 구슬을 내게 가져와."

결국 듀로프는 몸을 날리면 닿을 거리까지 접근하는 데 성공했다. 듀로프가 잇샤를 덮치려는 모습을 보고 세린이 소리쳤다.

"잇샤! 구슬을 먹어버려!"

"안 돼!"

둘은 동시에 외쳤고, 잇샤는 세린의 말을 따랐다.

잇샤의 배로 들어간 구슬이 입을 통해 새하얀 빛을 뿜어내기 시작했다. 잇샤는 공중으로 천천히 떠올랐다. 누가 봐도 무지개 구슬의 주인이 바뀌는 순간이라는 걸 알 수 있었다.

후폭풍에 뒤로 벌렁 나자빠진 듀로프는 강한 빛을 견디지 못하고 고개를 뒤로 돌렸다. 세린도 눈이 부셨지만, 끝까지 시선을 떼지 않았다.

빛 때문에 자세히 볼 수는 없었으나, 세린은 잇샤가 꼭 자신에게 작별 인사를 하는 것처럼 느껴졌다. 환한 빛에 둘러싸여 서서히 떠오르던 잇샤는 곧 빛기둥을 만들며 구름을 뚫고 하늘 위로 솟구쳤다. 밤도 아닌데 잇샤가 사라진 곳이 별빛처럼 반짝였다.

그것이 마지막이었다.

'환생했구나.'

세린은 잇샤의 소원을 기억해냈다.

"쿵!"

세린은 갑작스러운 소리에 뒤를 돌아보았다. 거인족 도깨비들을 깔아뭉개고 있던 거대 거미가 무너진 소리였다. 이를 시작으로 듀로프의 조각상들이 하나둘 허물어지기 시작했다. 폭풍이 휩쓸고 간 듯한 꼭대기 층에는 다쳐서 쓰러진 도깨비들과 부서진 돌 조각밖에 남지 않게 되었다. 유일하게 서 있는 것은 세린뿐이었으나, 곧 세린도 지쳐서 주저앉고 말았다.

바로 그때였다.

언제까지고 굳게 닫혀 있을 것 같던 펜트하우스의 문이 서서히 열리기 시작했다.

소리도 없이 열린 문에서 좌우에 시종을 거느린 커다란 형체가 모습을 드러냈다.

등 뒤에서 빛이 쏘아져 나와 실루엣만 겨우 보이는 정도였으나, 세린은 그의 나이가 아주 많다는 것을 알아볼 수 있었다.

그리고 그의 정체도 어렵지 않게 짐작할 수 있었다.

보물창고

"얀 족장님!"

세린의 생각을 확인시켜주듯 쓰러져 있던 베르나가 겨우 정신을 차리고 외쳤다. 족장과 시종들은 기어 오는 것과 다름없는 느린 속도로 그들에게 천천히 다가왔다.

세린은 곧 그 이유를 알 수 있었다.

얀 족장은 나이가 어찌나 많은지 서 있는 것도 위태로워 보일 지경이었다. 검버섯과 주름이 가득 덮인 얼굴에는 벌써부터 힘들어하는 티가 역력했다.

"족장님!"

뒤늦게 정신을 차린 도깨비들이 무릎을 꿇고 족장을 맞이했다. 결국 족장은 몇 걸음 걷지도 못하고 가쁜 숨을 내뱉으며 자리에 멈춰 섰다.

"족장님! 몸을 돌보셔야 합니다."

베르나는 자신이 더 많이 다친 주제에 족장의 건강을 염려했다. 족장은 온화한 미소를 띠고 귀를 기울여야 겨우 들릴 법한 목소리로 말했다.

"할라 모르 넬."

세린은 그의 말을 알아들을 수 없었다. 하지만 대충 '난 괜찮다' 정도의 뜻인 것 같았다. 족장의 손이 빛나기 시작했다.

손에서 뿜어져 나온 빛은 세린을 감싸고 베르나를 감쌌다. 그리고 쓰러져 있는 수많은 도깨비들을 감쌌다. 세린은 그 즉시 몸이 회복되는 걸 느꼈다. 영영 못 일어날 것 같았던 베르나도 잔해를 털고 일어났다.

그녀는 곧장 족장에게로 오려다가 덜덜 떨고 있는 듀로프에게 가서 뒤통수를 때려 기절시키고는 족장의 앞으로 다가가 무릎을 꿇었다.

"죄송합니다. 족장님을 신경 써드리게 하고 싶지 않았는데, 제가 너무 부족했습니다."

족장은 고개를 가로저었다.

"토르 브 델리아."

그러면서 손가락으로 세린을 가리켰다.

"베라 숨 칸타."

베르나가 세린을 돌아보았다.

"족장님께서 너를 좀 보자고 하신다."

"저를요?"

세린은 마른침을 꿀꺽 삼켰다. 베르나가 고개를 끄덕이자 세린
은 족장이 서 있는 곳으로 다가갔다. 족장의 키는 세린의 두 배쯤
되어 보였고, 감히 얼굴을 똑바로 바라보기도 힘든 기운을 풍기고
있었다. 세린의 고개가 절로 아래를 향했다.

"베르엔 모하 크토크 잔 니르하."

"족장님께서 너의 소원이 무엇이냐고 하신다."

베르나가 즉시 통역했다.

"저는…."

세린은 잠시 고민했다. 그거라면 이미 생각해둔 것이 있었다.
몇 번을 다시 생각해도 그보다 더 나은 걸 찾을 수는 없었다. 한참
닫혀 있던 세린의 입이 열렸다.

"잇샤만큼 저를 사랑해 주는 사람들을 주세요."

"호노?"

"정말이냐고 물으신다."

세린이 겨우 용기를 내어 족장과 눈을 맞추고 고개를 끄덕였다.
족장은 무거운 몸을 돌려 펜트하우스를 바라보았다. 그가 손을 내
밀자 주변의 땅이 가볍게 진동하기 시작했다.

"드드드득."

펜트하우스 가장 깊숙한 곳에 있는 또 하나의 문이 열리는 소리였다. 문 너머에는 휘황찬란한 보석들과 금은보화가 가득했다. 그곳에는 세린이 지금껏 보아온 구슬보다 더 많은 구슬들이 가지런히 보관되어 있었다. 족장이 가볍게 손짓하자 그중 한 구슬이 마치 자석에 이끌리듯 족장의 손으로 날아들었다. 족장은 그것을 세린의 손바닥에 내려놓았다.

"이건…."

세린은 차마 말을 잇지 못했다. 구슬이 신기해서도, 구슬이 마음에 들지 않아서도 아니었다.

오히려 구슬이 낯익었기 때문이었다. 그것은 세린이 이곳에 처음 왔을 때, 불행 전당포에 맡겼던 자신의 구슬이었다. 늘 지니고 다녔던 꽃무늬 손수건이 여전히 구슬을 감싸고 있었다.

세린은 구슬에서 시선을 떼고 족장을 올려다보았다. 족장은 이미 세린의 눈빛이 의미하는 바를 읽어낸 듯한 얼굴이었다.

"자모 드 라쿤트라."

"그것이 네가 방금 말한 소원이라고 하신다."

세린이 할 말을 잃고 멀뚱히 서 있자, 족장이 힘겹게 한 걸음을 더 내디뎌 그녀에게 다가왔다. 족장은 구슬에 손을 올리고 여전히 의미를 이해할 수 없는 언어로 작게 읊조렸다.

하지만 이번만큼은 굳이 통역이 필요치 않았다.

그것은 세린에게 너무나 익숙한 말이었다.

"드루 엡 줄라."

◆

한 여인이 식당으로 보이는 건물에서 설거지를 하고 있었다. 피부만 보면 사십 대인 것 같았으나, 새치 염색을 제대로 하지 않아 그보다 더 나이가 들어 보였다. 그녀는 뭔가 급한 일이 있는지 허리도 한 번 펴지 않고 쉴 새 없이 그릇을 닦았다.

그때 사장님으로 보이는 나이가 지긋한 남자가 들어왔다.

"오늘 첫째 입학식이라며? 얼른 가봐."

여인은 마침 마지막 접시를 헹구고 있던 터라 부리나케 고무장갑을 벗었다. 감사 인사를 하며 서둘러 나가려는데, 남자가 여인을 붙잡았다.

그는 하얀색 봉투를 내밀었다.

"별건 아니고, 좀 챙겨 넣었어. 보너스라고 생각해. 양말이라도 사 신어."

여인은 자신의 발을 내려다보았다. 추레한 슬리퍼 위로 이미 여러 번 꿰맨 양발이 또다시 구멍이 나 있었다.

여인은 굳이 사양하지 않고 연신 고맙다는 말을 하며 주방을 벗어났다. 그녀는 급하게 앞치마를 벗고 가방을 챙겨 나오다가, 그만 홀 서빙을 하고 있는 또 다른 종업원과 부딪히고 말았다.

"아줌마도 참, 조심 좀 하지."

여인은 자신보다 한참 나이 어린 종업원에게 연거푸 사과를 하고 옷에 묻은 음식물을 물티슈로 닦아냈다. 비록 완벽하게 지워지진 않았지만, 시계를 한 번 보고는 가게 밖으로 내달리듯 걸어 나갔다.

여인이 향한 곳은 어느 고등학교였다. 정문 위 플래카드에는 '제37회 신입생 입학식'이라고 적혀 있었다. 아직 떼지 않은 다른 플래카드에는 최근 졸업생들이 합격한 대학의 이름들로 가득했다. 커다란 플래카드를 빼곡하게 채운 것이, 나름 공부 잘한다는 아이들이 모이는 명문 고등학교인 것 같았다. 여인은 정문을 지나면서 괜히 옷매무새를 만졌다.

학교 앞 운동장은 주차장으로 변해 있었다. 그리고 주차장에는 길에서 어쩌다 한두 번 볼까 말까 한 고급 자동차와 외제 차가 즐비했다. 내리는 사람이 없는 걸로 보아 아무래도 자신이 제일 늦은 모양이었다. 여인은 서둘러 입학식이 열리고 있는 강당으로 향했다.

다행히 입학식은 시작 직전이었고, 멀리에 자신이 찾는 사람이 있는 듯했다. 그녀가 눈을 떼지 않고 있는 건 짧은 단발머리의 여학생이었다.

여인이 서둘러 인파를 헤치고 다가가는데, 근처에서 말소리가 들려왔다.

"부모님은 안 오셨니?"

담임 선생님으로 보이는 남자가 물었다. 여학생은 잠시 망설이다가 고개를 끄덕였다.

"부모님은 해외여행 가셨어요."

거짓말인 것을 단박에 눈치챘는지, 남자는 그 이상 캐묻지 않았다. 대신 어깨를 두들겨 주었다.

여인은 차마 더는 가까이 다가가지 못하고 자리에 멈춰 섰다. 누군가 어깨를 치고 지나갔으나, 그녀는 마네킹처럼 움직일 줄을 몰랐다. 그러다 곧 입학식이 시작된다는 안내 멘트가 나오자, 잠시 고민하는 듯하더니 결국 다시 밖으로 나와버렸다. 여인이 싸구려 핸드백으로 어색하게 가린 곳에는 미처 지워지지 않은 김칫국물이 묻어 있었다.

여인은 집으로 곧장 가지 않고 근처 은행으로 향했다.

마침 은행이 한가한 시간대여서 번호표를 뽑을 필요조차 없었다. 그녀는 구멍 난 양말을 새로 사라며 식당에서 받은 돈을 통장과 함께 창구에 내밀었다. 잠시 뒤 통장을 되돌려 받은 여인의 입가에 모처럼 뿌듯한 미소가 떠올랐다.

통장에는 또박또박 정성껏 적은 글씨가 적혀 있었다.

'세린이 대학 준비금.'

◆

　풍경은 또 한 번 새롭게 바뀌었다.

　이번엔 아까 봤던 여학생 또래의 소녀가 길가에 우두커니 서 있었다. 학생이라면 당연히 학교에 있어야 할 시간이었지만, 소녀는 어느 양복점 앞에서 쇼윈도에 비친 교복을 구경하고 있었다. 옆에는 같은 나이로 보이지만 키가 한 뼘이나 더 큰 깡마른 친구도 있었다.

　"뭐야, 너 다시 학교 가고 싶어진 거야?"

　깡마른 친구가 책을 옆구리에 끼고 풍선껌을 크게 불며 물었다.

　"학교는 무슨."

　소녀는 코웃음을 쳤지만, 교복에서 시선을 떼지 못했다.

　"먼저 가, 난 잠깐 볼일 좀 보고 갈게. 근데 너 그 책은 뭐야?"

　"아, 그냥 오는 길에 심심해서 사 왔어. 요즘 많이들 보길래…."

　깡마른 친구가 『소원을 이루어 주는 섬』이라고 적힌 책을 소녀에게 건넸다.

　"너도 볼래?"

　"아니, 나중에."

　친구는 소녀를 물끄러미 바라보다가 이제 막 파란불로 바뀐 횡단보도로 뛰어갔다.

　"알겠어, 그럼 이따 보자."

소녀는 가볍게 손을 흔들어 주었다. 친구가 횡단보도를 건너가자 그녀는 양복점 문을 열고 안으로 들어갔다.

"어서 오세요."

줄자를 들고 왔다 갔다 하던 재단사가 소녀를 보더니, 반갑게 인사를 건넸다. 짧은 인사였지만, 마음씨 좋은 사람에게서만 느껴지는 친절함이 담겨 있었다. 소녀도 공손하게 인사를 건네고 안을 둘러보았다. 온갖 양복들이 가지런히 옷걸이에 걸려 있었고, 나이 많은 주인이 미소를 짓고 있었다.

"저…, 교복을 좀 사려고요."

"그러시군요. 이쪽으로 오세요."

재단사는 소녀를 거울 앞으로 데리고 가 치수를 재보고는 학교 이름을 물었다. 소녀의 대답을 듣고 창고로 향하던 재단사가 물었다.

"아, 혹시 교복 이름표에 적을 학생 이름이 어떻게 될까요?"

소녀는 거침없이 대답을 하다가 중간에 멈칫했다.

"김예린…. 아니, 김세린이요."

"학생 이름이 아닌가 보죠?"

30년 넘게 양복점을 운영하며 재단 기술뿐만 아니라 눈치도 빨라진 주인이었다.

"네, 친구에게 보낼 거예요."

"친한 친구인가 보네요?"

소녀는 추억을 떠올리듯 눈을 감고 생각에 잠겼다. 재단사는 뭔가 사정이 있나 싶어 그녀를 재촉하지 않고 기다려 주었다.

소녀의 대답은 길게 생각한 거에 비해 의외로 간단했다.

"네, 저랑 제일 친한 친구."

◆

풍경이 다시 돌아왔다. 하지만 세린은 고개를 들 수 없었다. 턱 끝에 맺힌 물방울이 바닥에 뚝뚝 떨어졌다.

주변에는 어느새 도깨비들이 하나둘 모여들어 세린을 둥글게 감싸고 있었다. 그들은 세린의 어깨를 토닥여 주었다.

"이제 갈 시간이야."

그제야 얼굴을 든 세린의 눈가에는 급하게 눈물을 닦아낸 흔적이 남아 있었다.

"모두들 고마웠어요."

"고맙긴, 뭘. 우리가 고맙지."

엠마는 세린의 두 손을 꼭 붙잡았다.

"몸 건강해야 돼."

"상점을 지킨 건 모두 네 덕분이야."

"밥은 이미 먹고 왔어요. 다음에 같이 먹어요."

베르나는 딴 소리를 하는 마타의 입을 틀어막았다.

"상점이 엉망이 돼서 당분간 재정비를 해야겠지만, 언젠가 또 보자고."

"잘 가."

"조심히 가요."

"어서 가시게!"

상점의 도깨비들이 세린에게 인사를 건넸다. 세린도 일일이 도깨비들에게 인사를 건넸다. 아쉬움이 남았지만, 더는 시간이 없음을 알고 있었다. 시계 속 그 많던 물이 다 어디 가고 마지막 남은 한 방울마저 서서히 증발하고 있었기 때문이다. 족장은 인내심 있게 끝까지 기다렸다가 최후의 물방울이 사라지기 직전, 세린에게 주문을 걸었다.

"그럼, 모두들 안녕."

동시에 세린의 몸이 빛나기 시작했다.

다리부터 차츰 없어지기 시작한 세린은 도깨비들의 모습을 눈에 담고자 노력했다.

곧 세린은 깊은 잠에 빠지듯이 서서히 의식을 잃어갔다. 그리고 흐려지는 의식 속에서 어렴풋이 베르나의 목소리가 들려왔다.

"족장님께서 상점을 수리하는 김에 이름을 '무지개상점'으로 바꾸자고 하시네요. 비가 오면 나타나는 '무지개'처럼 아무리 힘든 상황에서도 절대 희망을 버리지 말자는 의미에서요, 모두 동의하시나요?"

"네!"

도깨비들이 한목소리로 외쳤다.

◆

세린은 천천히 눈을 떴다.

'혹시 꿈을 꾼 건가?'

처음 왔을 때와 그리 달라진 건 없어 보였다. 주변의 풍경도, 허름한 폐가도 모두 그대로였다. 다만 그때는 밤이었으나, 지금은 아침이 밝아오고 있었다.

습기를 머금은 촉촉한 바람이 얼굴을 스쳤고, 신선한 공기가 가슴을 가득 메웠다.

세린은 먼동이 터오는 하늘을 무심코 올려다보았다. 그리고 오랫동안 눈을 떼지 못했다.

맑게 갠 하늘에는 그 어느 때보다 선명한 무지개가 떠 있었기 때문이다. 어찌나 무지개에 정신을 팔고 있었던지 손에 들고 있는 물건도 한참 뒤에 알아차릴 정도였다.

그녀의 손에는 작은 구슬이 쥐어져 있었다. 촌스럽기 그지없는, 낡은 손수건에 꽁꽁 싸인 모습이었다. 세린은 천천히 매듭을 풀었다.

역시나 처음 맡길 때 그대로의 텅 비어 있는 구슬이었다.

하지만 세린은 실망하는 기색을 보이지 않았다. 오히려 세상에서 가장 소중한 보물을 얻은 것처럼 가슴에 꼭 끌어안았다.

그러는 사이 하늘은 더욱 밝아왔다.

그리고 유리처럼 투명한 구슬에는 하늘의 선명한 무지개가 고스란히 반사되어 비치고 있었다.

무지개

"세린이 못 본 사이에 많이 늘었는데?"

한창 발차기 연습 중에 지나가던 태권도 사범님이 놀라워하며 감탄했다.

"어디 가서 특별훈련이라도 하고 온 거니?"

"뭐, 그런 셈이죠."

세린은 대충 둘러댔다. 사범님이 한참이나 세린 곁에 서 있자 다른 학생들도 하나둘 그녀에게 관심을 보였다. 그중에는 세린이 마음에 두고 있던 남학생도 있었다.

"세린아, 혹시 비결이 뭐야?"

"응?"

"방금 말한 거 말이야. 어떻게 훈련하는 거야?"

"아…."

세린은 그가 의미한 바를 알아차리고 쩔쩔맸다.

"정말 따로 하는 게 있는 거야?"

"그게… 사실은…."

세린은 어물쩍 넘어가려다가 솔직하게 털어놓았다.

"우리 집은 높은 데 있거든."

남학생이 잠깐 생각해보더니 말했다.

"너 좋은 아파트 사는구나?"

세린은 그가 잘못 넘겨짚은 걸 바로잡았다.

"그게 아니라 높은 언덕 위에 있는 집이야. 계단도 엄청 많고…."

남학생은 여전히 설명이 더 필요해 보였다.

"너도 알지? 왜 재개발 예정지역…."

"아!"

그는 이제야 알아차린 듯 고개를 끄덕였다.

"매일 거길 오르다 보니 나도 모르게 다리 힘이 길러졌나 봐. 별거 아니라서 미안."

세린은 자기 치부를 들킨 것 같아 부끄러움에 고개를 숙였다. 하지만 예상과는 달리 남학생은 사뭇 진지한 얼굴로 대꾸했다.

"아니야, 그거 진짜 좋은 운동이 되겠다. 혹시 괜찮으면 끝나고 훈련도 할 겸 같이 갈래?"

"뭐?"

세린은 자신이 잘못 들은 거라 확신하며 되물었다. 그러나 남학생은 자기 할 말만 하고 자리를 떠나버렸다.

"그럼 이따가 보자!"

세린은 어안이 벙벙한 채로 잠시 자리에 서 있었다. 누가 보면 낮술을 한잔 걸친 사람처럼 얼굴이 빨갛게 달아올라 황급히 창밖으로 시선을 돌렸다.

"아…."

세린의 입에서 짧은 탄성이 터져 나왔다.

아침부터 무섭게 쏟아져 내리며 그칠 것 같지 않던 비가 멈추고, 어느새 시커먼 먹구름이 걷혀 있었던 것이다.

그리고 하늘에는 약속이라도 한 듯 어김없이 무지개가 떠 있었다.

세린은 문득 어느 상점과 친구들을 떠올렸다. 그러자 남학생과의 약속 때문인지, 아니면 좋은 기억이 떠올라서인지 입가에 살며시 미소가 지어졌다.

창문 너머로 들어온 햇빛 한 줄기가 그녀의 어깨에 따스하게 내려앉았다.

"다녀왔습니다."

집에는 여느 때처럼 엄마가 바느질을 하고 있었다.

"세린아, 혹시 택배 올 곳 있었니?"

엄마가 신발장 앞에 고이 모셔둔 상자를 가리키며 물었다.

"네 앞으로 뭐가 하나 왔는데, 보낸 사람 이름이 없구나."

세린은 상자를 요리조리 돌려보았다.

"가벼운 걸로 봐서 옷이 든 거 같던데…."

"아!"

세린은 그제야 뭔가 생각난 듯 아는 척을 했다.

"이거 아마 친구가 보낸 걸 거예요."

"친구?"

세린은 이미 택배 상자를 뜯어본 것처럼 확신에 차서 말했다.

"네, 저랑 제일 친한 친구."

엄마는 고개를 한번 갸우뚱하고는 바느질을 이어갔다.

"우리 딸은 엄마가 모르는 친구가 많구나."

세린은 말없이 웃기만 했다.

"가만, 그런데 저게 뭐니!?"

엄마가 돋보기안경을 올려 쓰며 세린에게로 다가왔다.

"뭐가요?"

세린은 엄마의 시선을 따라 아직 닫히지 않은 문을 쳐다보았다.

그곳에는 웬 새끼 고양이가 문틈으로 머리를 들이밀고 있었다.

"이게 웬 고양이 새끼래? 얼마 전에 임신한 도둑고양이가 보이
던데 걔가 낳은 건가?"

엄마의 그럴듯한 추측에 세린은 자신이 참외 조각을 건넸던 고양이를 떠올렸다. 엄마는 빗자루로 고양이를 내쫓으려다가 멈칫했다.

"근데 참 희한하네."

"뭐가요?"

"고양이인데 꼭 강아지처럼 행동하잖니, 저 꼬리 흔드는 것 좀봐. 넌 안 이상하니?"

"그러네요."

세린은 고양이를 자세히 살펴보느라 건성으로 대답했다.

"어머, 얘 좀 보게. 언제 봤다고 너한테 이렇게 들러붙는 거야?"

고양이는 신발도 벗지 않은 세린의 발을 타 넘어 다니며 몸을 문질러 댔다. 세린은 그 모습을 보고 크게 기뻐하다가 갑자기 얼굴이 어두워졌다.

"엄마, 혹시… 얘 키우면 안 되겠죠?"

세린은 당연히 안 될 거라고 생각했지만, 엄마의 대답은 의외였다.

"고양이를? 네 성격에 힘들 텐데…. 대신 배변은 네가 치우는 거다?"

"정말요? 네!!!"

세린이 너무 크게 대답하는 바람에 엄마는 깜짝 놀라 어깨를 움찔했다. 엄마는 귀청 떨어질 뻔했다며 세린을 타박했지만, 세린의 입가에는 미소가 떠날 줄 몰랐다.

"근데 얘 이름을 뭐라고 지어야 되려나…."

"이름은 제가 방금 지었어요."

"벌써? 빠르기도 해라."

세린은 그제야 신발을 벗고 집으로 들어왔다. 그리고는 엄마가 꿰매고 있던 양말을 같이 꿰매기 시작했다.

"엄마, 인생은 구멍 난 양말과 비슷한 것 같아요."

"우리 세린이 다 컸네? 엄마도 아직 모르는 인생을 다 알고?"

엄마가 기특함 반 놀림 반으로 말했다.

"왜 그런지 어디 들어나 볼까?"

세린은 보일락 말락 미소를 지었다.

"그야 구멍 난 부분을 소중한 사람들과 함께 메꿔갈 수 있으니까요. 그렇지, 잇샤?"

세린은 어느새 택배 상자에 들어가 자리를 잡고 있는 고양이를 보며 물었다. 방금 이름을 얻은 주제에 벌써 자기 집인 것처럼 당당한 모습이었다.

잇샤는 마치 사람 말을 알아듣기라도 하는 것처럼 길게 울며 대꾸했다.

"냐아아옹~."

Epilogue

안녕하세요, 사연 읽어주는 남자 시간입니다.
오늘은 이름을 밝히지 않은 어떤 여고생이 보내준 사연입니다.

안녕하세요.

저는 고양이를 키우는 초보 집사이자

태권도 시범단에 들어가고 싶은 꿈 많은 소녀입니다.

어차피 제 이야기가 뽑히지는 않겠지만,

그냥 하고 싶은 말이 있어서 보내봅니다.

저에겐 가난하지만

바느질만큼은 끝내주게 잘하는 엄마와

멀리 떨어져 살지만 마음씨 착한 동생이 있어요.

그동안 부끄러워서 표현하지 못했는데,

여기에서라도 사랑한다고 말하고 싶어서요.

그리고 저는 남들보다 늦게 태권도를 시작했는데요.

어떤 동네 사람은 여자가 무슨 태권도를 하냐고 해요.

하지만 저는 꼭 태권도 시범단이 되고 싶어요.

지금은 많이 부족하지만,

포기하지 않으면 언젠가 될 수 있겠죠?

꼭 그럴 수 있다면 좋겠어요.

쓰다 보니 제가 무슨 말을 하는지 모르겠네요.

역시 전 사연 쓰는 재능이 없나 봐요.

그래도 신청곡은 남길게요.

사람 일은 모르는 거니까요.

추신. 이번 장마에 함께 시간을 보낸 친구들에게도 안부를 전합니다.

정말 귀여운 친구가 보내준 사연이네요. 가족과 친구를 생각하는 마음이 여기까지 느껴집니다.

태권도를 하고 싶다고 적어주셨는데요, 꿈꾸는 일을 하거나 좋아하는 일을 하는 데 있어서 늦은 시기라는 건 없는 것 같아요. 언제나 지금 이 순간 시작할 수 있으니까요.

그래서 영어로 지금이 프레젠트(present), 선물인지도 모르겠네요.

그럼 오늘의 마지막 사연 신청곡 들려드리겠습니다.

"Tomorrow better than today."

Tomorrow better than today

오늘보다 나은 내일

It may feel like it's raining.

But don't forget that

behind the dark clouds is always a silver lining.

비가 오는 것처럼 느껴지겠죠.

하지만 잊지 마세요.

먹구름 뒤에는 빛나는 햇살이 있다는 것을.

It may seem hopeless.

But don't forget that

behind a failure is always an opportunity.

희망이 없다고 생각되겠죠.

하지만 잊지 마세요.

실패 뒤에는 언제나 기회가 있다는 것을.

It might seem like everything is over.

But remember that

every end is a new beginning.

모든 게 끝이라고 여겨지겠죠.

하지만 기억하세요.

끝은 새로운 시작이라는 것을.

작가의 말

'당신의 글은 책이 될 수 없습니다.'

오래전 무턱대고 출판사들 목록을 모아 단체 메일로 어설픈 원고를 보내고 받았던 답장의 앞부분이었습니다. 당시에는 마음 한편이 시리고 아팠지만, 지금 돌이켜 보면 그것마저 참 감사할 뿐입니다. 그때 이후로 어떻게 해야 글이 '책'이 될 수 있는지 늘 고민했고, 틈만 나면 서점과 도서관을 들락날락하며 시간을 보내기도 했습니다.

하고많은 것 중 왜 글을 쓰고 싶었는지는 지금도 잘 모르겠습니다.

중학교 시절 소위 일진들의 괴롭힘을 피해 체육관 뒤로 숨어들었을 때, 하필 손에 들고 있던 게 소설책이어서 그랬을까요. 그게 아니면 원하던 대학 입시에 실패하고, 만화방과 북카페를 전전했던 때가 유난히 기억에 남아서일까요. 어쩌면 수년간 준비했던 국가직 시험에서 떨어진 뒤, 동네 작은 도서관을 피난처 삼아 그곳에서 힘든 마음을 달랬기 때문일지도 모르겠습니다. 이유야 어찌 됐든 저는 남들이 꿈을 접을 나이에 새로운 꿈을 꾸기 시작했고, 글쓰기는 저에게 삶의 이유가 되어주었습니다.

하지만 문창과를 나온 것도, 딱히 글 쓰는 법을 배운 것도 아니었기에 혼자서 소설을 쓰기란 결코 쉽지 않았습니다. 무작정 시작했던 첫 크라우드 펀딩에서는 조금의 관심도 얻지 못했고, 독립출판했던 책은 한 권도 팔리지 않아 지역 서점에서 고스란히 반품되기도 했습니다. 혹시나 하는 마음으로 여러 공모전에도 도전해 봤지만, 입상 명단에는 언제나 제 이름이 빠져 있었습니다. 게다가 설상가상으로 책을 만들어 줄 전문가를 찾다가 모아놓은 돈을 모두 날리기도 했습니다. 역시 저의 글은 '책'이 될 수 없었습니다.

그러다 마지막이라는 생각으로 도전했던 두 번째 펀딩에서 처음으로 후기가 올라온 것을 보았습니다. 그날 눈시울이 뜨거워져 얼마나 소리 없이 울었던지요. 낙심한 저에게 용기를 준 독자분들께 보답하는 마음으로 저는 다시 낡은 노트북 앞에 앉을 수 있었습니다. 그리고 오가는 지하철 안에서도, 단골 카페의 한쪽 구석에서도 연습장을 펼쳐놓고 아이디어를 떠올릴 수 있었습니다.

무엇을 써야 할까. 책장을 덮었을 때, 따뜻한 여운을 남겨주는 책이 있으면 좋겠다고 생각했습니다. 쉽고 재미있게 읽히면서도, 의미와 감동이 담긴 이야기를 쓰고 싶었습니다. 상처 입은 마음을 어루만지고, 내일의 희망을 바라볼 수 있게 해주는 글이라면 더할 나위 없을 듯했습니다. 이렇게 만들어진 소설이 바로 『비가 오면 열리는 상점』입니다.

이 책으로 진행한 세 번째 펀딩은 예상보다 많은 관심과 사랑을 받았습니다. 중간에 책 제작이 뜻대로 되지 않아 책을 전량 재인쇄하는 일도 있었지만, 감사하게도 여러 후원자님이 댓글과 후기로 응원해 주신 덕분에 펀딩을 무사히 마칠 수 있었습니다. 게다가 늘 거절만 당하던 출판사와도 정식으로 첫 계약을 진행하게 되었습니다. 이 모든 일이 저에겐 평생 잊지 못할 소중한 추억으로 남을 듯합니다.

끝으로 사랑하는 가족들과 이 책을 읽어주신 독자님들께도 진심을 담아 감사한 마음을 전합니다. 겉으로 보이지 않을지언정,

우리는 모두 나름의 고민과 걱정을 짊어지고 살아가겠지요. 지금 이 순간 세상을 향해 힘겨운 걸음을 떼고 있는 분이 계신다면, 미약하게나마 위로와 희망의 메시지가 전해졌으면 합니다. 때로 내일이 보이지 않을지라도, 세상에 혼자 남겨진 것처럼 느껴질지라도, 우리는 모두 누군가에게 가장 소중한 존재임을 믿습니다. 비록 세차게 비가 내리는 날들도 있겠지만, 머지않아 찬란한 무지개가 하늘 높이 떠오르기를 두 손 모아 응원하겠습니다.

그렇게 저의 글이 당신만의 빛을 찾아주는 '무지개 구슬'이 되었으면 좋겠습니다.

2023년 여름

유영광

비가 오면 열리는 상점

초판 1쇄 발행 2023년 6월 14일
초판 17쇄 발행 2025년 1월 2일

지은이 유영광

편집 김대한
디자인 *studio* weme
일러스트 Laura El.
마케팅 한민지, 신동익
제작 ㈜공간코퍼레이션

펴낸이 윤성훈 **펴낸곳** 클레이하우스㈜
출판등록 2021년 2월 2일 제2021-000015호
주소 경기도 파주시 회동길 363-21 2층
전화 070-4285-4925 **팩스** 070-7966-4925 **이메일** clayhouse@clayhouse.kr

ISBN 979-11-981738-9-8 (03810)

클레이하우스㈜는 쓸모 있는 지식, 변화를 이끄는 감동, 함께 나누는 재미가 있는 책을 펴냅니다.
저희와 이런 가치를 함께 실현하길 원하는 분이라면 주저하지 마시고 이메일로 기획안과 원고를 보내주세요.

클레이하우스㈜가 더 나은 책을 펴낼 수 있도록 의견을 남겨주시거나 오타를 신고해 주세요.
QR코드에 접속해 독자 설문에 참여해 주신 분께 추첨을 통해 선물을 드리겠습니다.